À PROPOS DE L'AUTRICE

Passionnée par l'écriture depuis toute petite, Virginie Platel a choisi d'embrasser la carrière de scénariste. Elle a contribué, entre autres, à l'écriture de séries à succès pour la télévision telles que *Un gars, une fille*, *Scènes de ménages*, *Mère et fille*, et de plusieurs fictions pour la jeunesse. Elle est également membre sociétaire de la SACD (Société des auteurs et compositeurs dramatiques).

Désireuse de conter ses propres histoires désormais, Virginie signe en tant qu'autrice des romans dans des genres différents : historique, policier, *Time Travel SF*, des comédies *chick lit* ou encore et surtout des romances.

NOTE DE L'AUTRICE

Je suis née à Valenciennes où j'ai passé mon enfance avant de déménager dans le sud de la France avec mes parents. Le Nord est donc profondément ancré en moi. J'y ai mes souvenirs, mes racines et j'y suis toujours reliée par une partie de ma famille qui y réside. Mon nom lui-même, *Platel,* n'est d'ailleurs pas sans évoquer le plat pays.

Lorsque j'étais enfant, j'ai eu la chance d'apprendre le violon et de croiser au détour des couloirs du conservatoire et des Beaux-Arts quelques dentellières qui tissaient avec passion et une patience infinie leur valenciennes sur leur métier, produisant une étrange musique avec leurs fuseaux. Elles m'ont suffisamment impressionnée pour faire germer des années plus tard l'histoire que vous tenez entre vos mains.

Je suis ravie de vous la présenter aujourd'hui, en espérant vous laisser entrevoir une partie de la grande richesse, notamment humaine, et le dynamisme incroyable de cette belle région où, même si le soleil ne brille pas toujours dans le ciel, on retrouve la chaleur et la ferveur dans le cœur de ses habitants.

Le Nord, terre de traditions, d'art et de valeurs comme celles du travail et de l'authenticité. Si certains des personnages que j'ai croqués dans mon roman sont hauts en couleur, ils sont aussi très attachants. Et l'on ne peut que se laisser emporter au fil de leurs destinées que j'ai patiemment tissées à la manière des dentellières.

Une dentellière à la cour

Collection : ALIÉNOR

HARPERCOLLINS FRANCE
83-85, boulevard Vincent-Auriol, 75646 PARIS CEDEX 13
Service Lectrices — Tél. : 01 45 82 47 47 - www.harlequin.fr
ISBN 978-2-2804-5307-3 — ISSN 2728-5790

Composé et édité par HarperCollins France. Achevé d'imprimer en août 2021.
par CPI Black Print - Barcelone - Espagne
Dépôt légal : septembre 2021.

FSC www.fsc.org MIXTE Papier issu de sources responsables FSC® C159065

Pour limiter l'empreinte environnementale de ses livres, HarperCollins France s'engage à n'utiliser que du papier fabriqué à partir de bois provenant de forêts gérées durablement et de manière responsable.

VIRGINIE PLATEL

Une dentellière à la cour

Aliénor

HARLEQUIN

La dentelle est une écriture blanche, lisible seulement lorsqu'il y a de la peau en dessous.

JOHN BERGER

Prologue

Valenciennes, avril 1784

Nichée dans ses fortifications, vestiges d'un passé militaire révolu, Valenciennes retrouvait des couleurs après un hiver particulièrement rude : grand verglas, très fortes gelées et neige. Avec le printemps, la nature reprenait peu à peu ses droits, tandis que les eaux très hautes faisant suite aux pluies continuelles avaient par endroits submergé les ponts. Cela ne semblait toutefois pas gêner ses habitants, habitués à travailler dur, et ce par tous les temps, la foi et la fierté d'être nordiste chevillée au cœur.

C'est dans cette atmosphère à la fois besogneuse et chaleureuse que Louise surgit ce jour-là de son atelier de dentelle. Elle était la première à sortir, ce qui était assez rare pour être souligné ! La jeune femme, passionnée et travailleuse, ne ménageait en général ni sa peine ni ses heures. Elle fut bientôt suivie par une volée de femmes de tous âges, coiffées de bonnets blancs. Toutes avaient hâte de rentrer dans leurs foyers pour annoncer la bonne nouvelle. C'était la raison pour laquelle on les avait renvoyées plus tôt chez elles d'ailleurs, pour avoir le temps d'effectuer quelques préparatifs et procéder à quelques aménagements pour le lendemain.

Il faut dire que l'événement était d'importance : la ministre des Modes de Marie-Antoinette allait venir visiter l'atelier de dentelle. Ce qui signifiait aussi certainement une généreuse commande qui ferait vivre toutes ces dentellières pour une année entière ! Une véritable aubaine pour la maison Tribout qui les employait et qui fabriquait, à ce qui se disait, la dentelle la plus fine, la plus rare, mais aussi la plus chère de France. Il n'était pas étonnant dans ces conditions qu'une sommité de Versailles fasse le déplacement, là où d'ordinaire officiaient les négociants.

— À demain, Louise ! lui lança une jeune femme.

D'environ son âge, elle était de solide constitution et d'une beauté que conférait sa jeunesse, même si l'on pouvait sentir dans son visage aux traits tirés une usure prématurée.

— Ne soyez pas en retard, mademoiselle Cheval ! lança la cheffe d'atelier derrière elles, à l'intention de la collègue de Louise. C'est votre dernier avertissement !

— Elle en a de bonnes, elle, commenta cette dernière à son amie en chuchotant. Je fais ce que je peux… Mais entre les enfants et mon travail à l'Hermitage, ce n'est pas évident !

Jeanne-Claire Caffiaux, née Cheval – nom par lequel les collègues qui la connaissaient d'avant son mariage continuaient à l'appeler – multipliait en effet les emplois pour subvenir avec son mari aux besoins du ménage et de leurs trois petites bouches à nourrir. La dentelle ne rapportait pas assez, hélas, pour qu'elle s'y consacre uniquement.

— Je sais bien…, admit Louise tandis qu'un voile sombre passait sur son visage, bien vite chassé par une autre perspective, joyeuse cette fois. En tout cas, j'ai hâte de rencontrer la ministre des Modes de la reine. Pas toi ?

— Oh ! que oui ! J'en entends souvent parler chez mes employeurs de la noblesse. Cette Rose Bertin[1] m'a tout l'air d'être un sacré personnage ! Sur ce, je vais profiter de sortir plus tôt pour passer un peu de temps avec mes gamins avant de retourner travailler.

Louise la salua de la main et partit de son côté à vive allure. Elle brûlait d'impatience de communiquer la bonne nouvelle à sa tante et à sa cousine. Louise aimait la mode. La dentelle était plus qu'un gagne-pain pour elle, c'était une véritable passion. Elle n'avait de cesse d'apprendre à tisser les motifs les plus originaux et les plus élaborés pour composer les plus admirables habits. Pour elle, rien n'était assez beau, et Louise ne ménageait jamais ses efforts pour tendre vers une perfection qu'elle n'atteindrait sans doute jamais, mais qui était le but de son existence. Du moins, en l'absence d'un être cher qui comblerait tous ses désirs. À vingt-quatre ans, la jeune femme, bien que jolie, était en effet toujours célibataire. Elle rêvait du prince charmant et d'une relation amoureuse dans laquelle elle s'investirait corps et âme. Toutefois, et compte tenu de sa modeste condition, il y avait peu de chance qu'un prince s'intéresse à une petite dentellière, née au pays du charbon. Alors, en attendant, elle continuait de rêver et surtout de tisser.

La perspective de la visite du lendemain était une forme de reconnaissance pour son art et pour le travail fourni jusqu'ici. Les pieds sur le charbon, les mains dans la dentelle et la tête dans les nuages, Louise exultait. Après toutes

1. Née Marie-Jeanne Bertin en 1747, Rose Bertin fut marchande de modes à Paris, avant de devenir la « ministre des Modes » de la reine Marie-Antoinette, à qui elle doit sa notoriété et son succès dans toutes les cours d'Europe et de Russie. La Révolution met fin à ses activités. Rose Bertin s'exile alors avant de revenir vivre à Épinay-sur-Seine jusqu'à son décès en 1813.

ces années de labeur, elle allait enfin connaître un grand bonheur, qui justifierait la peine qu'elle s'était donnée jusqu'ici. Alors même qu'un large sourire s'épanouissait sur son visage, elle heurta de plein fouet un porteur de sacs. Le jeune homme qui pliait sous le poids de sa charge vacilla et manqua de tomber. Louise se confondit en excuses pour sa maladresse. Quand le porteur leva sur elle ses yeux bleus incrustés dans un visage couvert de suie sur elle, il répondit :

— Y a pas de mal. Et surtout, restez belle comme vous êtes !

Décidément, aujourd'hui, tout lui souriait. Louise reprit sa course folle, dans la ville tout d'abord, en tâchant cette fois d'éviter les porteurs de sacs, les commerçants, les bourgeois et les aristocrates, sans oublier les « sans-dents[1] ». La population était en effet scindée en deux, et entre les riches et les très pauvres, l'écart était colossal, tandis que les classes moyennes étaient finalement assez peu représentées. Et si Louise était née dans cette dernière catégorie, au décès de ses parents, et faute de revenus suffisants, elle avait chu dans celle des ouvrières. Une ouvrière qui faisait de l'art cependant, ce qui lui permettait de s'élever au-dessus de sa condition. Tout comme les presque quatre mille femmes de la ville qui tissaient la dentelle la plus fine et la plus aérienne qui soit à la lueur de la bougie, souvent dans des caves, à la campagne ou, pour les mieux loties comme Louise, dans des ateliers. Valenciennes pouvait en effet s'enorgueillir de posséder un essaim de dentellières au savoir-faire unique, tissant le matériau le plus noble avec une patience d'ange et l'exigence d'un travail bien fait. En cela, elles contribuaient

1. Catégorie très pauvre de la population, surnommée ainsi, car elle était dans l'incapacité d'effectuer des soins dentaires.

largement à son rayonnement. Tout comme les mines de charbon lui conféraient le statut envié de ville à la pointe de la modernité.

Louise n'était pas peu fière de sa ville ! Tout en imaginant la manière dont celle-ci serait perçue par la représentante de Versailles, elle observa d'un œil neuf ce qui l'entourait. Elle passa ainsi devant les hautes et étroites maisons scaldiennes à pan de bois datant pour certaines du XIIIe siècle et qui abritaient des métiers à tisser le lin. Lin dont elles se servaient pour faire de la dentelle. Puis Louise gagna les remparts de la ville, en franchit l'une de ses sculpturales portes et se retrouva dans un décor champêtre. Elle fut heureuse de retrouver un horizon plus ouvert, avec les vastes plaines verdoyantes du plat pays sous un ciel bleu parsemé de nuages blancs. En cette fin d'après-midi, le soleil n'avait pas encore décliné. Louise, habituée à rentrer à la nuit tombée, savoura de pouvoir contempler ce spectacle : des arbres noircis par l'hiver, dont le feuillage se parait d'un vert tendre ou de jaune et blanc, les cours d'eau scintillants dont le doux clapotis lui ravissait les oreilles autant que le pépiement des oiseaux qui redoublaient d'ardeur avec le printemps.

Mue par son enthousiasme, elle se mit à courir. Ses joues s'étaient teintées de rose au contact de la fraîcheur extérieure, surtout lorsqu'elle évoluait dans l'ombre. Mais quand le soleil pointait, ses rayons dorés, comme les boucles de ses cheveux échappées de son bonnet, caressaient sa peau. Louise, tous sens en éveil, goûtait alors à cette agréable sensation, telle la sève de la nature environnante qui bouillonnait.

Un peu plus loin, la jeune femme ralentit sa course en apercevant les charmantes maisons aux grosses pierres qui bordaient la rive, entourées d'une nature bourgeonnante elles aussi. Elle suivit alors des yeux le fleuve et ses bateaux, de larges barques plates pour la plupart ou de petits bateaux à voile qui charriaient des marchandises jusqu'à la ville. Quand un marin agita la main à son intention, elle lui répondit avec enthousiasme. Puis elle reprit sa course folle en empruntant une route de terre qui se dirigeait vers un bras de l'Escaut. Moins d'un kilomètre plus tard, hors d'haleine, elle arriva chez elle.

Sa maison était située au bord du canal, dans un quartier comportant plusieurs habitations en briques rouges avec leurs tuiles si typiques du Nord, toutes construites à l'identique. Bien que certaines soient jumelées, elles présentaient toutes un arceau blanc, comme une anse de panier autour des portes et des fenêtres, et possédaient un petit jardin sur le devant ainsi que deux entrées, une en façade et une de l'autre côté. Louise emprunta cette dernière, en ayant hâte de retrouver sa tante et sa cousine, bien que celle-ci rentrât probablement tard dans la soirée.

— Ma tante ! Ma tante ! Vous ne devinerez jamais… Grande nouvelle ! Vous êtes là ? appela-t-elle encore.

La maison comptait des pièces tout en longueur. Louise traversa celle sur le devant avec son petit salon composé d'une table, de chaises et d'un petit canapé, puis elle entra dans la salle à manger familiale, décorée avec simplicité et de façon chaleureuse, avec des couvertures de laine colorée sur les fauteuils et, sur la table, de petits napperons de dentelle, qu'elle avait elle-même rapportés de son travail. Un froid étrange la saisit. Le poêle à charbon ne fonctionnait pas. La pièce était plongée dans la pénombre. Se pouvait-il que sa tante soit dans la cuisine ou la buanderie ? À moins qu'elle ne soit dans la petite cour qui donnait sur le jardin ? Contre toute attente, elle distingua soudain sa tante assise sur une chaise à contre-jour. Elle se heurta au même moment à la haute stature d'un homme vêtu de noir aux cheveux couleur de cendre.

— Mademoiselle..., dit-il d'une voix rauque et traînante, tout en promenant son regard libidineux sur sa poitrine pourtant couverte.

Louise reconnut le notaire, Me Facon. Sa tante restée assise jusqu'ici se leva avec difficulté, en prenant appui sur la table. Elle semblait abattue. Louise se précipita aussitôt pour l'aider. Mais le notaire d'un geste de la main leur signifia de ne pas se donner la peine de le raccompagner :

— Ne vous dérangez pas ! Je sais où est la sortie. Bonne journée et surtout, décidez-vous vite ! avertit-il encore.

L'homme disparut, emportant avec lui un souffle glacial. La tante se laissa alors lourdement retomber sur sa chaise.

Les sens en alerte, Louise s'enquit aussitôt avec inquiétude du motif de sa visite :

— Que se passe-t-il, ma tante ? Et que faisait ici le notaire ?

— Oh ! ma petite ! Quel malheur ! Le ciel nous tombe sur la tête et nous n'aurons bientôt plus de toit pour nous en protéger...

Le coucou de l'horloge du salon sortit de son petit chalet de bois pour sonner les trois coups au milieu d'un silence lourd.

Chapitre 1

Louise accusa le coup sans sourciller. À son jeune âge, elle avait déjà eu son lot de malheurs, mais elle connaissait également le sens de l'exagération de sa tante. Aussi s'efforça-t-elle de rester calme.

— Désirez-vous un verre d'eau ?

— Bonne idée. Donne-moi donc un verre... et la petite bouteille là-haut ! répondit Guillemette en désignant le placard de la cuisine.

Louise pinça les lèvres, mais s'exécuta, lui apportant une bouteille d'eau-de-vie finement ouvragée, qui avait été soigneusement dissimulée au milieu des torchons frais.

— Voulez-vous que je rallume le feu ? Il fait si froid...

— Maintenant que ce vautour est parti, tu peux tout allumer !

Tandis que sa tante levait le coude, Louise descendit à la cave. Le tas de charbon avait bien diminué à la suite de l'hiver rigoureux qu'elles avaient connu. La prochaine livraison par le soupirail n'aurait pas lieu avant l'automne, hélas. D'ici là, il fallait tenir. Louise espéra qu'avec le printemps les températures seraient plus clémentes, et l'été moins chaud que celui des années précédentes, sa tante ayant beaucoup souffert de la canicule.

Elle emporta quelques gaillettes de charbon noir dans

une sorte de grand pot à lait baptisé charbonnière, et remonta l'escalier. Et tout comme elle le faisait trois fois par jour, elle remplit le poêle de la pièce du milieu, ainsi que celui de la cuisine.

— Prends garde à ne pas répandre trop de poussière ! lui lança sa tante d'un ton directif.

Louise acquiesça, puis enfourna un peu de bois et alluma le feu. Bientôt, les braises de charbon commencèrent à rougir et à se consumer, conférant à la pièce une chaleur bienfaisante.

Elle revint ensuite s'asseoir sur une chaise près de sa tante, tandis que cette dernière avalait bruyamment une gorgée d'alcool avant de refermer la bouteille, déjà bien entamée.

— J'ai usé toute ma salive à force de plaider notre cause auprès de ce corbeau…

Guillemette Joly avait retrouvé des couleurs, ses joues rondes s'étant couvertes d'une teinte écarlate lie-de-vin. C'était une femme aussi généreuse au-dedans qu'au-dehors et elle possédait un vrai cœur d'or sous l'épaisse carapace qu'elle s'était forgée au fil des années, à force de vivre seule notamment.

— Te voilà rentrée de bonne heure ! J'espère que tu ne t'es pas fait renvoyer ? Ce ne serait vraiment pas le moment, hein ! tempêta-t-elle.

— Non, ma tante ! Notre cheffe d'atelier nous a dit de partir plus tôt, car figurez-vous que demain…

Louise s'interrompit, sentant que le moment était malvenu pour annoncer la bonne nouvelle.

— Quoi, demain ?

— Oh ! c'est sans importance ! Racontez-moi plutôt ce que vous voulait le notaire.

La tante Guillemette prit une profonde inspiration, croisa ses bras potelés sur la table et étouffa un rot.

— Comme tu le sais, lorsqu'il nous a quittés, ton père a légué cette maison à sa femme, ma très chère sœur. Et... il s'est passé ce qu'il s'est passé...

Un silence pesant s'invita dans la pièce. Louise songea que cette maison avait toujours fait la fierté de son père, Rémy Desmoulins, contremaître à la mine. Ainsi, et bien qu'il travaillât dans les bassins houillers, la famille ne vivait pas dans les corons avec les ouvriers, mais dans un quartier plus distingué avec des gens d'une catégorie sociale équivalente. Louise avait d'ailleurs reçu une éducation privilégiée, bénéficiant de l'enseignement d'une institutrice, de cours de dessin, complétés par des cours de catéchisme.

Son père, un homme généreux et travailleur, avait été un des premiers à descendre à la mine, et il fut aussi un des premiers à ne pas en remonter. Sa mère mourut de chagrin peu après, laissant sa fille unique livrée à elle-même à l'âge de quinze ans.

— Mais a-t-on idée aussi d'aimer un homme à ce point ? s'emporta Guillemette, la colère décuplée par la boisson.

Le cœur de Louise se serra à cette évocation.

— C'est donc toi qui as ensuite hérité de cette maison et du petit pécule que t'ont laissé tes parents, poursuivit la tante. Étant ta marraine, et devenant ta tutrice légale, j'ai alors jugé plus commode de venir habiter ici avec ta cousine.

Louise songea que sa tante avait aussi saisi cette opportunité parce que le toit de sa maison était sur le point de s'effondrer.

— Et comme un malheur n'arrive jamais seul, j'ai aussi perdu mon travail...

Si sa tante avait su tenir sa langue au lieu de donner des conseils sur l'éducation de leurs enfants à ses employeurs, ils l'auraient sans doute gardée !

— Avec les années, les économies de tes pauvres parents ont fini par fondre…, poursuivit Guillemette en soupirant.

La gestion du budget de sa tante était cependant pour le moins calamiteuse. Gourmande et généreuse de nature, elle aimait faire plaisir et confectionner de bons petits plats. Quand sa fille lui reprochait d'être un panier percé et que son embonpoint grandissait, elle argumentait alors qu'il « valait mieux faire envie que pitié ! ». En vérité, sa tante compensait le désert affectif de son existence par la nourriture. Faute de goûter aux plaisirs de la chair, elle faisait bonne chère !

Louise chassa ces pensées et acquiesça pour encourager sa tante à achever son récit.

— Aujourd'hui, nous n'avons plus rien ! Et bien que ta cousine et toi contribuiez chacune aux dépenses, nous ne sommes plus en mesure de rembourser nos créanciers. C'est pourquoi Me Facon me conseille de vendre la maison au plus vite. Il dit que nous pourrions en tirer un bon prix et racheter quelque chose de plus modeste ailleurs, tout en soldant nos dettes.

— Non ! s'exclama Louise, indignée. C'est hors de question !

Cette maison était tout ce qui lui restait de ses parents. Elle était chargée de souvenirs. Elle ne pouvait concevoir de s'en séparer. Ce serait un peu comme si elle perdait ses parents une seconde fois.

Déstabilisée par sa réaction, sa tante crut bon alors de tempérer ses propos :

— Ne t'inquiète pas, ma fille. On va trouver une solution. Après tout, on s'en est toujours sorties, non ?

Une fois de plus, sa tante parlait pour elle ! Louise aimait profondément Guillemette, mais elle lui en voudrait beaucoup si par sa faute elle perdait ce legs de ses parents.

— Alors, toi, quelles nouvelles ? Tu ne voulais pas me

dire quelque chose tout à l'heure ? interrogea Guillemette d'un ton faussement jovial.

Louise, la gorge nouée, prit sur elle pour annoncer :

— Un ministre de Versailles va venir à l'atelier demain.

— Ah. Et c'est bien ça ? s'enquit la tante Guillemette dubitative.

— C'est un grand honneur ! Tout l'atelier est en émoi et la ville aussi !

— Un honneur… qui j'espère va rapporter gros ! C'est vrai, tu es payée trois francs six sous, une misère ! rétorqua Guillemette, vexante.

Louise baissa les yeux et marmonna entre ses dents :

— Au moins, j'ai un salaire…

— Oui, enfin, jusqu'à quand… Ça, ça reste à voir ! Si seulement tu pouvais l'épouser, ce ministre, nous serions tirées d'affaire !

— Ce serait difficile, ma tante. Il s'agit de Mme Rose Bertin, la ministre des Modes, répliqua Louise.

— Une femme ? Aucun intérêt ! Et puis la mode, ce n'est pas ça qui va nous faire manger… Ça ne sert vraiment à rien !

— Vous vous trompez, ma tante !

— En quoi est-ce si important ? Tu peux me le dire.

— Déjà, c'est essentiel d'être belle ! Pour se sentir bien, pour être considérée en société, argua Louise, défendant farouchement sa passion.

— Oh ! moi tu sais, je n'ai plus à plaire ! rétorqua la tante, exaspérante.

— Si, à vous-même ! riposta Louise.

Piquée au vif, la tante Guillemette changea de sujet.

— Au lieu de parler chiffons, tu devrais plutôt songer à te marier !

Sa tante s'aventurait sur un terrain glissant qui revenait, hélas, de plus en plus souvent sur la table.

— Ma tante…

— Oh ! je sais que tu n'aimes pas que j'aborde ce sujet, mais tu es jeune, jolie, tu as des atouts pour toi ! Tu devrais te trouver un mari avant d'être fanée et d'avoir la peau flasque comme moi. Je sais bien que dans ce pays les dentellières et les mineurs se marient tard. Mais, tu ne vas quand même pas devenir une catherinette et le rester toute ta vie ! Et puis tu pourrais appâter un homme de meilleure condition que la nôtre…

— Il est hors de question que j'épouse un homme que je n'aime pas ! s'exclama Louise, résolue.

— Oh ! ce n'est pas la peine de prendre tes grands airs ! Tu seras bien contente d'accepter le premier venu. Parce qu'avec toutes tes dettes, qui voudra de toi ?

Louise se mordit les lèvres pour s'empêcher de parler. Sa tante avait visiblement retrouvé toute sa vigueur.

— Ou alors, il te reste toujours la possibilité d'entrer au couvent. J'ai entendu dire que le Carmel recrutait…

— Cela ne m'intéresse pas !

— Ce qui nous ramène au point de départ : nous allons devoir trouver une solution pour gagner de l'argent et vite, ou nous perdrons la maison, tout autant que la raison !

La tante se leva soudain avec promptitude.

— Bon, je vais chercher des légumes pour faire un potage et voir si les poules ont pondu. Elles au moins nous donnent de quoi nous sustenter et ne me déçoivent jamais !

Sur ce, elle s'en fut d'un pas léger vers son jardin, en boitillant à peine. Louise n'en revenait pas de tant de mauvaise foi. Connaissant toutefois le caractère emporté de sa tante, elle ne releva pas et préféra monter dans sa chambre pour tenter de digérer toutes les émotions de cette journée.

Le lendemain, Louise se leva plus tôt que d'habitude, et consacra plus de temps à sa toilette. Elle releva ainsi ses cheveux en un chignon gracieux et choisit une tenue fraîchement lavée et repassée.

C'est le cœur battant qu'elle franchit le seuil de sa maison pour se rendre à son atelier. Elle aperçut alors son voisin Pierre, dit Pépin, occupé à bêcher son jardin. Dès qu'il la vit, il laissa tomber son outil, demeurant les bras ballants comme ébloui par une apparition.

— Louise ? Toi, à ch't'heure ? interrogea-t-il de son fort accent patois.

La jeune femme le rejoignit à la clôture. Elle considéra le grand échalas brun aux yeux gris qui s'essuyait le front de sa manche et lui lança :

— Bonjour, Pépin ! Je suis un peu pressée... Je pars plus tôt à l'atelier, car nous attendons une invitée de marque !

— Allons bon ! Qui qu'c'est qui va venir ?

— La ministre des Modes de Marie-Antoinette ! J'espère que ça se passera bien. Souhaite-moi bonne chance !

Bien loin de partager son enthousiasme, Pépin se rembrunit.

— Ah, non ! Pour cha, faut pas compter sur moi !

— Hein ? demanda Louise, décontenancée. Pourquoi ça ?

— Tu ne me feras pas applaudir ces perroquets qui s'attifent avec de la dentelle pendant que nous on crève de faim et qu'on vit dans la misère !

Pour appuyer ses dires, il cracha par terre.

— En attendant, la dentelle, c'est elle qui me fait vivre ! rétorqua Louise, blessée dans son amour-propre.

Visiblement gêné de l'avoir rendue triste, Pépin tempéra son attitude.

— Excuse-moi, Lili ! Je suis remonté contre ces riches qui s'en mettent plein les poches pendant que nous, on galère.

— Qu'est-ce qui te prend ? Je ne te reconnais plus...

— J'ai décidé d'aller travailler à la mine pour aider la mère.

— Oh !

Cette annonce, sans pour autant la surprendre, lui fit l'effet d'un coup dans l'estomac. Ayant perdu son père dans la mine, et entendant parler quotidiennement d'accidents, Louise connaissait les risques que prenaient les mineurs dans ces antres infernaux. Cependant, le père de Pépin ayant récemment disparu, et en tant que cadet d'une famille de cinq enfants dont les garçons étaient tous partis, Pépin restait le seul homme de la maison – si l'on exceptait un grand-père qui ne sortait jamais et dont on disait qu'il n'avait plus toute sa tête. C'était donc à lui que revenait le devoir de subvenir aux besoins de sa mère.

— C'est une sage décision, finit-elle par dire.

— Là, je fais le jardin, et après je mettrai mon costume et j'irai me présenter…

Une voix stridente en provenance de la maison l'interpella soudain.

— C'est Louise que j'entends ? s'exclama Aglaé Bigotte, la mère de Pépin, en accourant. Il t'a dit, Pépin, pour la mine ?

— Je viens juste de l'apprendre…

— Peut-être que ta tante pourrait lui donner un coup de main. Elle connaît bien le directeur de la mine, non ? fit la voisine, dont les yeux perçants pétillaient d'intérêt.

— Ah… Euh, ça, il faudrait lui demander, répondit Louise, embarrassée.

Elle songea en effet qu'ayant quitté son employeur en mauvais termes, Guillemette ne lui serait sans doute pas d'une grande aide.

— Ta tante a tout à y gagner, parce qu'une fois qu'il aura un salaire, mon fils pourra t'épouser ! Ce dont il rêve depuis toujours…, avoua sa mère sur le ton de la confidence en lui adressant un clin d'œil appuyé.

— Maman ! fit Pépin gêné, aussi rouge que les tomates de son jardin.

— Quelqu'un a dit mon nom ? interrogea Guillemette, en surgissant comme une furie, vêtue de sa chemise de nuit, avec juste un châle sur les épaules.

— Ma foi, tu tombes bien ! fit Aglaé. Figure-toi que mon fiston va aller travailler à la mine. Et entre ma fille qui est sur le point de se marier et mes fils qui sont employés comme journaliers dans les fermes voisines, je suis une mère comblée !

— Catherine est sur le point de se marier ? Tu en as de la chance ! C'est pas comme celle-ci ! rétorqua la tante en dénigrant Louise. Personne n'est assez bien pour elle…

— Il faut dire que Catherine est très pieuse. Toujours à la messe, elle ne manquerait jamais un sermon… Alors forcément, en bonne fille et en bonne chrétienne, le but de son existence est de fonder une famille…

Louise ne put s'empêcher de réprimer un sourire. Elle connaissait bien Catherine. Et si elle ne manquait jamais une messe, c'était davantage pour folâtrer avec les hommes de la chorale que pour écouter les sermons.

— Ce n'est pas étonnant finalement que Catherine soit une grenouille de bénitier. Quand on s'appelle « Bigotte » ! s'exclama Guillemette, ravie de son bon mot.

Les deux femmes éclatèrent de rire, Aglaé davantage parce qu'elle y était contrainte par son intérêt.

— « Bigotte » tiendrait plutôt de l'ouvrier agricole travaillant avec une pioche que de la grenouille de bénitier, ma tante ! rectifia Louise.

— Une bêche comme celle-ci ? interrogea Pépin en brandissant la sienne dotée de deux dents.

— Exactement !

— Tais-toi donc ! Tu n'y connais rien. Et quel est donc ce jeune homme que Catherine va épouser ? Je le connais ? questionna Guillemette en se tournant vers Aglaé.

Voyant les deux femmes bien parties pour s'adonner à leur activité favorite : cancaner, Louise en profita pour s'éloigner. Elle s'en fut à son atelier, ravie d'avoir échappé à son destin pour cette fois, peu désireuse qu'elle était d'épouser Pépin !

Chapitre 2

L'ambiance à l'atelier était à la surexcitation générale. On se serait cru lors des préparatifs des fêtes du Saint-Cordon[1], à la veille des communions et dans les rangs d'une chorale s'apprêtant à chanter au mariage d'un aristocrate, le tout ensemble !

Tout le monde courait partout, là où d'ordinaire l'ambiance était studieuse. Les dentellières n'arrêtaient pas de changer la disposition des chaises, tandis que la cheffe d'atelier leur confiait différentes tâches, tout en les abreuvant de recommandations. Ainsi, il fut décidé que toutes les ouvrières auraient de la dentelle sur elles, sous toutes les formes possibles : bonnets, manchettes, étoles, rubans, gants… Elles serviraient ainsi de présentoirs à leur production. Une manière comme une autre de montrer le savoir-faire de la maison.

De par sa taille menue et sa silhouette élancée, Louise fut désignée pour porter la sublime robe de dentelle réalisée pour une aristocrate locale. Robe qui avait nécessité plus d'un an de travail, autant dire une œuvre d'art d'une finesse inouïe ! Après s'être changée, Louise fut invitée à

1. Le Tour du Saint-Cordon est une procession en l'honneur de la Vierge Marie, qui protégea jadis Valenciennes de la peste, et qui se tient chaque année dans la ville.

se placer au centre de l'assemblée avec toutes ses collègues autour d'elle, leur métier à tisser sur les genoux. La jeune femme était toutefois davantage préoccupée par l'absence de son amie Jeanne-Claire. Elle s'enquit discrètement si quelqu'un avait eu de ses nouvelles.

— Non, mais elle va se faire sonner les cloches quand elle va arriver, lui répondit une de ses collègues.

Quelqu'un accourut alors pour signifier qu'un équipage en provenance de Versailles venait d'entrer en ville. L'ambiance devint frénétique. Lorsque la cheffe d'atelier, en comptant ses employées, constata qu'il en manquait une, dont la chaise demeurait souvent vide, elle ne fut pas longue à faire le rapprochement :

— Mlle Cheval manque encore à l'appel ! Cette fois, elle dépasse les bornes.

Aussi, quand la jeune femme parut quelques minutes plus tard, rouge et échevelée après avoir couru, les paroles furent sans appel :

— Vous êtes renvoyée ! Vos absences répétées ont eu raison de ma patience. J'aurais espéré qu'un jour comme celui-ci vous auriez au moins eu la décence d'être à l'heure !

La pauvre fille tenta bien de se justifier, argumentant qu'elle avait attendu le docteur pour son enfant malade, mais ce fut en pure perte. Ce jour-là, la cheffe d'atelier escomptait plus que jamais de ses employées une discipline et une tenue irréprochable.

Cette situation révolta Louise, qui décida d'agir. Ayant anticipé cette triste issue depuis des semaines, elle avait en effet mis au point un plan avec la complicité de ses collègues au cas où la cheffe d'atelier en viendrait à cette extrémité.

— Sauf votre respect, mademoiselle. Il arrive peut-être parfois à Jeanne-Claire d'être en retard, mais…

— Parfois ? Continuellement, vous voulez dire, mademoiselle Desmoulins ! Et je ne vois pas pourquoi vous jouez les mêle-tout. Cela ne vous regarde pas…

— Jeanne-Claire a une famille nombreuse dont elle doit s'occuper, mais elle n'a jamais négligé son travail, poursuivit Louise, défendant farouchement sa camarade. Elle a d'ailleurs toujours fait en sorte de rattraper son retard sur son temps libre.

— Ça, c'est bien vrai ! Nous sommes toutes témoins ! lança une petite brune, dont le bonnet lui mangeait le visage.

Toutes les dentellières approuvèrent alors, formant un joyeux brouhaha solidaire, tandis que Jeanne-Claire encore rouge les regardait avec des yeux incrédules.

— Vous m'en direz tant ! rétorqua la cheffe d'atelier, en croisant les bras. Avez-vous une preuve de ce que vous avancez ?

— Absolument ! répondit Louise, mains sur les hanches. Nous avons son sac avec toutes ses dentelles, qu'elle a malencontreusement oublié hier. Heureusement, nous l'avons retrouvé !

Elle fit un signe à une femme aux boucles grises, qui s'empressa de sortir une grosse besace de sous son siège et de la remettre à sa cheffe en baissant les yeux. Puis elle retourna prestement s'asseoir.

La cheffe d'atelier l'ouvrit et en extirpa plusieurs pans de dentelle, tous très bien travaillés.

— C'est de la belle ouvrage ça, mademoiselle Cheval ! Même si vous avez un peu tendance à vous disperser…

Le sac contenait en effet plusieurs pièces de tailles différentes ; chacune des dentellières ayant fabriqué un morceau en secret, à la demande de Louise – certaines l'ayant tissé pendant la messe, ou la nuit à la lueur de bougies pendant que leur famille dormait, faute de trouver du temps par ailleurs.

— Vous êtes en retard, mais vous avez le respect du travail. Si vous me promettez que vous serez à l'heure désormais, vous pourrez rejoindre les autres.

Jeanne-Claire répondit d'une petite voix :

— Je ferai mon possible pour…

Croisant le regard foudroyant de Louise, elle rectifia :

— Je vous le promets, mademoiselle !

Toutes l'applaudirent alors. La pauvre fille toute tremblante retourna s'asseoir, les larmes aux yeux, et débordante de gratitude à l'égard de ses collègues. Elle devait se confondre en remerciements pendant des jours, ignorant toutefois que Louise était à l'initiative de cette bonne action, cette dernière préférant se fondre dans le groupe.

Dans les minutes qui suivirent, un silence quasi religieux se fit entendre, uniquement ponctué par le cliquetis des fuseaux virevoltant entre les doigts agiles et experts des dentellières. L'invité tant attendu arriva. Mais au lieu de la ministre des Modes, ce fut un jeune homme qui entra. Il esquissa un bref salut et se présenta :

— Vicomte Léandrin de Bresse, dépêché sur ordre royal de Sa Majesté, en lieu et place de Mme Rose Bertin, retenue auprès de la reine, annonça-t-il avec préciosité.

Bien que déçue de ne pas voir la fameuse ministre des Modes, Louise ne put s'empêcher de réprimer un frisson à l'évocation de la souveraine.

Claire Tribout reçut son prestigieux invité avec tous les égards dus à son rang :

— La maison Tribout est fière d'accueillir une personne de votre qualité, vicomte. Et vous avez fait un excellent choix en venant nous rendre visite. Nous sommes en effet à la tête d'un des plus importants ateliers valenciennois…

Louise profita du discours officiel pour lever les yeux sur leur visiteur. C'était un très bel homme, grand, avec beaucoup de prestance et un regard à la fois perçant et doux. Ses habits le mettaient de plus formidablement bien en valeur. Il était en effet vêtu d'une redingote en velours bleu sur un gilet assorti, qui faisait ressortir ses yeux d'un vert presque turquoise, et d'une chemise blanche rehaussée d'une cravate en dentelle tout comme l'étaient ses manches. Il portait encore une culotte de satin blanc, et avait aux pieds des chaussures à boucles. Tout ce luxe chez un homme était à l'opposé de la simplicité d'habillement des bourgeois et commerçants du Nord qui privilégiaient le confort et la sobriété, et se trouvait encore davantage éloigné de l'austérité des pauvres gens. Seuls quelques aristocrates de la région pouvaient se permettre un tel luxe, mais ils avaient tendance eux aussi à préférer les couleurs sombres pour mieux s'intégrer au paysage urbain.

Le vicomte était coiffé d'une perruque poudrée, mais à la teinte de ses sourcils, Louise devina qu'il devait être châtain. La plupart des hommes du Nord n'en portaient pas, privilégiant le naturel, quand ils n'étaient pas coiffés de chapeaux. Les femmes optaient quant à elles surtout pour les bonnets et les coiffes.

L'homme possédait une belle prestance, beaucoup d'élégance, et des manières davantage polies qu'aimables. Il ne semblait pas en effet enclin aux grands discours. Et cette réserve pouvait aisément le faire passer pour un individu orgueilleux avec une conscience assez hautaine de sa supériorité, accentuée par un port de tête altier. Louise était déterminée toutefois à voir si cet homme ténébreux était tout autant passionné par la mode et son métier qu'elle pouvait l'être elle-même. Pour le moment, la noblesse et le masque aristocratique sur ses traits faisaient office de paravent à ses émotions véritables. Rapidement, elle s'aperçut que ses yeux brillaient d'une lueur particulière tandis qu'il observait la dentelle avec attention. En particulier, celle qu'elle portait.

En effet, après les présentations d'usage de l'atelier et de ses dentellières, Claire Tribout la désigna de la main en disant :

— Et voici la robe entièrement faite de dentelle que nous confectionnons pour la baronne de Nédonchel.

Le vicomte s'approcha de Louise et, les mains derrière le dos, contempla avec attention la robe et le modèle. Il était concentré, comme s'il cherchait à percer le secret de cette toile fine et blanche capable de magnifier le corps féminin et de l'envoûter tout autant. La jeune femme eut la sensation étrange d'être déshabillée du regard tandis qu'il scrutait les moindres détails de la robe sur son corps.

— Tout à fait remarquable ! lança-t-il d'une voix grave, chaude, et distinguée cependant.

Il s'approcha alors plus près d'elle et Louise sentit son regard caressant sur sa nuque. Sa respiration s'accéléra et elle manqua même de défaillir quand ses doigts délicats touchèrent sa manche pour mieux en appréhender le motif. Lorsqu'il effleura sa peau, elle frissonna. Leurs yeux se croisèrent et l'espace d'un instant, Louise vit son regard turquoise se troubler. Son cœur chavira et sa poitrine s'immobilisa.

Bien vite, le vicomte se reprit et se donna une contenance en s'éloignant pour mieux observer la technicité des ouvrières. Louise put alors respirer de nouveau. Son charme sur elle avait été dévastateur. Esthète, elle appréciait tout autant l'harmonie de ses traits que le charisme qu'il dégageait. En revanche, elle redoutait terriblement l'effet qu'il avait produit sur elle.

Louise s'arracha à sa contemplation de l'individu et à ses réflexions pour écouter Claire Tribout raconter qu'il fallait parfois une année pour faire une paire de manchettes, et que la qualité de la dentelle, sa finesse et sa blancheur exceptionnelles tenaient en grande partie du fil de lin employé, qui était fabriqué dans la région.

— Je vois que vous confectionnez beaucoup de bandes étroites, remarqua le vicomte de Bresse, observateur.

— En effet, les femmes de haut rang utilisent surtout la valenciennes pour l'ornement de leurs vêtements, comme les jolies « engageantes » bordant les manches des robes…

— Je vois… En tout cas, votre maison est inspirante. Vos dentellières semblent bien aises de travailler pour vous.

— Il est certain que l'atelier déborde de vie ! Nous sommes loin du fonctionnement rigoureux des couvents d'autrefois, même si j'attends de mes ouvrières de la discipline, tout de même.

Ce disant, le regard de la cheffe d'atelier glissa sur Jeanne-Claire Cheval qui, honteuse, plongea dans son ouvrage.

— Comment se nomme ce coussin rigide sur lequel vous travaillez ? s'enquit le vicomte auprès d'une ouvrière, toute surprise qu'il lui adresse la parole.

— C'est mon carreau, mon tambour ou mon métier, comme vous préférez, mon seigneur !

— Et ce que vous tenez entre vos doigts ?

— Ce sont des fuseaux qu'on appelle aussi broquelets. Et là, vous avez les épingles à tête, et là…

— Ce sera tout, merci, Philomène ! l'interrompit la cheffe d'atelier, peu désireuse d'indisposer son prestigieux invité.

Mais le vicomte, concentré, demeura un temps à observer la manière dont la dentellière faisait danser entre ses doigts blancs à la pulpe rosée ses fuseaux avec virtuosité, et la façon dont elle faisait se croiser en dessous les fils d'après le modèle esquissé avec une minutie qui forçait l'admiration. Il apprécia encore la rondeur des fuseaux, et la grâce de leur réalisation, comme fasciné.

— Autrement, auriez-vous un désir particulier, un motif que vous souhaiteriez voir réalisé ? Nous serions ravies de le confectionner pour vous, avança Claire Tribout, désireuse sans doute d'arriver à la fameuse commande.

— Pour être honnête avec vous, la demande de dentelle à Versailles est en léger recul. Les hommes se parent moins de dentelle, la mode est à un retour à une certaine simplicité...

— C'est bien dommage, répondit-elle, déçue.

— Je serais néanmoins ravi de vous passer commande d'une centaine de pièces pour la reine : linge de maison, robes, napperons... Je vous ferai savoir le détail par courrier.

Claire Tribout fut stupéfaite par cette assertion et soulagée à la fois. De fait, elle ne trouva pas tout de suite ses mots pour lui répondre. Le vicomte se dirigea alors vers Louise et après un temps où il semblait en proie à une lutte intérieure, lui demanda :

— Accepteriez-vous, chère baronne, de dîner avec moi demain ? Je serais enchanté de passer un peu de temps en votre compagnie.

Il avait visiblement longuement mûri cette demande lors de sa visite et un temps tergiversé avant de la formuler. Mais à présent qu'il s'était lancé, il attendait la réponse avec une légère inquiétude perceptible à ses traits crispés.

Louise fut abasourdie par sa requête et encore davantage qu'il l'ait prise pour la baronne ! Elle était tout autant embarrassée qu'il la distingue parmi toutes les autres jeunes femmes. Il y eut un silence pesant dans l'atelier. Le temps parut s'arrêter, comme suspendu à ses lèvres.

Louise interrogea quelques collègues du regard pour savoir quelle attitude adopter. Si certaines à l'œil pétillant l'incitèrent à accepter, car l'homme était séduisant, d'autres restèrent figées par l'incertitude et la surprise. Claire Tribout elle-même, sentant l'enjeu de sa commande suspendue à cette demande, n'eut pas le courage de détromper le vicomte sur ce malentendu. Elle ferma les yeux tout en se frottant le front. Louise, encore sous le charme et l'effet produit par les doigts du jeune homme sur sa peau, s'entendit alors lui répondre :

— J'en serais très heureuse !

Chapitre 3

Lorsque Léandrin sortit de l'atelier, il était séduit, définitivement conquis par ce qu'il venait de voir. Il marcha d'un pas vif jusqu'à sa voiture et ce n'est qu'une fois que l'attelage se fut mis en mouvement qu'il put souffler. Il s'empressa de desserrer sa cravate, déboutonna sa veste et ôta la perruque qui le grattait.

Cette visite à l'atelier avait été une belle surprise, même si elle avait été chargée en émotions. Tous ces regards sur lui, toute cette tension, et cette attente aussi vis-à-vis de ses bonnes grâces. C'était un crève-cœur lorsqu'il ne pouvait pas passer commande, sans accord de son employeur. Il était alors uniquement en représentation et détestait cela. Toutes ces petites mains, ces ouvrières comptaient tellement sur leur maigre salaire. La mode était une industrie qui employait du monde. Beaucoup de monde ! Et il arrivait parfois qu'il ne puisse satisfaire tous ses acteurs. Il aurait bien voulu qu'il en soit autrement mais cela ne dépendait pas que de lui.

Heureusement, cette fois tout était différent. Il avait eu le pouvoir d'agir. Cela le ravissait, compte tenu du savoir-faire de la maison Tribout. La qualité de ce qu'il avait pu voir était sans commune mesure avec les autres ateliers qu'il avait visités jusqu'ici. Il faut dire que les véritables et les plus délicates valenciennes sortaient des couvents ou des maisons de charité, où les jeunes filles étaient formées au maniement des fuseaux. Mais il existait aussi quelques maisons qui fournissaient une dentelle de qualité, comme celle de la famille Tribout sur laquelle régnait une poignée de négociants. Dans celle-ci, les dentellières vivaient d'avances et d'acomptes gagés sur les pièces de dentelle en cours de fabrication. Leur situation était donc fragile et pour le moins précaire. Une commande de Versailles, grassement rémunérée, était du pain bénit pour elles.

Il songea encore à cette robe de dentelle, quelle pure merveille ! Et la jeune femme qui la portait… Quelle beauté extraordinaire ! Sans doute la plus sublime créature qu'il ait jamais vue. Il avait été très favorablement impressionné par la jeune femme, comme jamais auparavant. La baronne de Nédonchel… Mais qu'avait-elle donc de si spécial qui le mettait ainsi sur les charbons ardents ?

Il repensa à ses cheveux blonds, à sa peau d'une blancheur nacrée incomparable. Ses cheveux relevés en un chignon dégageaient une nuque aussi fine et gracieuse que celle d'un cygne à la blancheur éclatante. Elle possédait d'ailleurs l'allure et l'élégance de cet oiseau au plumage blanc qui vivait sur les eaux douces des régions froides, comme ici.

Il songea à la foudre qui l'avait traversé lorsque leurs regards s'étaient croisés et au trouble qui l'avait saisi. À ses grands yeux bleus, à son visage empreint de fraîcheur, à ses lèvres fuchsia gourmandes qui ne demandaient qu'à être embrassées. Comme il aimerait cueillir un baiser sur la plus belle des roses…

Il frotta ses yeux de son index et de son pouce et tenta de chasser cette vision désirable de son esprit. Mais plus il cherchait à s'en défaire, et plus elle venait le tarauder avec une ardeur plus brûlante encore.

Il revit alors la poitrine menue aux seins bombés et à la peau veloutée de la jeune femme, délicatement enserrée dans la fine dentelle de son décolleté. Elle montait et descendait au rythme de sa respiration, assez rapide, ce qui indiquait qu'elle devait être comprimée dans son corset, à moins que ce phénomène ne soit accentué par ses émotions. Il se souvint que la jeune femme avait rougi, impressionnée devant lui, comme une jouvencelle. Oh ! comme il aimerait être celui qui capturerait le cœur de cette biche appétissante ! Nul doute que la baronne devait faire bien des envieux ! Comment se faisait-il qu'en dépit de son rang et de sa fortune, elle ait réussi à garder cette fraîcheur et cette innocence ? Oui, définitivement, cette jeune femme l'intriguait au plus haut point et il désirait plus que tout percer ce mystère ! En tout cas, jamais en traversant les plats paysages du Nord aux vastes plaines et bocages, empreints de monotonie et de froide solitude, il ne se serait attendu à rencontrer un tel soleil en arrivant !

Absorbé dans ses réflexions, il vit sa voiture franchir une arche en bois et pénétrer dans la cour d'un ancien corps de ferme du XVIIe siècle avant de s'immobiliser. Il était parvenu à l'auberge où il passerait la nuit.

Descendant les marches du carrosse, il aperçut une écurie, un bassin et même la roue d'un moulin. L'endroit était plein de charme et constituait une parenthèse champêtre bien agréable loin de Versailles. Il se dirigea alors vers le bâtiment central, dont une enseigne en métal virevoltait au gré du vent au-dessus de l'entrée principale affichant le nom de l'auberge : « Au Bon Fermier ». En s'approchant, il vit, depuis les fenêtres composées de losanges de cette bâtisse aux murs épais, un feu rougeoyer dans la cheminée. Un fumet alléchant de viande rôtie commença à lui chatouiller les narines. En poussant la porte en bois épais, il fut agréablement surpris de constater que le feu dans la cheminée servait également de rôtisserie. Cela le mit immédiatement en appétit.

L'aubergiste occupé à mettre la table le reçut alors un peu prestement :

— Oui, c'est pourquoi ?

— Je suis le vicomte de Bresse, on a dû vous informer de mon arrivée…

L'aubergiste se décomposa aussitôt.

— Oh ! vous êtes déjà là ? Nous ne vous attendions pas de sitôt…

— Je peux repasser si vous le désirez…, répliqua Léandrin.

Mais le restaurateur leva les mains.

— Ce ne sera pas nécessaire, monseigneur ! Votre chambre est prête. Je vais vous faire monter vos bagages et je peux vous servir un bon repas quand vous le souhaitez !

L'homme, sans doute soucieux de cultiver sa bonne réputation auprès de ses clients en provenance de Versailles, se montra empressé. Il fit signe à une servante plutôt gironde et à un jeune apprenti d'accompagner le vicomte jusqu'à sa chambre.

Léandrin ne se montra cependant pas pressé, absorbé dans la contemplation des poutres apparentes au plafond et des murs en pierres. De nombreuses pièces de cuivre, casseroles, bassines, chauffeuses de lit y étaient accrochées, au même titre que d'anciennes fourches en bois de paysans garnies de feuilles de vigne. Le décor était à la fois rustique et chaleureux. Il sentit une forme de bien-être se répandre dans tout son corps, tandis qu'une allégresse emplissait déjà son cœur depuis que son regard avait croisé celui d'une certaine baronne de Nédonchel.

— Peut-être vous plairait-il de boire une bonne bière devant l'âtre ? le relança l'aubergiste, en attente de ses souhaits.

— Je reviendrai à la nuit tombée. J'aimerais me reposer un peu.

— Vous faites bien, monseigneur ! Avec la fatigue du voyage, et le reste…, le flatta le restaurateur avant d'adresser à son apprenti un geste virulent, faute de réaction chez son client.

Le garçon porta ses bagages jusqu'à sa chambre située à l'étage, escorté de la servante se chargeant de son linge frais pour la nuit. Léandrin emprunta à leur suite le superbe escalier en colimaçon à l'extérieur du bâtiment qui y menait.

Sa chambre était douillette et confortable, avec un lit épais et moelleux, semblait-il. Il sentit qu'il allait se plaire ici, son séjour à Valenciennes s'annonçant en effet sous les meilleurs auspices !

Au même moment, Louise se morfondait sur sa chaise, le visage enfoui dans ses mains.

— Mon Dieu, mais qu'ai-je fait ? Qu'ai-je fait ?

Une dizaine de dentellières s'employaient à la réconforter, en présence de la cheffe d'atelier qui se tenait un peu en retrait.

— Tu as fait ce qu'il fallait ! Face à un homme de son importance, tu n'étais pas en position de refuser une invitation, la rassura son amie Jeanne-Claire.

— Ce n'est pas non plus une raison pour qu'elle relève ses jupes avec le premier venu ! répliqua Marie-Odile, une femme au visage austère qui portait un gros crucifix autour du cou.

— Personne ne lui demande de lever ses jupes ! Encore que le vicomte soit un très bel homme. Moi, si j'avais vingt ans, je ne me ferais pas prier pour batifoler dans le foin avec lui, rétorqua la vieille Rolande, aussi fripée qu'une laitue, mais toujours verte.

Toutes se mirent alors à donner leur avis sur cette possible relation dans un brouhaha indescriptible.

— Silence ! tonna la brunette dont le bonnet lui mangeait le visage. Au lieu de bavasser, nous ferions mieux d'agir ! Le temps file plus vite que le lin entre nos doigts !

— Et que suggères-tu, Euphraisine, toi qui es si maligne ? questionna la jeune Gilonne, pressée de rentrer chez elle.

— Nous devrions nous unir pour concevoir un plan au lieu de nous crêper le chignon !

— Elle pourrait aller trouver le vicomte et lui dire qu'il y a eu un malentendu. Ou qu'elle n'est plus libre demain…, proposa la rondelette Pernette.

— Il est un peu tard pour reculer, rétorqua Euphraisine.

— N'oublions pas qu'une importante commande est en jeu, rappela Claire Tribout, bras croisés et lèvres pincées, qui ne se mêlait pas au groupe, mais écoutait leurs échanges cependant.

— Dans ce cas, mes sœurs, il ne nous reste plus qu'à conjuguer nos efforts pour faire en sorte que Louise ait l'air d'une baronne, lança Marie-Odile avec ferveur. Nous avons la nuit pour cela ! C'est court, mais faisable ! Nous avons déjà fait bien pire. Rappelez-vous la robe de mariée de…

— Justement, il lui faudrait une robe digne d'une baronne ! la coupa Euphraisine, prenant ainsi la tête des opérations.

— Ça va faire juste pour en confectionner une d'ici demain ! s'exclama Séraphine. Personne n'aurait une tenue qui fasse un tant soit peu impression ? Ou une paire de beaux rideaux qu'on pourrait transformer ?

Toutes secouèrent la tête et cogitèrent en silence.

— Je crois que j'ai la solution ! s'exclama la placide

Jeanne-Claire. Je suis en train de repriser une robe de théâtre pour la baronne de Nédonchel justement. Avec quelques ajustements, elle pourrait faire l'affaire. D'autant que Louise a presque la même taille qu'elle...

— C'est vrai ! Sa robe en dentelle lui allait parfaitement, approuva d'une petite voix la longiligne Philomène.

— On pourrait lui rajouter de la dentelle sur le col et les manches, l'agrémenter avec des rubans et en l'accessoirisant un peu, ça devrait faire un tant soit peu impression, s'enthousiasma Euphraisine en relevant son bonnet sur ses yeux.

— Bon, je file chez moi la chercher et je reviens ! Ne m'attendez pas pour commencer...

— Commencer quoi ? demanda Pernette, avec de gros yeux ronds.

— Eh bien, à travailler avec Louise sur son maintien, sa diction, à lui enseigner les codes de la bienséance, et toutes ces choses qui feront d'elle une aristocrate... Bon, à t'à l'heure !

Quand elle sortit, toutes se regardèrent.

— Elle en a de bonnes, Jeanne-Claire ! C'est facile à dire pour elle, qui travaille chez des aristocrates, répliqua Pernette. Elle est mieux placée que nous pour savoir comment se comportent ces animaux-là.

— La pauvre ne peut pas être partout à la fois ! rétorqua Philomène avec raison.

— Mesdemoiselles, je dois partir. Exceptionnellement, je vous laisse les clés de la salle, mais ne traînez pas trop ! leur recommanda la cheffe d'atelier.

Puis, se rapprochant de Louise, elle lui souffla à l'oreille :

— Si je peux toutefois vous donner un conseil : parfois, il est de bon ton de ne pas parler à tort et à travers. Privilégiez l'écoute et souriez. Autre chose : ne faites jamais rien que vous n'ayez désiré, repartit-elle d'un ton presque maternel. Allez, bon courage ! Nous sommes toutes avec vous !

Cela partait d'une bonne intention, mais c'était plus facile à dire qu'à faire. Tout le groupe ne pourrait être en effet présent dans ce tête-à-tête avec Léandrin et Louise aurait à se débrouiller seule.

— Et surtout n'oubliez pas, l'atelier compte sur vous ! reprit Claire Tribout, laissant la pauvre Louise avec une bien lourde responsabilité sur ses frêles épaules.

Les dentellières s'employèrent alors à échafauder la toile destinée à capturer le jeune vicomte dans les filets de la jeune femme, à la manière des Parques tissant les fils de leur destinée.

Louise eut ainsi droit à un cours de maintien. On la fit défiler avec des livres sur la tête pour s'assurer qu'elle marchait droit et de façon élégante. Puis les filles lui firent travailler sa diction. Elles estimèrent en effet que contrairement aux gens du peuple, les nobles possédaient un langage châtié et feutré, parlant avec les lèvres en cul de poule.

— Et essaie de ne plus dire « hein » à tout bout de champ !

— Hein ? Moi, je dis ça ? s'offusqua Louise tandis que toutes hochèrent la tête. Ah oui, c'est vrai !

Elles lui firent répéter plusieurs phrases, l'encourageant à hacher le moins possible ses mots, ou encore à utiliser un vocabulaire choisi. On lui demanda de réciter à plusieurs reprises et de plus en plus vite « Les chaussettes de l'archiduchesse sont-elles sèches ou archisèches ». Ce qui donna un genre de galimatias chuintant incompréhensible compte tenu de son accent du Nord et fit dire à Pernette que ce n'était pas gagné !

Puis on l'initia au maniement des couverts sur la table,

lequel était très codifié dans la haute société. Louise s'emmêla et décida qu'elle imiterait en cela son compagnon.

— De toute façon, les riches ne dînent pas, ils picorent ! répliqua Gilonne, catégorique.

— Ça, c'est ben vrai ! Tu devrais manger avant sinon tu vas mourir de faim ! En plus avec le corset tu auras du mal à te remplir la panse, surenchérit la gourmande Pernette.

— Que voulait signifier Mme Tribout en disant de ne pas parler à tort et à travers ? s'enquit Louise songeuse auprès de ses comparses.

— Qu'il faut réfléchir avant de parler sans doute, répondit Euphraisine. Ne dis pas tout ce qui te passe par la tête…

— Je pense aussi que tu ne devrais parler que de ce que tu connais, ajouta Philomène d'une petite voix.

— De la Bible et des saintes Écritures par exemple, répliqua Marie-Odile en tripotant son crucifix.

— Je ne suis pas certaine que ce soit l'idéal lors d'un dîner galant, rétorqua la verte Rolande, un brin moqueuse.

— Un dîner galant ? interrogea Louise, affolée.

— Mais non… C'est juste une invitation de courtoisie ! la rassura Euphraisine en faisant les gros yeux à sa collègue.

— Le regard aussi, c'est important ! surenchérit Gilonne. Les baronnes font des yeux de biche, par en dessous comme ça, dit-elle en exagérant le geste tout en roulant les yeux d'une manière davantage effrayante que séduisante. Elles n'ont pas un regard franc et direct.

— D'accord, et quoi d'autre ? demanda Louise.

Les conseils fusèrent de toutes parts. Chacune y allant de sa recommandation personnelle fondée sur des idées reçues :

— Sois imbuvable ! Les gens riches sont toujours désagréables.

— Quand tu ris, tu ne dois pas t'esclaffer. Mais pouffer et rire dans ta gorge, comme ça : mh mh mh burp…

— Euh, ça, c'est un rot, Pernette !

— Désolée, ça m'a échappé…, avoua la fille gironde, rouge de confusion.

— Il faut avoir l'air d'être blasée de tout. Les riches ont tout ce qu'ils désirent, et nous rien ! Alors quand tu rentres dans une pièce, imagine que tout est à toi ! recommanda Gilonne.

Louise hocha la tête d'un air dubitatif mais entendu.

— N'hésite pas à bâiller pour manifester ton ennui ! C'est un phénomène bien connu, les riches s'ennuient, comme ils ne travaillent pas, déclara Philomène.

— Ah, et très important : il faut cacher tes émotions. Les aristocrates ne montrent jamais ce qu'ils pensent.

Pour appuyer ses dires, Augustine lui administra une gifle. Louise cria :

— Eh, mais ça va pas ! ?

— Cache ta colère !

Une autre la piqua avec une épingle.

— Eh, ça fait mal !

On lui lança un regard noir. Louise se tut, mais n'en pensa pas moins.

— Il faut aussi savoir se faire désirer.

— Et se faire attendre !

— Et toujours avoir une phrase de secours à placer pour meubler les silences…

— Et un éventail pour occuper tes mains…

— Et surtout ne pas boire d'alcool ! Tu perdrais tous tes moyens…

— Ne pas boire tout court, ça fait du bruit !

Louise hochait la tête à tout va, ne sachant plus où donner de la sienne, noyée sous les recommandations.

— On peut savoir ce que vous faites ? interrogea

Jeanne-Claire, qui venait de revenir dans la salle, une robe de satin rose dans les bras.

— On fait comme t'as dit ! On « confiture » le portrait de la Nédonchel, repartit la félonne Gilonne.

— Ce n'est pas ce que j'ai dit ! Louise ne doit pas être une caricature, mais être la baronne ! J'espère que vous ne lui avez pas mis de mauvaises idées en tête, poursuivit-elle devant l'auditoire qui prit un air innocent en niant. Bon ! Voici la robe.

Toutes les filles se précipitèrent sur la toilette pour la jauger et elle fut adoptée à l'unanimité. Les idées de décoration fusèrent alors avec enthousiasme.

— Il faut aussi que je te raconte ce que je sais de la baronne de Nédonchel, au cas où le vicomte te questionnerait sur ta famille, souffla Jeanne-Claire à Louise, la prenant à l'écart.

— Encore ? J'ai la tête déjà pleine ! gémit Louise.

— C'est vrai que tu n'as pas l'air bien. Bon, je t'explique dans les grandes lignes et tu rentres. Au pire, tu changeras de sujet. Nous, on s'occupe du reste !

— Mais je ne vais pas vous abandonner…

— Oh ! que si ! Je crois que tu en as assez fait.

Et il en fut ainsi. Une fois le récit de Jeanne-Claire achevé, Louise fut renvoyée chez elle sous prétexte qu'elle devrait avoir le teint frais pour le lendemain. Ce fut très bien ainsi, car la pauvre se sentait perdue.

Chapitre 4

Sur le chemin du retour, dans l'obscurité nocturne, Louise songea en frissonnant qu'elle ne se sentait pas du tout prête à affronter ce dîner. Pas tant parce que ses collègues l'avaient abreuvée d'une foule de conseils qu'elle n'aurait pas le temps de maîtriser d'ici demain, mais parce qu'elle avait en elle des obstacles qui lui paraissaient insurmontables. Louise devrait en effet lutter contre sa timidité naturelle. N'ayant pas confiance en elle, elle perdait vite pied devant une figure d'autorité ou quelqu'un qui l'impressionnait. Et encore davantage face à un homme séduisant, et ce d'autant plus qu'elle manquait totalement d'expérience avec la gent masculine, si l'on exceptait ses rapports avec Pépin. Elle songea toutefois en souriant qu'il s'agissait surtout d'amitié entre eux, Pépin étant un gamin en comparaison du vicomte. Ce dernier la déstabilisait complètement, non par l'importance qu'il se donnait, mais par l'effet qu'il produisait sur elle.

En face de lui, elle se sentait fondre et brûler à la fois d'un étrange feu qui partait de son ventre pour remonter jusqu'à sa poitrine et dans sa gorge et lui procurait des rougeurs cuisantes sur les joues. Son cœur battait la chamade et tambourinait dans ses tempes et plus rien n'existait en dehors de ses yeux turquoise, ses mains délicates et sa voix chaude. Elle allait devoir composer avec ce dérèglement de ses émotions, tout en essayant de se comporter comme une baronne. Autant dire qu'elle allait vivre une véritable épreuve ! D'un autre côté, la perspective de le revoir et de passer du temps seule en sa compagnie lui procurait un plaisir infini et une excitation qui faisait palpiter tout son être !

Plongée dans ses réflexions, elle poussa la porte de chez elle. Il était déjà tard et elle fut surprise d'entendre les voix de sa cousine et de sa tante dans la petite salle à manger. Que faisaient-elles encore debout ?

Elle pénétra dans le couloir et avança à l'entrée du salon sans faire de bruit, désireuse d'apprendre ce qui se disait quand elle n'était pas là, notamment concernant la maison.

— Et ça gagne beaucoup, un transporteur[1] ? interrogea la tante.

— Non, maman ! N'y pense même pas, répliqua la cousine d'un ton sans appel. Si j'avais su, je ne t'aurais rien dit !

— Oh ! un de plus, un de moins, je ne vois pas en quoi ça peut te poser un problème ! Et si ça peut rendre service... Je connais une ou deux familles qui ne seraient pas contre le fait d'avoir une bouche de moins à nourrir, surenchérit Guillemette, qui ne semblait pas prête à abandonner.

— Alors, premièrement, je viens de commencer à travailler à l'hospice des enfants trouvés et je n'ai pas envie d'avoir des ennuis...

1. Il est fait référence ici à une étrange affaire qui sera jugée en 1781. Certaines mères désargentées et désespérées avaient en effet recours à des « transporteurs » pour conduire leur enfant à l'hospice des enfants trouvés.

— Tu es bénévole à ce que je sache, non ?

— C'est une question de principe, maman ! Et c'est mon deuxièmement : c'est aussi une question de moralité ! repartit-elle en haussant le ton. Ça te parle, ça ?

— Oh ! baisse d'un ton, Bertille ! Tu parles à ta mère…

— Justement ! Je ne voudrais pas que ma propre mère me fasse honte ! Imagine un peu si ça venait à se savoir, hein ?

— Oh ! tu parles ! Et quand Aglaé Bigotte va savoir qu'on doit vendre la maison parce qu'on n'a plus d'argent, hein ? Et aussi que je me suis fait renvoyer de chez le directeur de la mine, elle qui me demande tous les jours d'intercéder pour son fils… Je suis même obligée de passer sous la clôture pour qu'elle ne me voie pas ! Tu crois que ce n'est pas honteux, ça ? s'enquit la tante, excédée.

— Nous y voilà ! Tu es prête à faire des bêtises pour ne pas décevoir ta voisine. De toute façon, vous n'arrêtez pas de vous chamailler et de vous rabibocher. Alors, accepte de ne pas avoir le beau rôle pour une fois !

— Je ne sais pas si tu te rends compte. Sa fille va se marier, *elle* ! Et avec un commerçant qui plus est. Moi j'ai deux filles sous mon toit et pas une des deux n'a l'ombre d'un prétendant. Fais du bien à baudet, t'auras les pattes au nez, tiens[1] !

Louise sourit en entendant que sa cousine était aussi soumise aux reproches de Guillemette qu'elle pouvait l'être elle-même.

— Je n'ai pas le temps d'aller conter fleurette, maman. Mon travail de secrétaire chez le médecin me prend tout mon temps.

— Et comme si ça ne suffisait pas, tu t'en rajoutes

1. Ce proverbe ch'ti signifie qu'il ne faut pas attendre de reconnaissance de la part de personnes ingrates.

encore en travaillant gracieusement dans un hospice pour enfants trouvés !

— C'est aussi une bonne action chrétienne !

— Et Dieu te le rendra ! Si possible, j'aimerais bien qu'il nous permette de garder la maison, d'ailleurs…

Louise entendit Bertille, pourtant pragmatique et habituée aux emportements de sa mère, grogner d'impatience et probablement se signer aussi, en fervente pratiquante qu'elle était.

C'est à ce moment-là qu'elle se décida à entrer. Elle avait vu juste. Sa cousine en était au « Saint-Esprit. Amen ».

— Ah, te voilà toi ! dit Guillemette en la voyant. Où étais-tu donc passée ? Je me faisais du souci…

Visiblement, les deux femmes avaient bien d'autres préoccupations, mais Louise prit un air contrit de circonstance.

— Je suis désolée. J'ai été retenue à l'atelier…

Ce qui n'était pas faux…

Louise perçut cependant le regard inquisiteur de sa cousine, qui, si elle n'avait été plus grande, aurait pu être le portrait de sa mère au même âge.

Lorsqu'elles étaient en présence de la tante, Bertille se posait souvent en rivale de Louise pour gagner l'affection de sa mère, mais en dehors de cela, elles étaient volontiers complices.

— Ce n'est pas aujourd'hui que cette femme de Versailles devait venir visiter l'atelier ? demanda Guillemette.

— Si, voilà !

— Et ?

— Ça s'est bien passé ! Elle, enfin il, c'est un homme qui est venu finalement, va nous passer une commande importante.

— Ah, bon ? Ainsi donc, Rose, comment déjà… Baldaquin est un homme ? s'enquit la tante, qui n'y comprenait plus rien, tandis que la cousine arquait un sourcil.

Il faut dire que Louise s'était sentie rougir à l'évocation du vicomte et qu'il n'était pas impossible que Bertille suspectât quelque chose. Louise s'efforça toutefois de rester stoïque pour ne pas trahir son trouble.

— C'est Rose Bertin, ma tante. Et ce n'est pas elle qui est venue finalement, mais un vicomte.

Sentant que sa tante pouvait s'engouffrer dans la brèche pour lui dire de l'épouser, et ne voulant absolument pas révéler qu'elle était sur le point de la contenter en dînant avec lui, Louise s'empressa de changer de sujet.

— Il a été subjugué par la dentelle au fuseau que nous faisons à l'atelier. Il l'a trouvée très fine, et a loué l'élégance de ses motifs et puis…

— Oui, oh ! tu n'es pas obligée d'entrer dans les détails. On parlera chiffons une autre fois ! Je n'ai pas la tête à ça…

— Je comprends, ma tante. Je suis aussi fatiguée. Je vais vous laisser, si ça ne vous dérange pas…

Louise bâilla pour appuyer ses dires.

— Va te coucher ! Fais-moi juste un baiser avant.

Louise l'embrassa sur la joue et fila sans demander son reste, trop heureuse d'échapper pour cette fois à l'interrogatoire de Guillemette, tandis que sa cousine la regardait s'enfuir avec envie.

À l'auberge, Léandrin qui s'apprêtait à souper devant un bon feu de cheminée eut la surprise de recevoir la visite de plusieurs notables de Valenciennes. L'un de ces messieurs, député du magistrat, se montra étonné qu'il loge à l'auberge et n'ait point été reçu par la ville. Léandrin répliqua qu'il aurait décliné l'invitation de toute façon, préférant la discrétion dans ses affaires. Il ne voulait pas en effet que l'on puisse lui reprocher de bénéficier d'avantages en nature.

— C'est tout à votre honneur ! Même si cela se fait couramment, lui répondit-on.

Parmi les autres convives figuraient un brasseur, deux commerçants et un M. Dusart, ancien échevin de la ville. Lorsque la conversation se porta sur le temps qu'il faisait, ce dernier évoqua l'hiver particulièrement rigoureux qu'ils avaient connu dans le Nord, puis se vanta d'avoir participé avec plusieurs officiers du régiment de Lorraine, dragons et autres, à une battue durant laquelle ils avaient tué pas moins de sept loups.

— Nous étions en février, la neige durait depuis deux mois et avait obligé les bêtes à quitter leur tanière pour chercher leur subsistance. Il fallait les voir se promener en plein jour dans les villages ! Une femme leur a échappé de justesse, et ça a été un miracle si personne n'a été blessé, mais on a déploré la perte d'un veau et d'une vache dévorée dans son étable.

Léandrin écoutait ce récit avec intérêt. Et si leur visite l'avait embarrassé, il savoura peu à peu la convivialité et la chaleur de ces gens du Nord. D'autant plus lorsque l'aubergiste leur servit dans des chopes de grès une excellente bière blonde de la région, dont la mousse blanche et fine lui rappela la dentelle dont une certaine baronne était parée.

En connaisseur, le brasseur lui fit l'article de cette bière et l'aubergiste surenchérit avec fierté :

— C'est de la forte, pas de la petite ! Elle n'est pas coupée !

— Encore heureux, fit le brasseur. Le vicomte mérite ce qu'il y a de meilleur…

Effectivement, il était choyé, se délectant des délices de la table en agréable compagnie ; des gens qui appréciaient la bonne chère et la vie. On leur servit en entrée une tourte aux champignons, puis un succulent pâté de veau, une compote de pigeon, et un plat composé de trois perdreaux, trois cailles et un dindonneau rôtis dans l'âtre agrémenté de petits légumes. Ce fut ensuite un plateau de fromages généreusement garni accompagné de pain blanc et rehaussé d'un bon verre de vin rouge des coteaux du vignoble. Ce festin s'acheva enfin par une farandole de pâtisseries en guise de dessert : tarte aux pommes ou au *libouli*[1], flan aux pruneaux, épaisses gaufres à la cassonade[2] ou fourrées, cramiques et autres craquelins[3] aux raisins ou au sucre…

À la fin du repas, Léandrin était repu, mais de fort bonne humeur. D'habitude réservé et secret sur ses activités, il ne tarit pas d'éloges sur l'atelier de dentelle qu'il avait visité. Par un heureux hasard, l'aubergiste connaissait fort bien une des dentellières de la maison Tribout, une certaine Mme Caffiaux née Cheval, qui se trouvait être la fille de feu l'aubergiste.

— Ah, oui ! La femme d'Étienne, le perruquier, rétorqua un commerçant. C'est un fervent partisan de l'autel et du trône, qui coiffe tout autant l'aristocratie que le clergé et la bourgeoisie.

S'adressant alors au restaurateur, et oubliant toute réserve, Léandrin demanda s'il connaissait la baronne de Nédonchel qu'il avait eu le plaisir de rencontrer là-bas :

1. Le *libouli* désigne la crème ou « lait bouilli » qui couvre cette tarte à larges bords.

2. La cassonade est l'autre nom de la vergeoise dans le nord de la France, en Belgique, et en Suisse notamment. C'est un sucre coloré et parfumé, qui peut provenir de la betterave.

3. Il s'agit de brioches à la texture craquante.

— Blonde aux yeux bleus, la taille menue, gracieuse et radieuse comme un ange…, la décrivit-il.

— La figure régulière, un teint de lys et de rose, de beaux yeux bleus, un nez modèle, beaucoup d'agrément dans l'esprit…, surenchérit l'échevin.

— Oui, voilà ! C'est bien elle, approuva Léandrin.

Il perçut bien un sourire ironique chez ses acolytes, mais il ne s'en offusqua pas, sa curiosité étant la plus forte.

— Tout le monde la connaît ici. C'est la fille d'Anne-Emmanuel de Croÿ qui possède le château de l'Hermitage à Condé-sur-l'Escaut. Une des plus riches familles aristocratiques de la région ! rétorqua l'aubergiste.

— Le père d'Anne-Emmanuel de Croÿ, maréchal de France, a remporté les plus beaux succès militaires, en plus d'être un habile courtisan. On dit qu'il avait l'amitié de Louis XV, de Mme de Pompadour et celle de Louis XVI et Marie-Antoinette, raconta encore M. Dusart.

— Ses états de service sont impressionnants ! Mais pourquoi dites-vous « avait » ?

— Le pauvre homme vient de nous quitter.

— Paix à son âme ! dit Léandrin, en songeant que la baronne devait sans doute en être très affectée.

— Cet homme était féru de science et d'histoire et, entre autres écrits, il a laissé quarante-deux volumes de mémoires ! rétorqua le député.

— Sans compter tous ses biens ! Il était l'un des principaux actionnaires de la Compagnie des mines d'Anzin avec ses voisins, le marquis de Cernay et le vicomte Desandrouin, ajouta l'un des commerçants.

— Et ce ne sont pas là leurs uniques propriétés. Son fils Anne-Emmanuel possède notamment le moulin de Saméon à Famars, qui présente la particularité d'élever les eaux et de moudre le grain avec deux tournants. C'est son père qui l'a fait reconstruire.

— Pour en revenir à sa fille, la baronne…

— Que voulez-vous savoir, monseigneur ? s'enquit l'aubergiste, lui posant familièrement la main sur l'épaule sans que Léandrin s'en offusque, contrairement à ses compagnons de table. Si c'est une bonne fille ?

— Eh bien, oui ! Par exemple, répondit gaiement Léandrin.

— Toutes les filles du Nord sont bonnes, et travailleuses avec ça ! répliqua l'un des commerçants, qui commençait à être soûl. Elles sont toutes charmantes, droites et parmi les plus pieuses. De plus elles font de nombreux enfants et admirablement bien la cuisine !

— Pas sûr que ce soit le cas de la baronne, cela dit, repartit le député, ironique. En revanche, les de Croÿ sont de grands amateurs de théâtre de société. Je me suis d'ailleurs laissé dire que le talent d'actrice de la baronne était très apprécié lors des représentations qu'ils donnent au château…

— Je le confirme ! ajouta l'échevin. Pour l'avoir vue jouer, elle excelle aussi bien dans les rôles de suivante que dans ceux de paysanne.

Cela n'étonna guère Léandrin. Son visage était en effet très expressif, contrairement à celui, compassé, des dames de son rang.

— Si la baronne se nomme de Nédonchel et son père de Croÿ, cela signifie-t-il qu'elle est mariée ? interrogea-t-il avec un peu d'inquiétude.

Tous plongèrent dans leur assiette et l'échevin répondit :

— À ma connaissance, elle s'est mariée à quatorze ans, parce que son oncle M. d'Artois, possesseur du château de Jolimetz et d'une jolie fortune, voulait les lui laisser par contrat de mariage et non par testament. Mais il se raconte aussi que sitôt la cérémonie terminée, le baron de

Nédonchel l'aurait quittée pour rejoindre sa compagnie de gendarmerie rouge à Lunéville.

— Il s'agit d'un corps d'élite très recherché par la noblesse de ce pays, expliqua le député.

— La jeune fille serait ensuite restée entre les mains de sa mère, remariée au comte de Puységur…

Léandrin reprit espoir, et cela lui suffit, il ne voulut pas en entendre davantage. Il remarqua alors la main de l'aubergiste sur son épaule et lui adressa un regard réprobateur. Ce dernier s'empressa de la reprendre et fila sans demander son reste vers la cuisine pour quérir des digestifs. Le vicomte n'avait cependant pas l'intention de s'attarder plus avant. La tête lui tournait et il désirait être en possession de ses moyens le lendemain.

Il prit congé de ses comparses, prétextant être fatigué par le voyage. Il les invita toutefois à demeurer à l'auberge et à se servir abondamment en alcool à ses frais, et les remercia bien sincèrement d'être venus lui rendre visite. Puis il monta quatre à quatre l'escalier menant à sa chambre, désireux de pouvoir s'allonger pour repenser à la femme qui l'avait tant touché par sa pureté et sa grâce et qui avait bien innocemment éveillé en lui les sentiments les plus brûlants. Les sens encore émoustillés par ce festin, il avait hâte de rêver d'elle, avant d'avoir le bonheur de la retrouver le lendemain. Ce dont il se languissait à présent…

Chapitre 5

Partie de bon matin, Louise se rendit à l'atelier de dentelle où l'attendaient ses camarades. Elle avait peu dormi, étant très anxieuse, et son esprit était agité et embrumé. Elle était résolue à tout abandonner, incapable d'affronter l'épreuve à venir. Lorsqu'elle poussa la porte de la grande salle, une partie de ses réticences s'envola cependant au profit d'une immense gratitude. Quatre ou cinq dentellières étaient en effet restées toute la nuit pour lui confectionner une robe digne de son statut de baronne. L'une d'elles, Pernette, ronflait bruyamment, recroquevillée dans un coin. En l'entendant arriver, saluée par l'accueil enthousiaste de ses sœurs, elle s'éveilla en sursaut, un motif fleuri de la dentelle sur laquelle elle s'était endormie imprimé sur sa joue.

— Tu vas être contente ! lui lança Euphraisine, exténuée, regarde ce qu'on t'a préparé ! J'espère que ça te plaira…

Louise se mordit la lèvre, tandis que des larmes s'invitèrent dans ses yeux. Il était trop tard pour abandonner. Elle allait devoir se battre, pour ses amies et la peine qu'elles s'étaient donnée pour l'aider. De toute façon, elle était dans un tel état qu'elle subirait certainement davantage la situation qu'elle ne pourrait réellement agir sur elle. Elle s'avança vers la robe et la contempla en tremblant.

— Elle est magnifique ! Vous vous en êtes donné du mal…

— Mais ça en valait la peine, non ? Tiens, passe-la, qu'on fasse les reprises nécessaires avant l'heure de ton rendez-vous…

Louise s'exécuta et revint parée de la robe rose en satin, à laquelle les couturières avaient ajouté de la dentelle aux manches, au bas, et autour de la taille. Elles avaient également conçu un diadème bordé d'un voile très fin, retombant jusqu'à son décolleté où il était élégamment noué. Le haut de sa gorge étant couvert en partie d'un tulle vaporeux. Quelques rubans sur les épaules complétaient l'ensemble. En outre, le bas était suffisamment long pour dissimuler ses vieilles chaussures. Et on lui donna le plus bel éventail qui soit. Marie-Odile paracheva le tout en lui passant une croix autour du cou.

— Magnifique ! s'extasièrent ses admiratrices en la voyant ainsi parée. Que de beauté et de noblesse ! On dirait une princesse !

— Plutôt une chanoinesse du siècle dernier avec ce voile qui lui tombe trop bas et qui couvre la moitié de sa poitrine. Et cette croix, c'est d'un lourd ! objecta Philomène, visiblement en désaccord avec les autres.

— Elle n'a pas tort…, approuva Jeanne-Claire Cheval qui venait d'entrer.

Louise lui adressa un sourire reconnaissant d'être arrivée tôt, et d'avoir sacrifié du temps avec sa famille pour la soutenir.

— Le but est de suggérer sans trop montrer, mais il ne faudrait pas tomber dans l'excès inverse !

La croix fut rendue à sa propriétaire et Jeanne-Claire s'employa à dégager un peu son décolleté et à alléger le voile encadrant l'arrière de sa tête. Elle lui donna en outre des boucles d'oreilles précieuses qu'elle tenait de sa mère et un petit sac bourse en velours rose pour compléter sa tenue.

— M. le vicomte ne pourra qu'adorer cette pureté virginale où tout est à deviner derrière le voile, conclut Pernette, plongeant ainsi Louise dans l'angoisse.

— Mais ne t'inquiète pas ! la rassura une fois de plus Jeanne-Claire, accommodante. Prends-le comme un jeu de rôle, ou une pièce de théâtre. D'ailleurs cette robe est à l'origine un costume. Tu es protégée sous cet habit de scène. Alors, amuse-toi. L'espace d'un repas, tu auras la possibilité d'être une baronne et de dîner avec un vicomte. Une opportunité qui ne se présentera peut-être qu'une seule fois dans toute ta vie !

— Sans compter que le monsieur est tellement hautain que tu pourras te flatter de l'avoir dupé ! repartit Philomène.

— Je suis si timide et maladroite ! geignit Louise.

— Et tu as tellement d'autres qualités ! Ta beauté, ta gentillesse, ton talent... Et puis ce sera l'occasion d'assumer pleinement ta féminité, le temps d'un repas !

Les paroles clairvoyantes de son amie eurent raison des dernières réticences de la jeune femme. Elle lui sourit tristement tandis que Claire Tribout et une dizaine de dentellières firent leur entrée pour venir travailler. Ce que Louise comptait également faire, en costume, sous les commentaires admiratifs des autres, en attendant de retrouver le vicomte.

Lorsque l'heure de midi fut venue, toutes les dentellières l'accompagnèrent à la porte, l'abreuvant encore de mille conseils. Elle sortit alors sous le regard à la fois inquiet et bienveillant de sa cheffe d'atelier en empruntant la porte de derrière.

Conformément aux recommandations (« Fais-toi désirer », « Fais-toi attendre »...), elle fit plusieurs fois le tour du quartier pour ne pas arriver la première. De fait, lorsque enfin elle le retrouva, le vicomte avait une attitude un brin désinvolte et séduisante au possible. Il était vêtu d'un habit bleu canard et son chapeau tricorne était incliné sur ses yeux. Il avait toute l'attitude du mauvais garçon, avec cependant un visage aux traits réguliers digne de la beauté d'une statue grecque. Louise sentit son cœur accélérer et une bouffée d'enthousiasme l'envahir, accompagnée d'une angoisse bien légitime. Celle de s'engager dans quelque chose qu'elle ne connaissait pas et qui faisait frémir tout son être. Le vicomte était terriblement beau, Valenciennes un écrin qui lui permettrait de réaliser ses rêves et aujourd'hui tout semblait possible.

Quand il la vit, Léandrin se redressa aussitôt, se détachant du mur en époussetant son habit. Il reprit ainsi la prestance inhérente à son rang. Lorsqu'elle fut près de lui, il constata qu'elle était complètement rouge et essoufflée. Ce qui contribuait à mettre en valeur le bleu de ses yeux et la fraîcheur de son teint. En outre, elle était absolument resplendissante dans une robe rose agrémentée d'une fine dentelle surmontée d'une coiffe sobre, mais élégante.

— Bonjour, chère baronne ! Vous avez couru, semble-t-il. J'espère que vous ne vous êtes pas donné cette peine pour ne pas me faire attendre.

— Hein ? Deux, trois ! s'empressa aussitôt d'ajouter la jeune femme en chantonnant. Je m'en vais au bois… J'adore cette comptine !

Léandrin fut quelque peu déstabilisé par cette repartie. Il mit néanmoins cela sur le compte de son agitation.

— Alors, non, je n'ai pas fait en sorte d'arriver en retard, reprit-elle. Mon carrosse a rencontré du monde en chemin, expliqua-t-elle en détachant bien chaque syllabe, pour qu'il comprenne mieux sans doute.

— Tant mieux ! Je déteste les femmes qui en jouent pour attirer l'attention sur elles.

Louise se mit à rire, en gloussant de manière un peu pincée.

— Quelle idée !

Tandis qu'elle avait la tête penchée en arrière, il contempla son cou tendre et sa bouche gourmande dans les tons rosés et surtout son magnifique sourire, jusqu'ici caché derrière sa timidité. Quel âge pouvait-elle avoir ? Dans les vingt-trois, vingt-quatre ans, s'il se fiait aux dires des convives de l'auberge. Elle possédait toutefois une spontanéité qu'elle semblait tenter de refréner, comme si elle tirait sur la bride de son être sauvage.

— Si cela vous sied, nous pourrions aller jusqu'à cette auberge au centre-ville : L'Oie Blanche. J'ai pris la liberté d'y réserver une table, car elle a excellente réputation.

La jeune femme parut surprise et impressionnée, mais roula des yeux d'une façon étrange, évitant ainsi son regard.

— C'est un très bon choix !

Ils cheminèrent de conserve pendant quelques minutes. Elle était très silencieuse. Cette qualité de réserve l'honorait car lui aussi l'était également de nature. Évoluant à ses côtés, il sentit l'irrésistible attraction qu'il éprouvait pour elle se manifester avec une intensité presque magnétique. Il l'observa à la dérobée. Elle marchait d'une manière gracieuse et insolite à la fois, comme sur un fil, gardant la tête un peu statique.

Le silence devait toutefois lui peser, car elle le rompit pour demander :

— Vous plaisez-vous dans le Nord ?

— Beaucoup ! J'y suis depuis peu, mais j'ai rencontré des gens charmants, répondit-il en glissant son regard vers elle, sans qu'elle semble le remarquer. On mange aussi formidablement bien et j'ai hâte de découvrir les trésors de cette ville. Pour le moment, j'ai aperçu beaucoup de verdure aux alentours, mais également beaucoup d'églises et de beaux monuments. Je suis certain que la ville possède un patrimoine très riche !

Il avait beaucoup parlé et elle fort peu. Il se fit la remarque qu'elle avait le don de l'inciter à s'épancher. Ce qui pouvait être dangereux…

— Ce n'est pas pour rien que l'on surnomme Valenciennes « l'Athènes du Nord[1] », répondit-elle après un temps, en pesant ses mots.

— Quelle belle expression ! J'ai d'autant plus hâte de la découvrir davantage. Même si, hélas, mon séjour ici sera de courte durée.

En disant cela, il vit un voile sombre traverser son visage. Se pourrait-il que cette perspective la chagrine ?

Ils arrivèrent à l'auberge, laquelle comptait une façade de briques rouges et des pierres beiges qui encadraient les fenêtres et les portes. Son nom, L'Oie Blanche, était écrit en lettres de ferronnerie. On les escorta jusqu'à la table demandée par Léandrin, un peu à l'écart, près d'une fenêtre, mais à proximité du feu cependant. La baronne investit l'espace comme en terrain conquis, jetant son sac sur la chaise et s'asseyant prestement. Oubliant toute réserve, elle demanda à l'aubergiste ce qu'il y avait au menu. Elle qui avait l'air si surprise d'aller dans cette auberge peu auparavant semblait visiblement bien la connaître, mais pas le restaurateur en revanche.

Ce dernier, quelque peu décontenancé par sa hardiesse, s'empressa de leur faire plusieurs suggestions. Léandrin

1. L'expression formulée par le secrétaire perpétuel de l'Académie des beaux-arts date en réalité de 1860. Elle désigne le rayonnement de la ville, en particulier au XVIIIe siècle, âge d'or de sa dentelle et de sa porcelaine.

opta pour des pâtés au jus, suivis de carpes farcies et de pommes meringuées en dessert. Elle se rangea à son avis, ce qui une fois de plus n'était pas désagréable.

Un ange passa. Le jeune homme était très impressionné par sa beauté, et avait bien du mal à dissimuler son trouble. Les idées se bousculaient dans sa tête et il avait mille questions à lui poser, sans oser s'aventurer à en verbaliser une seule. Une fois de plus, ce fut elle qui rompit le silence :

— Vous plaisez-vous dans la région ?

Elle avait déjà posé cette question, aussi sourit-il.

— Beaucoup ! Mais j'ai hâte de la découvrir davantage.

Elle se cala dans le fond de son siège et se tut en affichant un sourire convenu.

— Je vous remercie d'avoir accepté mon invitation. Vos journées doivent être bien remplies, je présume ? s'enquit-il avec délicatesse.

Elle se mit alors à bâiller.

Était-elle lassée de sa présence ? L'indisposait-il ? Elle paraissait heureuse de le voir pourtant tout à l'heure et à présent elle semblait lasse…

— Pas du tout ! Je m'ennuie beaucoup. De vous à moi, on s'ennuie terriblement quand on est riche, n'est-ce pas ?

— Cela dépend. Pour ma part, je ne manque pas de travail.

Léandrin était déstabilisé. Il essaya de comprendre l'attitude de la baronne et se souvint alors de ce qu'on lui avait dit la veille.

— Mais je manque à tous mes devoirs ! J'ai appris la triste nouvelle pour le maréchal duc de Croÿ. Je suis vraiment navré. Votre peine doit être immense…

— Le maréchal duc ?

— Votre grand-père…

— Ah, oui ! J'aime autant ne pas en parler, dit-elle

après un temps. Lui-même ne le souhaiterait pas non plus d'ailleurs, ajouta-t-elle, à la plus grande confusion de son interlocuteur.

Léandrin se dit qu'elle devait être trop peinée pour l'évoquer, et respecta son souhait. S'ensuivit de nouveau un long silence.

Lorsque les plats arrivèrent, elle resta un moment à attendre qu'il commence, alors que lui-même par politesse l'attendait. Finalement, il se décida à entamer son plat et elle l'imita en picorant quelques bouchées dans son assiette. Même chose pour le poisson, où elle le regarda longuement utiliser ses couverts avant de s'aventurer à prendre les siens.

— Cela ne vous plaît pas ? s'enquit-il.

— C'est excellent ! répondit-elle en manquant de s'étouffer.

Il lui tendit aussitôt un verre d'eau :

— Tenez, buvez !

— Je n'ai pas soif, merci ! lui rétorqua-t-elle, tandis qu'elle continuait à s'époumoner dans son mouchoir.

Lorsque enfin elle récupéra un souffle normal, elle était si pâle !

— Vous n'avez pas l'air bien. Prenez donc un peu de vin, cela vous fera du bien !

— Ah non, surtout pas d'alcool ! s'exclama-t-elle, affolée. Il est vrai qu'il fait un peu chaud près du feu en revanche…

Ce disant, elle dégaina son éventail de son sac et l'ouvrit d'un geste un peu sec, ce qui propulsa l'objet au sol.

Léandrin se précipita pour le ramasser et elle se pencha au même moment. Leurs têtes se heurtèrent et le choc lui fit voir des étoiles. Ce qu'il avait déjà dans ses yeux jusqu'ici, cela dit.

— Pardonnez-moi, je suis terriblement maladroit !

Elle se tenait la tête, mais afficha cependant un sourire forcé. Il lui servit un verre de vin et le lui tendit. Comme elle déclinait toujours sa proposition, il insista :

— Il ne s'agit pas d'alcool, mais d'un remède.

— Dans ce cas, c'est différent !

Elle saisit le verre et but du bout des lèvres le liquide rubis. Le goût sembla lui plaire. Puis, elle avala plusieurs gorgées à la suite. Léandrin tenta bien de tempérer, mais en vain.

Un instant plus tard, son regard s'alluma d'une étrange lueur et le jeune homme vit un tout autre personnage apparaître sous ses yeux.

— Bon, et sinon, vous vous plaisez dans le Nord ? interrogea-t-elle avec un étrange accent patois qui contrastait beaucoup avec sa mise, mais qu'il trouva aussi curieux que charmant.

Amusé qu'elle lui repose encore la même question, il lui répondit :

— Pas du tout !

— Ah, vous m'en voyez ravie ! repartit-elle sans avoir écouté un traître mot de ce qu'il venait de dire.

— Les gens du Nord sont charmants, mais ils ont un étrange accent tout de même. On ne comprend pas toujours ce qu'ils disent, commenta-t-il.

— Hein ? Vous trouvez ? Bah, vous non plus, on ne comprend pas toujours ce que vous dites ! répliqua-t-elle.

— Vous voulez parler des gens de Versailles sans doute... Certains sont en effet passés maîtres dans l'art de la dissimulation et des non-dits...

— Ah, vous voyez !

— Et c'est un euphémisme !

Elle fronça les sourcils qu'elle avait fort charmants. De fait, il crut bon d'expliciter :

— La franchise n'est pas toujours de mise à la cour.

Alors qu'ici, ce n'est pas le cas. Vous voyez, hier soir à l'auberge, ces gens sont arrivés que je n'avais jamais vus. Des notables, pourtant, mais ils parlaient tellement avec le cœur que j'ai eu le sentiment de les connaître depuis toujours. J'ai passé la meilleure soirée de ma vie.

— C'est normal, ce sont des gens du Nord ! Ici, on a le cœur sur la main. Et on dit tout ce qu'on pense !

Ce disant, la jeune femme comprit soudain qu'elle venait de dire quelque chose d'inconvenant.

— Mais je parle trop ! Il fait chaud… Est-ce que ça vous dirait qu'on aille prendre l'air ? s'empressa-t-elle d'ajouter, visiblement mal à l'aise. On pourrait aller visiter la ville par exemple. Après, en revanche, je devrai rentrer à l'atelier.

— Ce serait avec grand plaisir !

En réalité, Léandrin était ravi qu'elle le lui propose. Ayant terminé son assiette, il appela l'aubergiste pour qu'il lui prépare la note, qu'il s'empressa d'aller régler. Il songea alors que c'était une occasion inespérée de passer un peu plus de temps en compagnie de son invitée avant qu'elle retourne à ses essayages, et à sa vie. Et lui, à la sienne, désespérément vide sans une femme à ses côtés. Même si pour le moment, celle qui se présentait devant lui semblait bien éloignée du portrait flatteur qu'il s'était fait d'elle en son absence.

Chapitre 6

Au sortir de l'auberge, Louise déambula en tête, en proie à une vive agitation. Les joues bouillantes, elle écarta un peu plus le voile de son visage pour se rafraîchir et prit plusieurs inspirations pour recouvrer ses esprits. Un sentiment de honte grandissait en elle à mesure que les effets de l'alcool se dissipaient. Il faut dire qu'elle n'avait pas l'habitude de boire et avait totalement perdu la maîtrise d'elle-même. Et ce, alors même que ses collègues l'avaient mise en garde contre ce dangereux élixir. Comme elle s'en voulait !

Elle s'était pourtant efforcée tout au long du repas d'appliquer chacun de leurs conseils, mais elle s'était couverte de ridicule. Qu'allait donc penser d'elle le vicomte ?

Elle avait de plus relâché ses efforts, tant dans son attitude que dans son langage, sans compter son accent du Nord qu'elle n'avait plus pu réprimer.

Pourtant, il demeurait toujours présent, marchant derrière elle. Par quel miracle ? À moins qu'il ne s'agisse de politesse de sa part ou d'une règle de bienséance propre aux gens de son rang. Quoi qu'il en soit, Louise ralentit le pas et s'efforça de son mieux, malgré son cœur qui palpitait et sa langue incertaine, de faire bonne figure.

Elle se tourna vers lui et pour la première fois, luttant

contre sa pudeur, le regarda pour sonder ce qu'il pensait. Ses yeux turquoise brillaient d'une lueur inconnue lorsqu'il l'observait. C'était donc le signe qu'il n'était pas complètement déçu par son attitude.

— Tout à l'heure, vous avez surnommé Valenciennes « l'Athènes du Nord ». Quelle en est la raison ? Cette ville a-t-elle été fondée durant la Grèce antique ? interrogea-t-il d'un air détaché.

— Pas que je sache ! répondit Louise en pesant ses mots. En revanche, je connais la légende de Val en Cygnes à l'origine de Valenciennes. Vous plairait-il de l'entendre ?

Le vicomte acquiesça avec enthousiasme.

— J'en serais ravi !

Elle prit alors une profonde inspiration et débuta son récit :

— Charles Inacus, le fils du roi des Cimbres, traversait la Gaule avec son épouse la belle Germanie, lorsque sur le site de la future ville, un cygne vint se réfugier dans les bras de celle-ci. Émue par l'animal et déterminée à veiller sur lui et ceux de son espèce, elle fit bâtir une villa dans cette vallée baignée par l'Escaut qu'elle nomma « Val en Cygnes ». Les Mérovingiens devaient par la suite la transformer en palais, et Val en Cygnes se mua en…

— Valenciennes. Une bien belle histoire ! C'est donc sans doute la raison pour laquelle le cygne figure dans les armes de la ville.

— Absolument ! Quant à l'Athènes du Nord, eh bien, je suppose que c'est parce qu'en plus d'être une cité marchande et industrieuse, Valenciennes possède un véritable rayonnement artistique.

Cette fois, Louise ne trichait plus. Il faut dire que parler de sa ville lui tenait beaucoup à cœur et elle voulait lui rendre l'hommage qu'elle méritait.

— J'ai surtout entendu parler d'elle comme une ville

de commerce, de négoce et de manufactures avec la draperie, la mulquinerie[1] et les activités textiles, reprit le vicomte. Sans compter la qualité de sa dentelle et de sa porcelaine, et sa formidable aventure dans le charbon, bien sûr ! Je présume d'ailleurs que toutes ses activités découlent naturellement de sa position stratégique privilégiée sur l'Escaut.

Face à lui, Louise hochait la tête en signe d'assentiment, sans le contredire. Il poursuivit alors :

— Il se dit aussi que la ville possède une vie religieuse intense, mais j'ignorais qu'elle pouvait être également un foyer culturel remarquable.

— La ville a été le berceau de nombreux artistes célèbres ; des peintres comme Antoine Watteau et Jean-Baptiste Pater, des illustrateurs comme Charles Eisen, des auteurs comme Jean Froissart, des sculpteurs comme Jacques Saly qui fut le premier Valenciennois à avoir remporté le prix de Rome, des compositeurs[2]…

Louise avait étudié le dessin, elle connaissait donc bien son sujet. Elle était d'ailleurs plutôt douée un crayon à la main, esquissant volontiers des motifs pour la dentelle ou des modèles de robes le soir dans sa chambrette.

— Je suis impressionné ! Et je vous remercie de m'avoir éclairé sur le sujet. En parlant de rayonnement et de lumière, n'est-ce pas un réverbère que j'aperçois là ?

— La ville en possède plusieurs depuis peu, utilisant une à quatre lampes à huile…

1. La mulquinerie est la production des toiles fines de lin.

2. Citons notamment le violoncelliste Martin Berteau, et le violoniste Étienne Barrière. En ce qui concerne les prix de Rome, Valenciennes en compte à ce jour quarante-huit, et un parc, le « jardin des Prix-de-Rome », leur est aujourd'hui consacré.

— Belle avancée que ces éclairages au Siècle des lumières ! ironisa le vicomte, ce qui fit sourire Louise.

L'homme ne se contentait pas d'être charmant, il était aussi doté d'un esprit fin et du sens de l'humour. Ce qui ajoutait encore à sa séduction. Il n'était pas si pédant finalement, c'était davantage une façade, imposée par sa classe sans doute.

— Valenciennes semble être une ville très dynamique. Je constate aussi que l'air y est agréable et les rues très propres bien qu'elle soit ceinturée de remparts, poursuivit-il.

— Le magistrat s'efforce de faire balayer les lieux et d'endiguer l'insalubrité, car cette ville aux rues plutôt étroites est sillonnée de canaux.

— Eh bien, c'est une réussite ! Tout comme le sont les activités qu'elle entreprend, que ce soient les charbonnages ou la dentellerie. Je dois dire d'ailleurs que la maison Tribout où vous vous fournissez est très influente.

— Ah oui ? interrogea Louise, l'air candide, histoire d'en apprendre davantage.

— Comment donc, baronne, vous l'ignorez ? Elle compte une importante clientèle parisienne et est en relation avec des maisons de commerce comme avec des représentants de la plus haute noblesse, voire de l'entourage des souverains ! Elle m'a d'ailleurs été chaudement recommandée par Mme du Barry, mais aussi les comtes de Provence et d'Artois.

Louise arqua un sourcil, se réjouissant de l'apprendre.

— Hormis dans la région, je sais que la Belgique autrichienne est un débouché régulier, grâce à un réseau actif de négociants et de revendeurs spécialisés, ajouta-t-elle, replaçant ainsi les paroles entendues un jour de la bouche même de sa cheffe.

Tandis qu'ils continuaient à marcher et à regarder autour d'eux, davantage absorbés par leur conversation et la présence de l'autre que par le paysage, le vicomte demanda :

— Parlez-moi donc de la dentelle, comment s'est-elle développée à Valenciennes ?

— Vaste sujet ! commenta Louise. Au début, on l'apprenait dans les couvents et les ouvroirs[1]. Et c'est une religieuse, Françoise Badar, qui aurait rapporté de son séjour à Anvers et Malines la technique de la dentelle au fuseau. Elle a ensuite fondé une communauté appelée « la Sainte Famille », dont elle était la supérieure. Il faut dire qu'elle était désireuse de porter remède à la détresse des orphelines. On raconte que la technique de la dentelle fut enseignée à des ouvrières valenciennoises par des dentellières flamandes avant de devenir un modèle à part entière. Elle s'est ensuite rapidement développée dans la ville, grâce au lin de qualité de la région et à l'abondance de main-d'œuvre bon marché que fournissaient les orphelinats et les couvents.

— Il faut reconnaître que la valenciennes est vraiment un modèle du genre, de par sa finesse, sa légèreté, et l'originalité de ses motifs aussi... Mais savez-vous pourquoi elle ne s'exporte pas davantage ?

— Ce sont des secrets jalousement gardés par les dentellières valenciennoises..., répliqua Louise en souriant d'un air entendu.

— Je sens que vous en savez plus que vous ne me le dites, mais je le respecte. Elle fait vivre pas mal de monde en tout cas, et toutes sortes de corporations !

— Des brodeurs, épingliers, des « carioteux », des fabricants de rouets à filer, sans compter tous ceux qui fournissent les fuseaux ou « bloquelets », et les « cabits », les coussins à dentelle..., énuméra la jeune femme.

1. Communautés de femmes effectuant des travaux d'aiguille.

Le vicomte la regarda avec une attention soutenue.

— Vous avez l'air de vous y connaître ! fit-il admiratif.

— C'est-à-dire que… j'aime la mode et suis de près tout ce qui se fait, rétorqua Louise, qui ne mentait pas sauf peut-être par omission.

— C'est un point que nous avons en commun ! conclut-il à leur plus grande satisfaction à tous deux.

Il prit une profonde inspiration.

— Je suis vraiment ravi de vous avoir rencontrée. En plus d'être une personne charmante, vous êtes cultivée, et vous possédez un savoir précieux. Je serais heureux de pouvoir m'attacher vos conseils pour mes affaires.

Louise éclata de rire. Bien qu'elle soit sensible à ses compliments, cette proposition était tout de même incongrue dans sa position !

— Mais je suis sérieux ! insista-t-il.

Ils continuèrent de parcourir la ville. Louise s'évertuait à lui vanter les charmes de Valenciennes, ce qui sembla l'amuser.

Elle lui montra les maisons scaldiennes et quelques façades typiques de la ville, témoins de la richesse de son histoire. C'est ainsi qu'ils s'arrêtèrent devant la maison espagnole construite à pan de bois et à encorbellement.

— Elle date du XVIe siècle. Elle a été bâtie quand Valenciennes faisait partie des Pays-Bas espagnols, commenta-t-elle, tandis qu'il s'extasiait sur son architecture.

Ce fut l'occasion pour elle de lui raconter l'histoire de la ville dans les grandes lignes et des multiples sièges qu'elle avait pu subir.

— D'où la présence d'épais remparts, n'est-ce pas ? Ils n'auraient pas été construits par Vauban ?

— Oh ! ils datent de bien avant ! En revanche, vous avez raison, ils ont été améliorés par Vauban, après que les armées de Louis XVI ont eu pris la ville.

— Je reconnais bien là son style.

Elle évoqua encore les portes à l'entrée de la cité, des édifices assez remarquables de l'architecture militaire médiévale.

— Témoignages vibrants montrant que Valenciennes était devenue une des principales places fortes du Nord. J'aimerais beaucoup les voir…, insista-t-il.

Louise se fit un plaisir et un devoir d'accéder à sa demande, ce qui prolongeait d'autant leur promenade.

Elle lui montra la porte de Lille, composée d'un édifice central et de quatre tours rondes surmontées de toits pointus qui faisaient penser à un petit château fort moyenâgeux, ou encore la tour de la Dodenne, à laquelle on accédait en passant sur un petit pont.

Elle l'emmena ensuite voir plusieurs églises, Valenciennes en comptant une dizaine, dont l'église Saint-Géry, la plus ancienne, construite au XIIIe siècle par des franciscains.

Ils y entrèrent tous deux pour s'y recueillir et en admirer l'intérieur. Léandrin fut ravi de partager ce moment avec elle. Et tandis qu'ils traversaient l'allée centrale, il se surprit à penser qu'il aimerait la parcourir un jour pour son mariage avec une telle femme à ses côtés. S'il avait été séduit par son apparence tout d'abord, puis quelque peu déstabilisé par son attitude lors du repas, ce qu'il mettait volontiers sur le compte d'une maladresse liée à la timidité ou son chagrin récent, il l'avait trouvée encore plus désirable lorsqu'elle lui avait parlé de la dentelle et de sa ville, deux sujets qui semblaient la passionner et qu'elle maîtrisait à la perfection.

La baronne possédait bien des atouts ! Et un défaut majeur : elle était mariée. Le temps qu'elle lui consacrait cependant lui donna à penser que cet obstacle pourrait ne pas en être un. Il se refusait toutefois à aborder le sujet avec elle, tout comme elle ne mentionnait jamais son mari ni sa famille. Plutôt étonnant compte tenu du prestige de celle-ci.

— Quel est donc ce miracle du Saint-Cordon dont j'entends tant parler depuis mon arrivée ?

La jeune femme ne se fit pas prier pour le lui raconter, toujours avec son petit accent du Nord si chaleureux :

— En l'an 1008, la peste ravageait Valenciennes. Durant la nuit, la Vierge Marie laissa tomber un cordon rouge autour de la ville pour la protéger. Le lendemain, ses habitants empruntèrent en procession le parcours tracé par le saint cordon, et guérirent de la peste.

Léandrin était impressionné.

Après s'être recueillis, ils revinrent vers le cœur de la ville pour terminer en beauté leur visite, sur la place principale de Valenciennes : la place d'Armes. Léandrin découvrit alors la façade majestueuse, longue d'une centaine de mètres, de l'hôtel de ville.

— Superbe façade, et de belle pierre de taille ! Ce magnifique édifice possède un tel air de grandeur qu'il sert d'embellissement à toute la place ! s'extasia-t-il.

Louise sourit, sa réflexion rejoignant apparemment nombre de celles de ses admirateurs. Il apprécia encore la chapelle Saint-Pierre sur le même rang que l'hôtel de ville, et la halle aux grains à sa droite surmontée d'un campanile, ainsi que les maisons étroites sur plusieurs étages à sa gauche.

— C'est étrange, j'ai comme un sentiment de déjà-vu…

— Peut-être l'avez-vous déjà vue en rêve ?

— Peut-être, répondit-il tandis que le silence s'installait entre eux.

— À moins que vous n'ayez vu la gravure commémorative donnée à la reine Marie-Antoinette il y a quelques années ? s'empressa-t-elle d'ajouter, comme si elle était soucieuse de ne pas laisser planer d'ambiguïté.

— Décrivez-la-moi…

— Elle condense tout ce que nous venons de voir : au centre les armes de la ville de Valenciennes avec deux cygnes entourant un lion surmonté d'une couronne, la place d'Armes, sans compter quelques artisans avec un rouet, une machine à filer symbolisant les activités textiles et les manufactures de la ville…

— Oui, c'est cela ! dit Léandrin, dont le visage s'éclairait. Je l'ai vue ! Elle était tout à fait remarquable ! Au fond de la grand'place, près du beffroi, se trouvait la statue de Louis XV…

— Une sculpture de Jacques Saly, dont je vous parlais tout à l'heure…

— Et aussi toute une liste de magistrats et d'officiels.

— M. de Montmorency-Luxembourg, prince de Tingry, lieutenant général des armées du roi, gouverneur de Valenciennes et M. Gabriel Sénac de Meilhan, intendant du Hainaut et du Cambrésis, je présume…

— Sans doute ! Je ne pourrais vous l'affirmer avec certitude.

— Eh bien, dans ce cas, vous aviez déjà fait un peu connaissance avec Valenciennes !

— Elle m'avait déjà marqué, comme vous le voyez.

Ce disant, leurs pas les avaient ramenés au pied de l'atelier de dentelle.

Léandrin ressentit une angoisse à l'idée de quitter la baronne avec qui il avait passé un si bon moment.

— Le temps a passé trop vite, chère baronne. Me pardonnerez-vous mon audace si je vous renouvelais ma demande ? osa-t-il après une hésitation.

— Laquelle ? questionna la jeune femme, visiblement déconcertée à l'évocation du mot « demande ».

— Accepteriez-vous de m'accompagner dans les jours prochains visiter quelques manufactures de la région ?

Votre science de la dentelle et votre connaissance du Nord me seraient précieuses. Je serais ravi de m'attacher vos services. Je suis prêt à vous dédommager pour cela…

Elle semblait hésitante, à la fois enthousiaste et retenue par quelque chose.

— Vous m'avez dit tout à l'heure que vous vous ennuyiez, cela serait l'occasion de vous changer les idées ! argua-t-il encore.

Elle pinça les lèvres à l'évocation de ses propres paroles.

— J'aimerais beaucoup vous accompagner, finit-elle par consentir, mais je ne connais pas les manufactures de la région et je ne sais si je vous serais d'une grande aide…

— J'en suis pour ma part persuadé ! Je me chargerai personnellement de l'organisation du trajet, des arrêts à l'auberge en chemin et des menus détails.

Comme elle sembla hésiter à la perspective de séjourner à l'auberge, il ajouta :

— Prenez votre temps, baronne, pour y réfléchir. Et faites-moi connaître votre réponse dans la soirée. Je loge à l'auberge du Bon Fermier qui se situe dans une de ces belles censes de la région pleines de charme et de caractère.

Il s'inclina alors et lui saisit délicatement la main. Il déposa un baiser sur le haut de ses doigts, ce qui était à la fois un témoignage de son respect, de son admiration et de son désir. Bien que sentant sa main réticente, il la vit toutefois trembler, ce qui était le signe qu'il ne lui était sans doute pas indifférent.

Elle rougit et disparut en s'engouffrant dans la maison Tribout, le laissant seul en proie à un questionnement intense. Il espéra de toutes ses forces qu'elle souscrirait à sa proposition. Il ne pourrait en effet supporter de ne plus la revoir.

Chapitre 7

Lorsqu'elle referma la porte, Louise resta un temps appuyée contre le mur froid du bâtiment à tenter de recouvrer ses esprits. Elle contempla encore sa main, en ne comprenant pas ce qui avait bien pu se produire l'instant d'avant et pourquoi cet homme, inconnu jusqu'alors, lui avait baisé les doigts. Cette coutume était-elle un geste habituel dans la haute société ou était-ce le signe de son intérêt pour elle ? Lui faisait-il la cour ? Cette idée lui procura une bouffée de chaleur et son cœur battit davantage.

Elle escomptait bien ne pas se laver pendant plusieurs jours après cela ! Dire qu'il avait embrassé ses mains, habituées à broder, coudre, nettoyer, jardiner, écrire, dessiner, prier… Ses lèvres étaient comme un baume réparateur pour toutes les vicissitudes de l'existence qu'elles avaient pu endurer.

Louise s'empressa d'ôter son voile et son diadème, puis elle se prit la tête dans ses mains. Quel incroyable moment ! Elle pouvait souffler désormais, c'était terminé. Elle n'avait plus à jouer la comédie. Du moins pour l'instant, car il l'avait invitée à prolonger leurs échanges et à venir visiter des manufactures avec lui… Mais c'était proprement inenvisageable ! Elle ne pourrait jamais tenir son rôle durant plusieurs jours sans se trahir. De plus, elle ne pouvait pas s'absenter de son travail à l'atelier ne serait-ce que pour un court moment sans être immédiatement remplacée. Son poste étant particulièrement convoité, notamment par les dentellières de la campagne, elle ne le retrouverait pas à son retour, pour sûr !

Enfin, comment expliquer ceci à sa tante ? Celle-ci avait bien trop besoin d'elle et des quelques sous qu'elle rapportait. Non, définitivement c'était impossible. Et ce, même si elle en mourait d'envie !

Encore frémissante, Louise rejoignit ses collègues à l'atelier. Toutes stoppèrent leur ouvrage pour se tourner vers elle et s'enquérir du bon déroulement de son rendez-vous. De fait, leur cheffe leur accorda une pause. Et si toutes abandonnèrent leur métier pour aller au-devant de Louise, la gourmande Pernette se précipita aussitôt sur son sac pour y prendre le petit en-cas qu'elle avait emporté, avant de rejoindre le groupe.

— Comment ça s'est passé ?

— Tu as bien suivi nos conseils ?

— Oh ! oui ! Un peu trop bien même. Je ne suis pas sûre que cela ait fait très naturel…, répondit Louise, ennuyée.

— L'important c'est qu'il y ait cru, lui !

Leurs yeux brillaient de tant d'enthousiasme et de fierté qu'elle n'eut pas eu le cœur à les détromper.

— Raconte-nous tout !

Louise toussa pour s'éclaircir la voix et leur servit un discours assez neutre dans lequel le vicomte s'était montré très intéressé par la ville et leur production de dentelle.

Cela n'échappa pas à Claire Tribout, qui acquiesça en signe de satisfaction. Louise lui fit ainsi comprendre qu'elle n'avait pas mis en péril la commande promise. Bien au contraire ! Elle mentionna que le vicomte lui avait appris que la maison Tribout était très plébiscitée à Versailles.

Bien que le sachant déjà, leur cheffe était toujours ravie de l'entendre dire.

— Comment s'est-il comporté avec toi ? Le vicomte de Bresse ne t'a pas trop prise de haut ? demanda Philomène.

— Non, il s'est montré aimable et… respectueux.

Louise se sentit rougir en songeant au baisemain et aux compliments qu'il lui avait faits. Elle tenta bien de dissimuler son trouble, mais les sentiments tourmentés qu'elle éprouvait n'échappèrent à personne. Certaines gloussèrent autour d'elles et en l'espace d'un instant Louise eut l'impression d'être transportée au milieu du poulailler de sa tante. Elle ajouta :

— Je dois avouer cependant que je l'ai trouvé un peu mystérieux et renfermé.

Elle se remémora alors son air ténébreux et son regard turquoise sous ses sourcils ombrageux.

— C'est normal ça, ma fille ! commenta son amie Jeanne-Claire Cheval. Ne rien montrer de ses émotions, c'est l'apanage de la noblesse.

— L'apa… Quoi ? interrogea la jeune Gilonne.

— Laisse tomber, t'es trop jeune ! rétorqua Pernette en mordant dans un bout de pain rassis garni de fromage.

— Ce serait plutôt à toi de montrer tes sentiments, pour l'inciter à se dévoiler ! la conseilla encore Jeanne-Claire.

— Mes sentiments ? Quels sentiments ?

— Ne me dis pas que tu n'es pas tombée amoureuse de ce prince charmant ? questionna Euphraisine. Après tout le mal qu'on s'est donné…

— Vous l'avez fait pour que je sauve notre commande et qu'on ait toutes du travail ! rétorqua Louise.

— Si c'est ce que tu penses ! fit Pernette, railleuse.

— Je crois, moi, que tu t'es dévouée pour une noble cause ! objecta Marie-Odile.

— Exactement ! répliqua Louise.

— Et que tu l'as fait par pure charité chrétienne ! ajouta encore la pieuse dentellière en caressant son crucifix. Tiens, tu es si dévouée que tu aurais pu être une badarienne !

— Mieux vaut entendre ça que d'être sourde ! Bon, et c'est quoi la suite des opérations ? interrogea Pernette la bouche pleine. Tu le revois quand ?

Louise tortilla ses doigts, avant de comprendre qu'elle allait perdre le souvenir du baiser reçu à force de les manipuler. Elle laissa donc ses mains tranquilles.

— C'est bien là le problème ! Il m'a proposé de l'accompagner pour visiter des manufactures, comme j'avais l'air de m'y connaître en dentelle…

Il y eut un silence abasourdi dans l'assistance.

— Mais il est hors de question que j'y aille, bien entendu…

— Hein ? T'es malade ? Elle n'est pas bien ! Tu y vas ! la gourmanda vertement Rolande.

— Non ! Je ne peux pas me permettre d'abandonner mon travail pendant plusieurs jours.

— C'est pas grave, on te remplacera ! Comme on l'a fait à ta demande pour Jeanne-Claire…, fit Pernette en lui faisant un clin d'œil appuyé.

— Hein ? fit Jeanne-Claire Cheval, comment ça ? C'était toi qui avais fomenté tout ça ?

— On va dire que je n'ai rien entendu, repartit leur cheffe d'atelier. En revanche, mademoiselle Desmoulins, je vous engage vivement à répondre par l'affirmative à cette proposition. Vous en profiterez bien entendu pour veiller à ce que la concurrence ne nous fasse pas trop d'ombre…

— J'aimerais bien, mademoiselle. Mais si je quitte l'atelier…

— Vous bénéficierez d'un congé exceptionnel, je dis bien « exceptionnel ». Mais il est impératif que vous y alliez !

Toutes les dentellières se mirent à hocher la tête frénétiquement, les yeux brillants.

— L'affaire étant entendue, je vous prie de retourner à votre ouvrage, mesdemoiselles. Ce qui est valable aussi pour vous, mademoiselle Desmoulins. Après vous être changée bien sûr !

Louise s'empressa de le faire, ravie de troquer son corset pour sa robe toute simple et son bonnet de dentelle. Même si elle devait bien avouer qu'elle se sentait nue à présent.

Le soir venu, Léandrin soupait à l'auberge. Il n'avait pas de compagnie et n'aurait de toute façon pas été d'humeur à en recevoir. Il avait d'ailleurs fait savoir à l'aubergiste qu'il désirait être seul. Il mangeait donc sur une petite table spécialement aménagée pour lui, où il pouvait repenser tout à loisir à sa journée et au merveilleux moment qu'il avait passé avec la baronne. Tout en savourant l'odeur du feu de cheminée, qui se mêlait à celle plus humide et froide des poutres et aux senteurs rustiques de la ferme. Tout en dégustant un succulent pâté de volaille accompagné de pain de campagne et d'un excellent vin rouge aux arômes boisés et fruités, il rêvait à la baronne en regardant les flammes danser.

Il revit ses beaux yeux bleus étincelant dans le plus charmant des visages qu'il ait vus de sa vie et ses lèvres roses découvrant lorsqu'elle riait une rangée de dents blanches aussi fines et délicates que de la porcelaine. Il avait apprécié sa présence chaleureuse tout autant que sa conversation. Il repensa ainsi à l'éclat passionné de ses yeux lorsqu'elle lui avait parlé de dentelle.

Il revécut intérieurement la sensation de ses doigts frais et légers dans les siens, l'odeur délicatement parfumée de sa peau. Un parfum dont il avait envie de s'enivrer encore et encore. Il aimait autant sa beauté que sa vivacité, sa fraîcheur que son intelligence. Bien que la sentant sur la réserve, elle était cependant suffisamment indépendante pour exister face à lui. C'était une personne passionnée par la mode, tout comme il l'était.

Pendant leur promenade, ils avaient discuté avec animation et pourraient certainement le faire encore des heures durant ! C'est pourquoi il serait heureux si elle acceptait de l'accompagner pour ses visites de manufactures, et tellement peiné si elle déclinait son invitation. Il était conscient qu'il lui demandait de faire preuve d'audace en partant avec lui. Mais il espérait que l'occupation qu'il lui proposait, ainsi que le dédommagement qu'il lui offrait seraient suffisants pour justifier son déplacement auprès de sa famille. Ce serait en quelque sorte un engagement professionnel, et ainsi la morale serait sauve. Il se félicita en cela d'avoir agi judicieusement.

La nuit d'un bleu encre avait envahi la cour de la ferme où brillaient d'une tonalité ocre les lampes à l'extérieur et personne n'était venu lui apporter de réponse. Il songea qu'il attendrait jusqu'au lendemain avant de partir, sans elle, si tel était le cas. Combien il en serait malheureux !

C'est alors qu'une petite bonne femme emmitouflée dans un grand châle fit son entrée dans l'auberge. Léandrin n'y prêta guère attention dans un premier temps, jusqu'à ce qu'il entende l'aubergiste la saluer en disant :

— Jeanne-Claire Cheval ! Ça fait un moment qu'on ne s'est vus. Depuis la disparition de ton excellent père, il me semble…

Léandrin s'essuya aussitôt la bouche et s'empressa de reboutonner son gilet et sa veste.

— Comment va ton mari, le perruquier ? On parlait justement de lui, l'autre soir… Et la famille de Croÿ ?

— Comment va la baronne ? s'enquit Léandrin, pressant, en les interrompant dans leur conversation, devant une Jeanne-Claire surprise.

— Bien, monseigneur ! répondit celle-ci en déglutissant.

— Je l'ai quittée il y a quelques heures à peine et j'ai l'impression que c'était il y a un siècle ! reprit Léandrin, tourmenté.

La jeune femme compatit en opinant de la tête.

— Vous aurait-elle remis une lettre à mon intention ? interrogea-t-il, sans laisser la jeune femme se poser.

— Oui, monsieur ! D'ailleurs, la voici ! J'étais justement venue vous la porter de sa part…

Le visage de Léandrin s'éclaira. Il prit la lettre cachetée de cire, et d'instinct la porta à ses narines pour la sentir. Elle dégageait un délicat parfum, même s'il n'en reconnut pas l'odeur. Cela suffit à le combler. Du moins pour le moment, il avait hâte en effet d'en lire le contenu.

— Vous êtes bienheureuse de travailler pour cette merveilleuse femme ! fit Léandrin.

Il vit alors l'aubergiste sourire d'un air grivois, aussi emmena-t-il le coursier en jupon à l'écart pour discuter.

— De vous à moi, comment la trouvez-vous ?

— Qui donc ?

— La baronne de Nédonchel, voyons. Votre maîtresse…

La jeune femme déglutit de nouveau et prit le temps de bien formuler sa réponse.

— C'est probablement la plus merveilleuse des maîtresses pour qui il m'ait été donné de travailler, répondit la jeune femme avec sincérité. C'est une femme admirable, et toute dévouée à sa famille.

— Le baron de Nédonchel est-il présent à ses côtés ? s'enquit-il encore.

— Hélas, non. Vous n'aurez pas l'occasion de le rencontrer, monsieur ! Si tel est le sens de votre question, répondit la jeune femme, un peu mal à l'aise.

Léandrin souffla, soulagé, avant de demander :

— Et comment est-il ? Pourriez-vous me fournir quelques détails le concernant ?

Il éprouvait pour cet inconnu un étrange sentiment de jalousie.

— Je le ferais volontiers, mais il se fait déjà tard et mes enfants m'attendent..., dit alors Jeanne-Claire d'une voix un peu tremblante.

— Bien sûr, bien sûr... Pardonnez-moi, j'abuse de votre temps ! D'ailleurs, il est hors de question que vous repartiez à pied dans le froid. Je vais vous faire raccompagner.

— Oh ! ce ne sera pas nécessaire, monseigneur !

— Permettez-moi d'insister ! J'apprécie beaucoup que vous ayez fait cette course. Laissez-moi vous remercier pour cela.

Jeanne-Claire, dont les traits tirés indiquaient qu'elle manquait de sommeil, finit par accepter de bonne grâce, l'œil pétillant.

Léandrin mit sa voiture et son cocher à sa disposition. Puis il retourna à sa table et but le reste de son verre de vin d'un trait, avant de sortir dans la cour et de monter l'escalier en colimaçon menant à sa chambre.

Ce ne fut qu'une fois assis sur son lit à la lueur d'une bougie qu'il décacheta l'enveloppe.

Ce qu'il lut ensuite lui fit fermer les yeux en se laissant tomber en arrière sur le matelas, la main sur le front.

Chapitre 8

Il était tard quand Louise rentra chez elle, espérant passer inaperçue. Il faut dire qu'elle était encore tout apprêtée au niveau de sa coiffure, et sa tante n'aurait pas manqué de soupçonner quelque chose en constatant sa bonne mine et ses yeux brillants. Aussi s'empressa-t-elle de s'emmitoufler jusqu'aux yeux dans un gros châle lorsqu'elle croisa sa tante et sa cousine, sur le point de sortir.

— C'est à cette heure-ci que tu rentres ? questionna Guillemette. Tu finis de plus en plus tard. J'espère au moins que le salaire est en proportion…

— Nous avons beaucoup de travail avec la commande qui se profile pour Versailles. Il faut que l'on termine tous les travaux en cours si l'on veut pouvoir s'y consacrer pleinement !

Sa tante la considéra un instant de son regard gris délavé scrutateur :

— Bon, c'est bien.

— Vous sortez ? interrogea Louise qui sentit qu'elles préparaient quelque chose de peu net.

Les deux femmes, plutôt secrètes de nature, échangèrent un regard. Si la cousine se refusa à parler, la tante expliqua :

— On va rendre visite aux Copin. C'est une famille

d'ouvriers avec sept enfants à charge, qui travaille à la mine…

— À cette heure-ci ?

Cette fois la cousine lança un regard mécontent à sa mère et l'incita à gagner la sortie.

— Il faut qu'on te laisse, on n'est pas en avance !

— Vous comptez revenir tard ?

— Oh ! on va encore rentrer à teut'heure ! Mais toi tu peux aller te coucher. Il y a de quoi manger dans la cuisine…

Une angoisse saisit Louise. C'était maintenant qu'elle devait parler à sa tante, demain il serait trop tard. Aussi et tandis que les femmes franchissaient le seuil pour plonger dans la nuit, elle leur lança :

— Au fait, je ne serai pas là demain soir. Je dois m'absenter quelques jours…

Sa tante s'immobilisa.

— Je dois aller visiter des manufactures dans le Nord… pour l'atelier, ajouta Louise, pressée de se justifier.

Sa cousine siffla et la tante commenta simplement :

— Eh ben, y en a qui ont de la chance ! T'as raison ma fille, dans la vie, vaut mieux faire envie que pitié !

Elles rejoignirent le petit portail de la maison. Louise vit alors sa tante s'arrêter, hésiter, et se retourner dans sa direction. Elle venait sans doute de prendre conscience de ce qu'elle lui avait dit, et peut-être voudrait-elle davantage d'explications. Elle allait revenir sur ses pas quand Bertille s'empressa de la tirer par la manche et de la remettre sur le droit chemin, car elles étaient pressées, et elles s'éloignèrent toutes deux dans la nuit.

Louise souffla. Ça c'était mieux passé qu'elle n'aurait pu l'espérer. Mais d'un côté, elle ne put s'empêcher d'être déçue qu'elles ne lui accordent guère plus d'attention. D'un autre côté, cette indifférence servait ses intérêts. Un peu comme si tous les éléments se mettaient en place pour lui permettre d'accomplir sa destinée.

Un peu plus tard dans la nuit, couchée dans son petit lit, Louise eut du mal à trouver le sommeil. Elle ne cessait de s'angoisser à l'idée de ne pas arriver à tenir son rôle de baronne pendant plusieurs jours. Sans compter qu'elle n'avait à sa disposition que quelques robes de mousseline, un manteau noir fourni par Claire Tribout qui pourrait faire un tant soit peu impression pour les dissimuler, plusieurs étoles brodées et colorées prêtées par les filles de l'atelier pour enserrer sa taille ou encadrer ses épaules, et quelques chapeaux confiés par Jeanne-Claire qui les avait empruntés dans les accessoires de théâtre de ses nobles employeurs. Il était trop tard à présent pour reculer, elle avait accepté l'invitation du vicomte. Un peu contrainte, cela dit, par sa cheffe d'atelier et encouragée par ses comparses dentellières.

De plus, elle sentait un mal étrange lui dévorer les entrailles et lui procurer une vive agitation. Tout son corps frétillait, et son cœur palpitait, et ce d'autant plus lorsqu'elle songeait au vicomte de Bresse. À chaque fois qu'elle tournait la tête sur l'oreiller, elle voyait son visage, tantôt ses yeux clairs, sa mine sombre et préoccupée, tantôt son allure noble et sa silhouette élancée, tantôt son attention soutenue quand il regardait de belles choses comme la dentelle ou l'architecture des bâtiments, comme pour mieux les imprégner dans son esprit et en extraire les secrets de leur conception. Tandis qu'elles le captivaient, l'ensorcelaient.

C'est alors que Louise entendit du bruit dans le salon et des éclats de voix. On déplaçait visiblement des chaises et du mobilier. Sa tante et sa cousine étaient-elles rentrées ? Était-ce des maraudeurs ou des voleurs ? Le cœur battant, elle attendit quelques minutes sans bouger que les choses se calment. Il n'en fut rien, les personnes en bas parlaient de plus en plus fort, s'invectivant, jurant, puis se disant de baisser d'un ton. N'y tenant plus, la jeune femme se leva. Elle devait en avoir le cœur net et surtout agir si quelqu'un tentait de piller leur maison, ne serait-ce que pour protéger les souvenirs qu'elle contenait. Aussi saisit-elle sa bouillotte remplie d'eau, prête à s'en servir comme gourdin, et descendit-elle avec précaution l'escalier dans sa chemise de nuit blanche à la lueur bleutée de la lune.

Ce qu'elle vit alors la sidéra. Un petit gamin dormait là, sur un canapé de fortune aménagé par Guillemette et Bertille. Le pauvre ne devait pas avoir plus de six ans, il était vêtu de guenilles et avait le visage fort sale.

— Que fait-il ici, celui-là ? Il n'a pas de maison ? s'enquit-elle.

Sa tante, qui tenait une bougie, sursauta, comme prise en faute. Les deux femmes tournèrent leurs yeux vers elle.

— Toi, tu n'as rien vu ! lança Bertille en la menaçant de l'index.

— Quand c'est que tu pars déjà ? interrogea sa tante.

— Demain matin…

— Ah, très bien ! Tu devrais aller te coucher dans ce cas, fit Guillemette, sur un ton qui ne souffrait aucune contradiction.

Louise ne s'appesantit pas davantage et monta l'escalier.

Dans certains cas, mieux valait ne pas chercher à comprendre la logique de sa tante. Louise se demanda si elle n'était pas en train de rêver, ou plutôt quand tout ce cauchemar allait cesser. Une fois dans sa chambrette, elle se dirigea vers une petite table sur laquelle étaient disposés une bassine en porcelaine et un broc. Elle saisit ce dernier et versa de l'eau dans la bassine, puis prit le liquide dans ses mains en coupe et s'en passa sur le visage, avant d'utiliser un linge propre pour s'essuyer. Un peu rafraîchie, elle retourna se coucher et ne sortit plus de son lit. Elle ne réussit cependant pas à s'endormir avant les premières lueurs du matin.

Le soleil était déjà levé lorsque la voiture de Léandrin quitta Valenciennes. Il observa la jeune femme qui dormait pelotonnée contre la portière, sans doute bercée par le bruit de sabots des chevaux sur la route et le roulis du véhicule. La baronne ne devait pas être habituée à se réveiller aussi tôt.

Sa présence le réconfortait toutefois, d'autant plus après l'angoisse de la veille de ne peut-être plus jamais la revoir. Jusqu'à son message, la perspective de voyager en sa compagnie avait même paru inespérée. Mais elle avait accepté d'une simple phrase : « Je suis ravie, cher vicomte, de répondre favorablement à votre invitation. » Faisant de lui le plus heureux des hommes. Elle lui avait ensuite donné rendez-vous au pied de l'atelier de dentelle le lendemain à l'aube. Sans doute avait-elle préféré faire preuve de discrétion plutôt que de le convier au pied du château de l'Hermitage, où elle résidait ?

Tandis qu'elle dormait, il pouvait la contempler tout à loisir. Elle avait de longs cils blonds, dorés comme les blés, tout comme sa chevelure à moitié retenue sous un grand chapeau à plumes blanches. Son visage n'était point maquillé, mais il ne nécessitait pas d'artifices pour paraître resplendissant de fraîcheur, à l'image de ses joues d'un joli rose poudré. Sur sa figure, qui avait gardé une certaine rondeur de l'enfance, ses lèvres roses et pleines avaient tout le loisir d'éclore.

Il brûlait d'envie d'y déposer un baiser ou de la prendre dans ses bras en la voyant ainsi alanguie sur la banquette, presque à sa merci. Il eut des pensées coupables qu'il s'empressa de rejeter. Il s'arrêta alors de la couver des yeux pour regarder par la fenêtre. Le ciel était gris plombé et le paysage composé de champs et de plaines à perte de vue, monotone. Il lui sembla toutefois qu'il avait gagné en intérêt depuis qu'il voyageait en la compagnie de la jeune femme. En le scrutant avec attention, il finit même par lui trouver un certain charme.

L'Escaut qu'ils longeaient se parait en effet d'éclats de couleur en fonction du miroitement de la lumière, reflétant un ciel aux nuages bas. Ce dernier était remarquable, doté de multiples nuances de gris où perçaient parfois des éclaircies et il dégageait une luminosité unique, très intense.

Par contraste, il faisait paraître le sol austère, humide et sombre. Il faut dire que la terre était composée pour l'essentiel de trois couleurs : le vert des pâturages, des prairies et des bocages avec leurs haies et leurs mares, le marron, et l'ocre des lopins labourés. Aussi le gris du ciel mettait-il en valeur les champs de blé et leur couleur jaune doré surgissant dans le brouillard matinal. Les herbages étaient parfois parsemés de troupeaux de vaches noires et blanches, témoignages d'une vie paysanne active. Il apprit à la suite de l'explication du cocher que l'utilisation de leur bouse en tant qu'engrais dans les cultures donnait souvent des odeurs inconvenantes. Mieux valait que la baronne soit assoupie plutôt que de devoir justifier ces émanations nauséabondes dans l'habitacle tandis qu'ils traversaient les champs ! Bien qu'originaire de la région dont elle connaissait sans doute ce phénomène, la baronne aurait pu être gênée et distante à son égard.

Par la suite, les paysages du plat pays défilèrent, tous semblables les uns aux autres. Il arrivait cependant parfois que surgisse tout à coup une ferme isolée, un petit village ou une église, ou toute autre construction créée de la main de l'homme. À l'image de ces terrils, sortes de petits monts noirs, comme des cratères prêts à engloutir les hommes qui y travaillaient, ultimes témoignages des bassins miniers du Valenciennois et de leur fiévreuse activité qu'ils venaient de quitter.

Sur la route qui menait toujours plus au nord vers Calais, les lignes dessinées par la nature et façonnées par l'homme étaient claires, les terrains plats ou légèrement vallonnés du fait de petits coteaux notamment. On retrouvait dans l'architecture de ces paysages l'âme de ses habitants : des gens généreux, travailleurs et droits, qui allaient à l'essentiel. L'horizon était ouvert et il était aisé de se perdre dans la contemplation des alentours et de laisser filer ses pensées, ce qui incitait Léandrin à la rêverie et au voyage intérieur.

Il fut cependant happé dans ses réflexions et ramené dans l'habitacle par la baronne qui gémissait et bougeait dans son sommeil. Son front était froncé, ses lèvres frémissaient et semblaient vouloir dire quelque chose. Comment une si jolie femme pouvait-elle paraître si tourmentée ? Il ne lui plaisait guère de la voir ainsi se contorsionner et souffrir. Aussi s'approcha-t-il d'elle, et avec délicatesse posa-t-il doucement sa main sur la sienne, lorsqu'il l'entendit dire :

— Non… Pépin… Laisse-moi…

Il eut un geste de recul en entendant ce prénom. Était-ce celui de son mari ? Lui faisait-il si peur ? Cela le conforta davantage dans l'envie de la soustraire à cet homme.

— Ce n'est que moi, baronne. Léandrin… Enfin, le vicomte de Bresse. Vous êtes en sécurité ici, avec moi, lui chuchota-t-il.

Elle battit plusieurs fois des cils, ses traits se détendirent. Puis, elle ouvrit ses grands yeux bleus en inspirant profondément. Sa première réaction fut de lui sourire avant de se reprendre en réalisant sans doute qui lui faisait face.

— Oh ! pardonnez-moi ! Je... Je me suis assoupie, je crois, dit-elle en recouvrant ses esprits.

— Ne vous en privez surtout pas. La route est encore longue, fit Léandrin d'une voix chaude.

— Il faut dire que j'ai très peu dormi cette nuit.

Il rit de bon cœur.

— Moi aussi ! J'ai toujours des difficultés à m'endormir la veille d'un départ.

— J'espère que je n'ai pas... ronflé au moins ? s'enquit-elle d'une petite voix.

Sa réflexion était d'une spontanéité désarmante.

— Absolument pas ! À peine un doux ronronnement...

Elle sourit.

— Vous me flattez, monsieur !

— En revanche, vous avez parlé.

Ses traits se durcirent.

— Qu'ai-je dit ?

— Qui est donc ce Pépin ? Il paraissait vous ennuyer.

Elle rougit et détourna le regard.

— C'est... sans importance.

Désireuse de changer de sujet, elle s'intéressa au paysage et s'enquit de l'endroit où ils se trouvaient. Comme il l'ignorait, elle regarda au-dehors pour tenter de le deviner. Mais elle ne semblait pas en avoir la moindre idée non plus.

— Vous voyagez souvent ? demanda-t-il.

— Oh ! bien trop peu à mon goût ! fit-elle de manière évasive. En revanche, j'ai une imagination fertile qui peut m'emmener très loin...

— Seriez-vous donc un peu artiste ?

— C'est un bien grand mot ! Je dessine un peu... Et vous ?

Elle le regardait de ses grands yeux bleus. Cela le flatta, qu'elle s'intéresse ainsi à lui.

— Je ne dessine pas. Enfin, pas vraiment. Même si je

suis amené à faire des croquis de vêtements, broderies et autres accessoires de mode pour mon métier de négociant.

La jeune femme l'observait avec une certaine admiration.

— En revanche, je nourris une passion pour la mécanique.

Elle écarquilla les yeux.

— Voilà qui n'est pas banal !

— Pas tant que cela ! Nous avons un souverain, Louis le seizième, qui est féru d'horlogerie. Il consacre du temps à réparer des montres. Le saviez-vous ?

— Pas du tout ! Mais vous-même, est-ce l'horlogerie qui vous intéresse ?

— Il m'arrive de réaliser des pendules à carillon ou des petits pianos. Mais j'aime concevoir des machines… pour tisser la laine par exemple, avoua-t-il, un peu mal à l'aise.

— C'est formidable ! Bientôt, vous n'aurez même plus besoin de nous employer, ironisa-t-elle.

— Pardon ? interrogea-t-il, surpris.

— Je veux dire de vous employer à satisfaire nos moindres désirs, dans la mode, s'empressa-t-elle de rectifier. Vos machines le feront pour vous !

— Oh ! ne vous inquiétez pas ! Elles ne sont pas douées d'une âme et encore moins d'un sens artistique. Par conséquent, l'homme sera toujours le maître d'œuvre.

— Je l'espère ! fit la jeune femme avec un sourire triste. Mais je parle trop et je sens la fatigue me gagner de nouveau. Me pardonnerez-vous si je vous abandonne ?

— Reposez-vous donc ! Je vous préviendrai lorsque nous serons arrivés à l'auberge.

Elle se rendormit et Léandrin reprit son examen approfondi des courbes vallonnées du paysage et de sa passagère.

Chapitre 9

Ils parvinrent en fin de journée à l'hôtel où ils escomptaient passer la nuit. Ils auraient pu s'arrêter bien avant, notamment lorsqu'ils avaient échangé leurs chevaux pour des frais, mais le vicomte avait insisté pour poursuivre la route jusqu'à l'établissement qu'on lui avait recommandé. Et force fut de constater qu'il avait raison, car il valait le déplacement !

Ils franchirent une grille de fer forgé superbement ouvragée en ferronnerie d'art qui donnait la tonalité de ce qui allait suivre, et entrèrent dans un grand parc, en suivant une allée sinueuse composée de gravillons. Louise ne fut pas déçue lorsqu'elle aperçut sur la gauche un bâtiment tout en longueur au style rustique charmant et aux murs en pierres. Il était éclairé par plusieurs lanternes, et disposait de mangeoires et d'une petite cour intérieure, mais également d'appartements au premier avec des fleurs aux balcons. Louise songea l'espace d'un instant, dans sa grande naïveté, qu'ils allaient peut-être y dormir. En réalité, il s'agissait des écuries !

Après lui avoir tendu la main pour l'aider à descendre de voiture, le vicomte l'entraîna vers un autre bâtiment illuminé de flambeaux. Quand ils dépassèrent son aile gauche, la jeune femme fut époustouflée en le découvrant dans son entièreté. C'était un petit château de deux étages, au toit de tuiles gris foncé, doté d'une façade dans les tons crème avec de grandes fenêtres.

— Nous voici arrivés au château de la Clairette où nous passerons la nuit. L'endroit vous plaît-il ? s'enquit-il.

— C'est trop beau ! Je pensais que nous allions dormir dans une auberge…

— Pour une dame de votre qualité, baronne, je ne pouvais pas faire moins !

Une angoisse l'étreignit alors. Qui allait payer sa chambre ? Elle n'en avait pas les moyens, mais d'un autre côté il serait curieux qu'il paie pour deux. De par son statut de baronne, elle était en effet censée avoir de quoi couvrir ses frais. Aussi devait-elle jouer son rôle jusqu'au bout. Elle pourrait toujours feindre d'avoir oublié sa bourse ou inventer que quelqu'un de la région se porterait caution pour elle en attendant qu'elle règle sa dette. Ce qui était faux, étant donné qu'elle ne connaissait personne et qu'elle ne s'était même jamais aventurée au-delà du Valenciennois !

— Eh bien, qu'avez-vous ? Vous semblez toute pâle, s'enquit le jeune homme. Le château ne serait-il pas à votre goût ? Dans ce cas, il est tout à fait possible de repartir, vous savez, même si je préfère éviter de voyager de nuit, par crainte des bandits de grand chemin.

— Oh ! non ! L'endroit est parfait ! Je me demandais juste de quelle manière j'allais m'acquitter de la note. Si je le faisais en espèces sonnantes et trébuchantes ou…

— Voyons, baronne ! Vous m'insulteriez ! Il est hors de question que vous dépensiez votre argent ! Je suis bien aise de disposer d'une avance de Versailles pour couvrir mes frais. De plus, vous êtes mon invitée. Ne me suis-je pas attaché vos services comme conseillère artistique ?

— Absolument ! approuva Louise, tout en éprouvant

un profond soulagement. J'escompte d'ailleurs que vous ne prononciez pas mon nom à l'hôtel ni lors des visites des manufactures. J'entends bien voyager discrètement ! Vous comprenez, une femme dans ma position..., minauda-t-elle.

Il était hors de question en effet que la véritable baronne de Nédonchel apprenne un jour qu'elle avait séjourné près de Calais, alors qu'elle n'avait jamais quitté Condé !

— Je respecte votre souhait, baronne. Il sera fait selon votre désir, répondit le vicomte en s'inclinant avec galanterie.

— Quant au règlement de la chambre, vous m'obligez, et j'en suis quelque peu gênée. Mais si vous y tenez, j'accepte ! Et de vous à moi, je suis bien trop lasse pour m'y opposer.

À force d'écouter le vicomte discourir avec ses tournures de phrases élégantes, Louise, qui avait l'oreille musicale et fait beaucoup de chant à la chorale de l'église, commençait à trouver un langage qui soit en accord avec sa condition supposée de baronne. Le vicomte en tout cas ne paraissait y voir que du feu. Il s'agissait toutefois de ne pas relâcher ses efforts !

Ils entrèrent dans le château par la grande porte et se trouvèrent alors devant un vaste escalier de marbre qui menait aux étages. Le vicomte s'en fut parlementer d'une voix feutrée avec le responsable des lieux. Au bout de quelques instants cependant, le ton monta entre eux. Louise comprit qu'il y avait eu une erreur sur la réservation et qu'une seule chambre avait été retenue. Il était toutefois hors de question qu'elle dorme dans la même pièce que le vicomte. Cela aurait été tout à fait inconvenant ! Et quand bien même elle l'aurait voulu et qu'il l'attirait terriblement, c'était tout à fait inenvisageable, cela n'aurait pas manqué d'entacher sa réputation. Elle préférait encore dormir dans la voiture ou les écuries, qui avaient l'air d'être tout à fait accueillantes. Presque davantage même que le château, avec ses prestations si élevées qui la rendaient mal à l'aise.

— Qu'à cela ne tienne ! Vous donnerez la chambre au château à Madame et je me contenterai de la fermette, repartit le vicomte.

Il prit les clés et revint vers Louise.

— Ils disposent fort heureusement de dépendances. J'irai dormir dans l'une d'entre elles. Je vous souhaite de bien vous reposer. On va vous accompagner jusqu'à votre chambre et je vais faire monter vos bagages.

— Et pour le repas, que faisons-nous ? osa-t-elle demander.

Elle était affamée.

— J'ai fait le nécessaire. Comme vous n'êtes pas bien, on va vous monter de quoi vous restaurer dans votre chambre, dit-il en lui adressant un discret clin d'œil.

C'était en effet ce dont ils avaient furtivement parlé dans la voiture pour éviter de susciter des ragots.

Il s'inclina avec politesse et elle lui tendit sa main d'elle-même. Il observa la jeune femme de son regard si perturbant tout en saisissant ses doigts avec délicatesse. Il les embrassa alors avec un mélange d'une infinie douceur et d'une force virile qui lui fit chavirer le cœur.

— Bonne nuit, baronne, dit-il de sa voix chaude et distinguée.

Puis il sortit.

Louise gravit alors les deux étages qui la séparaient de ce qui allait être sa chambre pour la nuit et lorsqu'elle y entra elle fut subjuguée. C'était une grande pièce, de la dimension de l'étage de sa maison, où flottait une odeur fleurie. Elle disposait d'un grand lit pour deux personnes recouvert de linge blanc propre et frais, avec une table de nuit, une causeuse et un secrétaire en bois. Le plafond était haut et couvert d'une frise. Sur les murs peints en rose se trouvait un grand miroir ovale au bois blanchi surmonté d'un nœud décoratif. Quelques lampes complétaient l'ensemble en lui conférant une atmosphère chaleureuse et intimiste. Enfin, on avait mis un nécessaire à toilette à sa disposition avec des savons qui sentaient fort bon le genévrier et les fleurs de houblon. Ce nécessaire devait être négligé par nombre de leurs clients, si l'on considérait les peurs idiotes qui circulaient sur les méfaits de l'eau pour la santé, mais Louise avait au contraire été élevée dans le culte de la propreté et la nécessité de se laver pour être en bonne santé. Ce que Marie-Antoinette la reine de France faisait également. Autant dire, un exemple à suivre !

Un temps impressionnée, Louise mit de côté sa réserve et courut se jeter sur le lit. Elle enfouit son visage profondément dans l'oreiller moelleux et en huma les parfums. Un pur délice ! C'était une vraie chambre de princesse et il lui semblait vivre un rêve éveillé !

Toutefois, elle n'oubliait pas cependant qu'elle mentait au vicomte en prétendant être la baronne de Nédonchel et cela la rendit plus morose. Mais bien vite, elle se reprit. En apercevant du papier et une plume avec de l'encre disposés sur un beau sous-main en cuir, elle se précipita sur le secrétaire. Pourquoi ne pas dessiner ou prendre des notes sur ce qu'elle était en train de vivre ? En reportant ainsi ses impressions, cela lui permettrait de les mémoriser pour les transmettre ensuite à Jeanne-Claire ou à sa cousine… C'était là une excellente idée !

La fatigue l'ayant quittée, elle se mit avec enthousiasme à son ouvrage en esquissant même sa chambre et commentant son trajet aux côtés du vicomte. Elle revécut alors par la pensée le trouble intense qu'elle avait ressenti à cohabiter dans la voiture avec lui, ainsi que le climat d'intimité entre eux, couplé à un sentiment de gêne. Elle n'osait pas le regarder en face, de peur qu'il ne devine dans son regard toute l'admiration qu'elle éprouvait pour lui, la crainte de ce qu'il représentait et son sentiment de ne pas être à la hauteur. Elle reposa sa plume, tout cela étant trop personnel pour être raconté. Elle songea également qu'elle avait dormi une grande partie du trajet, au début par fatigue et ensuite pour justement éviter toute confrontation. Cependant, elle ne pourrait pas jouer à ce petit jeu tous les jours et devrait s'efforcer de prendre sur elle pour l'affronter. On toqua alors à sa porte et une jeune femme brune, ronde et sympathique lui apporta son souper sur un plateau, avec une petite rose coupée dans un verre. Le potage et la quiche aux légumes étaient chauds et sentaient divinement bon et la généreuse gaufre agrémentée de chantilly avait l'air excellente !

— Le cuisinier vous a préparé une soupe chaude avec plein de bonnes choses dedans pour vous remettre ! dit la servante avec un accent patois assez prononcé.

Louise lui répondit sur le même ton :

— C'est très gentil ! Tu le remercieras bien d'ma part, hein !

De fait, la jeune femme rougit avant de lui glisser d'un ton complice :

— J'ai entendu Monsieur ronfler à la fermette. Je pense que vous pouvez être tranquille pour ce soir !

Sur ce, elle lui fit un sourire entendu et sortit.

Louise comprit alors le quiproquo. La domestique pensait sans doute qu'elle avait feint d'être malade pour échapper à ses avances ! Elle en rit, avant de songer qu'il aurait effectivement pu la rejoindre dans sa chambre. Après avoir profité des largesses du gîte, elle commença à réaliser qu'elle était seule dans un lieu inconnu. Elle frémit à l'idée que la porte puisse s'ouvrir sur un homme qu'elle ne connaissait pas et qui, pourtant, lui faisait l'effet inverse depuis longtemps. Lui ouvrirait-elle cependant ses bras, voire ses cuisses comme aurait dit la verte Rolande ? Non, elle n'était pas ce genre de fille ! La pieuse Marie-Odile aurait été fière d'elle ! Et puis, le vicomte de Bresse était un homme honnête, il n'en ferait rien… Ce fut sur cette pensée chaste bientôt chassée par nombre d'autres coupables qu'elle s'endormit peu de temps après dans son grand lit moelleux qui sentait bon la rose, à défaut du fruit défendu.

Le lendemain, après une excellente nuit réparatrice, Louise s'éveilla. Toujours vêtue de sa chemise de nuit et les cheveux ébouriffés, elle se dirigea vers la fenêtre. Elle constata alors que sa chambre donnait sur un immense parc verdoyant bordé d'arbres. Comme il était magnifique ! Et tandis qu'elle se perdait dans sa contemplation, elle aperçut la silhouette du vicomte, assis sur un banc de bois. Il était en habits, très soigné comme à son habitude, et regardait au loin l'air préoccupé. Elle put ainsi l'observer tout à loisir de profil et lui trouver un charme fou. Que faisait-il là à cette heure matinale ? Avait-il mal dormi dans la fermette ? Était-il rongé par des soucis qui avaient écourté son sommeil ou attendait-il qu'elle se réveille pour reprendre la route au plus vite ? Il se tourna alors vers elle, comme sentant sa présence. Troublée, elle lui adressa un signe de la main auquel il répondit en mimant un chapeau imaginaire. Il lui adressa un sourire accentué par ses fossettes qui lui alla droit au cœur, avant qu'elle réalise qu'elle se trouvait dans une tenue peu correcte. Elle s'éloigna aussitôt de la fenêtre.

L'incident ne fut toutefois pas évoqué durant le voyage et Louise s'efforça cette fois d'être beaucoup plus présente dans l'habitacle, à discourir avec le vicomte quand il était d'humeur. Il restait en effet muet la plupart du temps, l'observant à la dérobée ou regardant par la fenêtre où ses pensées s'évadaient. Ce qui permit encore à Louise de contempler ses traits, tout autant que sa mise. Il semblait aussi embarrassé qu'elle de se trouver en sa présence. Mais dans ce cas, pourquoi l'avoir réclamée ? Pour ses connaissances en matière de dentelle, sans doute, finit-elle par conclure, un peu déçue…

Il fit en effet largement appel à son savoir lorsqu'ils se rendirent dans un atelier à Calais, après avoir vu plusieurs manufactures produisant du tissu, mais aussi des fils de lin, de soie, de laine, de chanvre… Il faut dire que ceux-ci constituaient la matière première avec laquelle les dentellières fabriquaient la précieuse dentelle, croisant minutieusement ces fils avec tout leur savoir-faire.

Lors de cette visite de l'atelier de dentelle, il fut difficile à Louise de se sentir à son aise aux côtés du vicomte. Lequel possédait un statut royal et était accueilli avec mille courbettes partout où il se rendait. Elle avait du mal à afficher un air supérieur au milieu des autres ouvrières dentellières et à prétendre être une sommité, alors qu'elle se trouvait parmi ses semblables.

— Que font-elles avec cette soie ? interrogea le vicomte à mi-voix, en se tournant vers elle.

— Elles fabriquent ce qu'on appelle « la blonde ». C'est-à-dire une dentelle au fuseau en soie écrue ou de fils d'or et d'argent, qui se fait aussi en noir d'ailleurs…

Le vicomte, qui avait les mains croisées derrière le dos, approuva en hochant la tête. Louise admira son humilité et son insatiable curiosité. Il était réellement passionné par les tissus et les matières. Il voulait tout savoir sur leur technique de fabrication, afin d'être capable d'évaluer par lui-même leur qualité. Cela lui permettait ensuite de négocier habilement les produits au plus juste. Il sollicita ainsi plusieurs fois son avis et son expertise, ce que Louise lui donna en détaillant la façon de procéder des dentellières, sans jamais dénigrer leur travail. Étant d'habitude de l'autre côté, elle en aurait en effet été bien incapable !

Ce fut lui, en revanche, qui lui conta l'histoire de la dentelle à Versailles au cours d'un de leur trajet :

— Savez-vous qu'après s'être longtemps approvisionné en Italie et à Venise en particulier, Colbert, dont la préoccupation était de redresser les finances royales, avait créé des manufactures dans les villes où on faisait déjà de la dentelle ? Il avait pour cela fait venir des dentellières de Venise et des Flandres pour enseigner leur art aux Françaises, tandis que les peintres du roi dessinaient de nouveaux modèles, donnant ainsi à la dentelle française ses lettres de noblesse.

— Il s'agissait de dentelle à l'aiguille et non celle au fuseau, puisqu'elle fut importée il y a peu, rectifia Louise.

— Quelle est donc la différence entre les deux ? s'enquit le vicomte.

— La dentelle à l'aiguille est plus raide, alors que la dentelle au fuseau est plus aérienne, et on peut la froncer !

Le jeune homme la contempla et repartit :

— Vous êtes *parfaite*, décidément !

Lors de la visite d'un autre atelier à Calais, le vicomte parut surpris de trouver une dentelle foncée et Louise s'empressa de lui expliquer que c'était une dentelle à la menthe et au fuseau, une imitation de celle de Bruxelles qui se pratiquait depuis un siècle à Calais.

Lorsqu'il lui demanda encore quelle était la différence entre la production de Calais et celle de Valenciennes, question piège pour la jeune femme, elle lui montra les variations de points sur des supports variés tels que des robes, coussins, napperons. Par chance, la robe qu'elle portait possédait de la valenciennes aux manches, ce qui était un ajout de ses collègues avant son départ, et elle put ainsi mettre en lumière la différence de texture et de motif existant entre les deux. Le vicomte dut alors bien reconnaître que la dentelle de Valenciennes se distinguait par sa finesse et ses dessins élaborés, là où celle de Calais semblait plus simple et moins aérienne.

Lorsqu'il trouva étrange qu'un ouvrage si raffiné pare la simple robe de mousseline qu'elle portait, elle répondit :

— Voyons, vicomte, vous savez bien que la mode à Versailles est au naturel à présent, vous me l'avez dit vous-même ! J'avoue que j'ai aussi toujours du mal à paraître en société dans le plus simple appareil…

— D'où la dentelle, ajouta-t-il.

— Absolument !

— Ma foi, c'est une bonne idée ! Et cela pourrait plaire aux dames de Versailles : « Mesdames, pourquoi consacrer tant de temps à votre toilette quand un simple pan de dentelle vous habille ? » Il faudrait que j'en fasse part à Rose Bertin…, surenchérit-il, songeur.

Louise sourit. Elle venait de remporter une double victoire : non seulement elle s'était justifiée sur ses tenues, mais encore pourrait-elle susciter davantage de commandes de valenciennes en provenance de Versailles.

La visite de l'atelier de Calais se termina par une démonstration étrange et intéressante. Le chef d'atelier leur montra en effet une machine mise au point en 1758 par un certain Jedediah Strutt, capable de tricoter un réseau clair comparable au point de Tulle et qui ne demandait qu'à être perfectionnée. Le vicomte fut très impressionné, tandis que la jeune femme se montra sceptique, davantage par dépit cela dit, arguant qu'une machine ne pourrait jamais produire de l'art.

Revenus dans la voiture, le vicomte ne tarissait pas d'éloges sur l'engin :

— Vous imaginez un peu ce qu'il serait possible de faire

avec une telle machine ? Sans compter le gain de temps et d'argent. On pourrait même en installer à Versailles…

Constatant que Louise restait muette, il chercha à lui faire partager son enthousiasme, mais la jeune femme demeura de marbre. Et pour cause, cela signifiait aussi la fin de l'exercice de son savoir !

Il n'insista pas davantage, mais ce fut un motif de discorde entre eux et un silence lourd persista pendant un moment. Du moins, jusqu'à ce que le paysage change et qu'ils aperçoivent quelque chose que Louise n'avait jamais vu et qui lui fit écarquiller les yeux et s'avancer sur son siège, fascinée.

Chapitre 10

Le paysage, constitué jusque-là d'une mosaïque de champs aux teintes marron foncé, ocre et vert, fit soudain place à une vaste étendue liquide d'une couleur gris-vert irisée, dont la surface tourmentée par le vent s'étirait jusqu'à l'horizon.

Léandrin vit l'expression de la stupéfaction et du ravissement sur le visage de la passagère à ses côtés. Était-il possible qu'elle n'ait jamais vu la mer ?

Il se félicita donc d'avoir pris l'initiative de demander au cocher de les mener jusqu'à la côte. Une façon pour lui de conclure agréablement leur séjour dans le Nord et de prolonger un peu le plaisir d'être ensemble avant de repartir.

— Vous plairait-il d'aller voir la mer de plus près ? s'enquit-il.

— J'aimerais beaucoup ! répondit la baronne dans un souffle.

Le vicomte tapa trois coups au plafond pour signifier au cocher de s'arrêter. Au sortir de la voiture, ils furent saisis par un vent froid et cinglant. La baronne s'emmitoufla dans son manteau et tenta bien de lutter pour conserver son chapeau avant d'abandonner l'idée de le porter, le laissant dans la voiture. Ils firent quelques pas sur un petit sentier dans la lande, mais la jeune femme frissonnait de tout son être et Léandrin n'eut pas le cœur à la laisser prendre froid. Il ôta donc prestement son manteau pour le lui mettre sur les épaules.

— Si je peux me permettre…

Elle serra aussitôt le vêtement chaud contre elle et le gratifia d'un regard reconnaissant.

Cela lui transperça le cœur et lui fit éprouver une fierté sans commune mesure. Durant ces derniers jours avec elle, Léandrin s'était senti l'homme le plus heureux du monde, mais aussi le plus malheureux, car toute relation avec elle autre que professionnelle semblait impossible. Tout d'abord parce qu'elle était mariée, même si elle n'y faisait guère allusion, mais également parce que son attitude, sa réserve et sa gêne lui donnaient à penser que son inclination pourrait ne pas être réciproque. Pourtant lorsqu'ils échangeaient ainsi, l'intensité de son regard ne faisait qu'attiser le feu de son désir et nourrir l'ardeur de sa passion. Il était tombé amoureux d'elle, éperdument, et cette évidence lui promettait bien des souffrances pour les jours à venir, quand il ne la verrait plus.

Ce matin, il s'était levé à l'aube et avait longuement réfléchi à la manière dont il pourrait lui faire part de son inclination sans la heurter, mais il avait rapidement abandonné l'idée. C'était prématuré, ils se connaissaient depuis si peu de temps ! Il devait mettre ses sentiments à l'épreuve du temps pour juger de leur solidité et de leur profondeur, mais aussi s'assurer qu'elle éprouvait un émoi similaire au sien avant de se déclarer.

Ils marchèrent côte à côte en silence le long du sentier, les oreilles battues par le vent. La baronne semblait tout particulièrement impressionnée par les rochers tombés au pied des falaises en contrebas et ceux un peu plus loin qui constituaient une barrière où la mer venait s'abîmer en formant une écume blanche. Elle pointa alors du doigt les moutons à l'épaisse toison qui paissaient paisiblement à proximité de la mer et des éléments déchaînés.

— Les brebis d'ici sont assurément privilégiées. Elles disposent d'un décor vraiment unique ! ironisa-t-il.

Elle l'approuva en souriant.

— Cela dit, elles ne sont pas les seules à profiter des lieux. Beaucoup de poissons peuplent la mer devant nous, et des mammifères marins dont vous n'avez même pas idée ! lança-t-il, provoquant un regard inquiet chez elle. Mais aussi énormément d'oiseaux dans le ciel. Nous sommes d'ailleurs sur un couloir migratoire…

Un concert de mouettes et de goélands au-dessus de leurs têtes se fit justement entendre. Le vicomte lui désigna d'autres espèces, dont certaines planaient dans le ciel, ou encore un rapace qui fondit sur sa proie au sol.

La jeune femme les regardait fascinée mais aussi parfois un peu effrayée. Un sourire revint pourtant rapidement s'épanouir sur son visage lorsqu'elle avisa une barque au milieu des champs. Ce qui n'était clairement pas sa place.

— Même si le paysage semble dépeuplé, ne vous y fiez pas. Car en réalité ce détroit est aussi un haut lieu d'échange commercial.

Pour preuve, il montra les nombreux bateaux à voile sur la mer.

— Ceux-là par exemple se dirigent vers l'Angleterre, que l'on voit juste en face !

Ce disant, il pointa une terre immergée d'une couleur sable, baignée sous le soleil et visible à l'œil nu. Sa compagne en fut ébahie.

— Vous voulez dire que là, si proche de nous, c'est l'Angleterre ?

— Tout à fait !

Elle mit sa main en visière sur son front et observa cette

terre étrangère où l'on ne parlait pas la même langue, et cependant tellement proche qu'on pouvait voir ses falaises blanchâtres.

Le ciel était gris et bas, la terre sombre. Après un temps, et bien qu'ils apprécient de contempler les murets de pierre sèche et la variété de texture de la végétation, à l'image de cette herbe verte et jaune paille desséchée par le vent voisinant avec la terre brune et ses occupants à quatre pattes, ils ne tardèrent pas à retourner vers la voiture pour se rendre dans un nouveau lieu.

Cette fois, Léandrin l'emmena le long de la baie de Wissant, et plus précisément promener sur sa large plage de sable située entre le cap Gris-Nez qu'ils venaient de découvrir et les falaises crayeuses du cap Blanc-Nez, coiffées d'une herbe bien verte.

Comme il s'en était douté, la jeune femme fut émerveillée par le cadre. Elle en devint même folle de joie. La voir ainsi si heureuse l'émut au plus haut point. Sa spontanéité était désarmante. Quand en marchant elle se rendit compte qu'elle laissait des traces dans le sable, elle s'amusa à varier son parcours, se mit à courir, sautiller, puis à écrire son nom. Ses bouclettes blondes et ses yeux bleus écarquillés irradiaient dans la lumière grise où perçaient parfois de timides éclaircies. Le soleil se faisait alors caressant, ce qui renforçait leur sentiment de bien-être. Léandrin avait alors l'impression qu'il faisait un temps radieux sur son cœur.

La jeune femme désigna encore quelques animaux marins échoués sur le sable, puis des crustacés s'enfuyant entre les rochers. Elle enjamba en attrapant ses jupes les traînées de mer qui zébraient l'immense plage, laquelle était à marée basse et avait laissé de nombreux vestiges sur son passage : des coquillages, des poissons, et quelques méduses translucides. Sans oublier les bouts de bois, restes de barque échouée, ou des petits bateaux à voile couchés sur le flanc et dont l'ancre était enfoncée dans le sable un peu plus loin, attendant que la mer vienne les chercher pour repartir.

Si la vaste baie semblait déserte, il leur arrivait cependant de croiser un paysan avec un mulet, ou encore des pêcheurs avec des filets, voire de simples gens avec des épuisettes venus sans doute chercher leur dîner. Léandrin lui promit d'ailleurs de lui faire déguster des fruits de mer lorsqu'ils feraient une halte dans une auberge proche pour dîner.

La baronne avait les joues rosies par le froid et le vent. Elle exultait, devenant toujours plus désirable et inaccessible. Son charme, bien innocent pourtant, était ravageur.

— Eh bien, cet endroit vous plaît à ce qu'il me semble !

— C'est merveilleux ! Je respire à pleins poumons, s'exclama-t-elle. C'est simple, j'ai l'impression de renaître !

— Vous n'étiez jamais venue ici ?

— Jamais ! J'avais bien vu des peintures marines et des aquarelles, mais c'est beaucoup plus beau en vrai que je ne me l'étais imaginée, confia-t-elle, tous sens exaltés.

— Vous m'en voyez ravi, chère baronne.

— Oh ! je vous en prie ! Appelez-moi Louise. Il me semble que nous nous connaissons assez à présent pour cela, lui répondit-elle avec un naturel confondant.

Louise… Ce prénom lui allait si bien !

— Seulement si vous consentez à m'appeler Léandrin…

— Je ne le pourrais, vous le savez bien ! Mais ce prénom vous sied à merveille.

Ils se sourirent, profondément, intensément… Puis elle rompit l'échange et détourna le regard.

— Puis-je vous demander quel serait votre plus grand rêve, chère Louise ?

Ses paupières battirent en l'entendant dire son prénom. Elle regarda le sable, puis répondit :

— J'ai toujours rêvé de voir la mer...

— Et maintenant que la chose est faite ?

Elle hésita, puis finalement avoua :

— J'aimerais beaucoup aller à un bal... à Versailles.

— Est-ce là tout ?

— Oui.

Il pinça les lèvres. Puis il lui accorda encore quelques instants pour profiter des lieux, avant de devoir reprendre la route. Ce qu'ils firent une heure plus tard.

Ils arrivèrent deux jours après à la tombée de la nuit dans la forêt de Bonsecours, près de Condé-sur-l'Escaut, où se trouvait la demeure des ducs de Croÿ : le château de l'Hermitage. Le vicomte ne lui avait même pas demandé son avis avant de l'y déposer, estimant faire au mieux en la raccompagnant à l'endroit qu'il pensait être chez elle. À présent, Louise ne savait pas comment se soustraire à son mensonge. Alors, elle pria pour qu'un événement lui vienne en aide. D'autant que s'il la laissait là, en pleine forêt et de nuit qui plus est, elle se retrouverait en bien mauvaise posture !

La voiture s'immobilisa devant la grille du parc de la vaste demeure. Cette dernière était rectangulaire et dotée de deux ailes arrondies comme des tours. Haute d'environ trois étages, elle possédait en façade des rangées d'une dizaine de grandes fenêtres, dont certaines semblaient éclairées à la bougie, indiquant par là même que du monde s'y trouvait.

— Vous voici arrivée ! lui lança Léandrin avec un enthousiasme appuyé.

— Eh oui ! soupira-t-elle, peu convaincue. Je suis chez moi !

— Je tenais en tout cas à vous remercier de m'avoir accompagné durant ces quelques jours, reprit-il. En plus de m'avoir enchanté par votre agréable présence, vous avez amplement rempli la mission que je vous avais confiée !

— C'est moi qui vous remercie de m'avoir emmenée voir la mer ! lui répondit-elle avec sincérité.

Et tant pis si cette phrase pouvait sembler naïve...

— Vous reverrai-je ? lui demanda-t-il avec un léger trémolo dans la voix.

— Je serais ravie de vous accompagner de nouveau, si vous avez encore des visites de manufactures à faire. Même si je pense que vous en savez assez à présent sur la dentelle pour vos affaires.

Il pinça les lèvres.

— Si j'osais... Je..., dit-il, alors visiblement tourmenté.

— Oui ?

— Laissez-moi vous escorter jusqu'au château, lança-t-il après s'être ravisé.

— Si cela ne vous ennuie pas, je préférerais rester un peu seule dans le parc et l'exercice me fera du bien.

— Mais il fait presque nuit... Je crains pour votre sécurité.

— Je ne suis plus une enfant ! Et puis, je connais les lieux tout de même, répondit-elle d'un ton sans appel, tout en se disant qu'une fois devant la grille, il faudrait que l'attelage parte vite. Elle ne pouvait décemment pas entrer chez des inconnus !

Le vicomte tergiversait, visiblement peu enclin à la laisser s'en aller seule en pleine nuit, lorsque soudain un ange apparut sous la forme d'une petite silhouette empressée et familière qui surgit du château et que Louise aurait reconnue entre mille : Jeanne-Claire Cheval !

— Oh ! mais je vois une am... une domestique qui sort justement du château ! Je vais aller la rejoindre. Merci encore pour tout, et au plaisir, cher vicomte !

Sans lui laisser le temps de répondre, elle descendit prestement de la voiture, les joues en feu.

Le cocher l'imita pour lui déposer ses bagages, et l'instant d'après, trois coups se firent entendre contre la portière et l'attelage repartit.

La jeune femme empoigna alors sa lourde malle et s'en alla à la rencontre de son amie.

— Louise ? C'est toi ? Que fais-tu là ? lui lança Jeanne-Claire abasourdie en la voyant.

— Si tu savais comme je suis heureuse de te voir ! Et toi, que fais-tu ici à c't'heure ? s'enquit-elle en reprenant aussitôt son cher accent du Nord.

— Je travaille tard en ce moment. La baronne prépare une nouvelle pièce de théâtre. Elle jouera Lucinde dans *Le Médecin malgré lui* de Molière. Un rôle qu'elle avait déjà interprété il y a sept ans d'ailleurs, alors qu'elle n'avait que dix-sept ans… Et comme tu sais, je fais leurs costumes de théâtre. Il faut donc que je reprenne tout !

— Oui, je le sais ! Et cela m'a bien été utile. J'ignore comment te remercier pour tout cela…

C'est en effet dans les nombreux accessoires de la troupe familiale que la dévouée Jeanne-Claire avait trouvé, entre autres, le papier, la plume, l'encre et la cire du sceau pour la prétendue missive de Louise qu'elle avait portée au vicomte avant son départ.

— J'espère au moins que tu t'es bien amusée. Tu as bonne mine en tout cas !

La jeune femme lui fit alors le récit abrégé de son périple dans le Nord. Elle s'appesantit surtout sur sa découverte de la côte.

— Imagine un peu la terre recouverte de nos vertes prairies qui s'arrête abruptement, comme mangée par une sorte d'étendue liquide toujours en mouvement : la mer !

— Ça devait être impressionnant ! s'extasia son amie

qui, bien qu'exténuée, fit un effort pour se le figurer. Et comment cela s'est-il passé avec le vicomte ? As-tu réussi à tenir ton rôle ?

— Je pense avoir été à la hauteur du jeu d'actrice de ta baronne ! se flatta Louise. En tout cas, il m'a crue !

— Comme quoi, « le monde entier est un théâtre ! Et tous hommes et femmes, n'en sont que les acteurs. Chacun y joue successivement les différents rôles[1] »...

— Ça, c'est bien dit !

— Ce n'est pas de moi, hélas, mais de William Shakespeare. Un auteur anglais que ma maîtresse cite souvent. Je crois qu'étant toujours en représentation dans l'aristocratie, elle sait de quoi elle parle !

— J'imagine ! Pour ma part, je me sens désormais libre et libérée d'un lourd fardeau !

— Celui du mensonge, peut-être. Mais bon, ne te réjouis pas trop vite ! On se retrouve quand même avec un autre problème sur les bras...

Comme Louise ne voyait pas à quoi elle faisait allusion, elle suivit son regard et vit sa lourde malle. Comment allaient-elles bien pouvoir se débrouiller pour l'emporter ?

1. Il s'agit d'une citation de la comédie de William Shakespeare *Comme il vous plaira*, écrite en 1599.

Chapitre 11

— Encore merci de m'avoir raccompagnée ! lança Louise à l'intention d'Étienne Caffiaux, le mari de Jeanne-Claire.

Ce dernier, plutôt mince, vêtu comme un bourgeois et le cœur sur la main, lui adressa un signe amical avant de repartir avec sa tendre épouse retrouver leurs chères têtes blondes. Louise avait eu la chance que le perruquier soit venu chercher sa femme avec sa voiture de travail, suffisamment grande pour lui permettre de les embarquer elle et sa malle. De plus, il s'était proposé de déposer ses bagages chez sa tante le lendemain, le couple devant en effet rentrer chez lui au plus vite pour soulager la nourrice qui gardait ses enfants. Aussi, et comme ils passaient devant le cabinet du médecin chez qui sa cousine travaillait, ils offrirent à Louise de l'y laisser. Ce que la jeune femme accepta avec enthousiasme. Elle préférait en effet rentrer avec elle, plutôt que se faire assaillir de questions par sa tante.

Tandis que la voiture tirée par deux chevaux s'éloignait, Louise réfléchit au conseil que lui avait donné son amie Jeanne-Claire au sujet du vicomte :

— Si cet homme te plaît, il faut le lui signifier, et ne pas faire dans la demi-mesure ou faire preuve de timidité.

Elle devait lui faire connaître franchement son sentiment. Et ce d'autant plus que la chance de faire un bon mariage ne se reproduirait pas de sitôt !

Mais ensuite ? En imaginant qu'il éprouve quelque inclination pour elle, quel destin lui serait réservé ? Accepterait-elle de le suivre à Versailles ? Et que se passerait-il, enfin, quand il découvrirait qu'elle lui avait menti et qu'elle n'était pas la baronne de Nédonchel ?

Les obstacles à une relation entre eux semblaient trop nombreux et insurmontables. Pourtant, au fond d'elle, il y avait cette lueur d'espoir, semblable à l'éclat de son sourire à fossettes et à l'intensité de son regard turquoise lorsqu'il l'observait. Du moins quand son air ténébreux ne prenait pas le dessus.

Toute à ses pensées, Louise était entrée dans le cabinet médical où sa cousine officiait en tant que secrétaire. Lorsque Bertille, occupée à classer différents papiers, la vit, elle s'écria :

— Toi, ici ? À ch't'heure ! C'est maman qui ne va pas être contente !

— Oh ! ben merci ! Ça fait plaisir, rétorqua Louise, un peu blessée dans son amour-propre.

— Je veux dire qu'elle ne t'attend pas de sitôt ! Et puis tu ne lui as pas donné beaucoup de tes nouvelles, non plus !

— As-tu bientôt terminé ? s'enquit Louise, désireuse d'abréger retrouvailles et remontrances, les deux allant visiblement de pair.

— Laisse-moi encore cinq minutes, que je finisse de classer les fiches des patients de la journée.

Louise admira sa dévotion et son implication dans son travail. Quand on pense qu'elle concourait à soigner des malades et à sauver des vies, quel noble but dans l'existence !

— C'est un excellent docteur, mais ce qu'il peut être désordonné ! s'agaça Bertille. Heureusement que je passe derrière lui pour ranger ses affaires et ses potions…

Il est vrai qu'il avait beaucoup de chance d'avoir la pragmatique Bertille à ses côtés.

— J'ai encore une ou deux choses à désinfecter et je suis à toi…

Elle ouvrit alors la besace en cuir du médecin, celle avec laquelle il effectuait ses visites, pour découvrir que de nombreux instruments devaient être traités.

Les filles quittèrent le cabinet une bonne heure plus tard, enveloppées dans d'épaisses écharpes laineuses, car les soirées étaient encore fraîches.

— Alors, raconte ! interrogea Bertille, le regard pétillant de curiosité.

Louise lui narra la visite des manufactures et sa brève, mais intense rencontre avec la mer. Elle omit cependant de lui parler de Léandrin, car sa cousine ne comprendrait pas ses « stupides emportements du cœur » comme elle les qualifiait souvent. De plus, Louise se méfiait toujours de ce qu'elle pouvait rapporter à sa tante.

— Le changement d'air a dû te faire du bien. Et tant mieux si tu as appris des choses en visitant d'autres ateliers. Pas de beau jeune homme en vue ?

— Aucun, hélas ! mentit Louise.

— Tant pis ! De toute façon, compte tenu de la médiocrité de notre situation, personne ne s'intéressera à nous, il ne faut pas rêver !

Louise se félicita de ne pas avoir parlé de Léandrin, sa cousine aurait brisé tous ses espoirs en une réplique assassine ! En revanche, quand elle lui demanda comment elle allait, Bertille évoqua le dur travail de Pépin à la mine, ce qui semblait beaucoup la contrarier :

— Tu verrais, il se lève à 4 heures du matin, rentre à teu t'heure et il perd du poids à vue d'œil. Déjà qu'il était pas bien épais !

Louise s'étonna de deviner chez Bertille des sentiments

tourmentés à l'égard de Pépin. Se pourrait-il qu'elle nourrisse pour lui plus que de l'amitié ?

— Oh ! tu le connais ! Il est maigre de nature, mais costaud !

— Qu'est-ce que tu en sais, toi ? lui demanda-t-elle avec rudesse. Tu ne t'intéresses pas à lui. Pourtant il te court après depuis que t'es petite… Mais toi tu t'en soucies comme d'une guigne !

— Attends, je ne lui ai jamais rien laissé croire ! Je suis honnête. C'est un bon camarade, c'est tout.

Bertille la dévisagea les dents serrées.

— Il a un grand cœur derrière ses airs maladroits, ne le lui brise pas !

Quand elles arrivèrent à la maison, Louise fut surprise de voir qu'un gamin dormait toujours dans le salon, couvé par sa tante qui le veillait avec tendresse.

— Maman, tu étais censée le ramener aujourd'hui ! s'emporta sa cousine.

— Eh ben, je n'en ai pas eu le cœur ! Et puis j'ai toujours rêvé d'avoir un petit garçon, ajouta-t-elle en chuchotant pour ne pas se faire entendre du gamin qui, les yeux mi-clos, ne semblait pas perdre une miette de leur échange.

Les sourcils froncés, il rejeta alors sa couverture pour s'écrier :

— Je veux rentrer à ma maison !

— Mais mon chéri, c'est ici ta maison maintenant !

— Je veux voir mon papa et ma maman !

— Je suis là moi, dit la tante.

— Il en est hors de question ! Enfin, c'est impossible ! s'exclama Bertille en lançant un regard noir à sa mère.

— On peut savoir ce qui se passe ici ? interrogea Louise, transparente aux yeux de sa tante jusque-là.

— Tiens, t'es rentrée toi ? J'espère au moins que

tu n'as pas un mioche dans le tiroir… Ce n'est pas le moment, hein !

— Non ! s'offusqua Louise, effarée.

— Comment tu lui parles, toi ! s'emporta Bertille.

— Et toi alors, comment tu parles à ta mère ?

Sentant sans doute que les choses allaient dégénérer, Bertille entraîna sa cousine dans la pièce du fond.

— Bon, tu sais que ta tante cherche de l'argent par tous les moyens. Eh bien, elle n'a rien trouvé de mieux pour cela que de « transporter » des gosses de familles pauvres à l'hospice ! Sauf que tu la connais, elle n'est pas faite pour ce genre de trafic. Elle n'a pas eu le cœur à laisser ce gamin là-bas avec les autres enfants trouvés, et l'a ramené à la maison.

Louise se fit expliquer tous les détails de l'opération. Sa première réaction fut de songer à la honte qu'elle éprouverait si Léandrin venait à l'apprendre. Toutes ses chances avec lui seraient compromises.

— Je n'aime pas qu'on parle dans mon dos ! s'écria alors la tante depuis le salon. Si vous avez quelque chose à dire, venez le faire en face.

— J'abandonne pour ce soir, je suis trop fatiguée, lâcha la cousine. Je vais me coucher !

Elle sortit furieuse de la pièce pour rejoindre l'étage.

— Qu'est-ce que tu fais encore là, toi ? interrogea Guillemette. Il ne va jamais réussir à s'endormir mon gamin !

Louise ne se fit pas prier pour monter dans sa chambre à son tour. Elle entendit alors sa tante fredonner une comptine d'une voix douce.

Le lendemain, de retour à l'atelier, Louise raconta son périple jusqu'à Calais à ses collègues, qui montrèrent autant d'intérêt pour la manière dont les dentellières de là-bas procédaient que pour ses rapports avec le vicomte. Elles furent toutefois interrompues par leur cheffe d'atelier qui demanda si elle avait au moins eu le bon sens de saboter toute concurrence déloyale. Ce à quoi Louise répondit :

— Nul besoin, la qualité de la valenciennes parle d'elle-même !

Toutes la regardèrent alors avec de grands yeux ronds. Aussi, la jeune femme se sentit-elle obligée d'ajouter :

— J'avoue que j'ai un peu... voire beaucoup prêché pour ma paroisse, précisa-t-elle devant l'assistance.

— C'est bien. T'es une brave fille ! conclut Claire Tribout avant de remettre tout le monde au travail, au grand soulagement de Louise.

L'heure était venue pour Léandrin de régler ce qu'il devait à l'auberge du Bon Fermier et de regagner Paris. Il voulait partir bien avant la nuit pour prendre de l'avance sur son trajet avant d'effectuer une halte.

— Votre séjour a-t-il été bon ? interrogea l'aubergiste.

— Excellent ! Je ne manquerai pas de recommander votre établissement à Versailles.

Le restaurateur se gargarisa de cette promesse et ajouta :

— Puis-je vous proposer un petit digestif pour la route ? C'est la maison qui offre !

Léandrin refusa poliment et tandis que l'aubergiste se répandait en compliments, il focalisa son attention sur une bougie et laissa son esprit vagabonder. Il songea à Louise, comme à tous les moments de la journée où son attention n'était pas retenue par le travail. Quand il se trouvait en présence de la jeune femme, il ressentait un bien-être comparable à celui que l'on éprouve lorsque l'on passe la main devant une flamme. Mais en s'en éloignant, il ressentait un grand froid intérieur. Son cœur, en revanche, continuait à brûler d'une ardeur qui semblait même redoubler avec l'éloignement.

— Vous êtes d'accord, hein ? interrogea l'aubergiste pour la dixième fois au moins.

— Ma foi, oui ! répondit Léandrin pour avoir la paix, avant de s'éloigner d'un pas vif vers sa berline, bientôt poursuivi par l'aubergiste.

— Mais attendez, vous partez sans elle !

Léandrin songea qu'il laissait en effet Louise derrière lui et se retourna, tous les sens en alerte.

— Votre liqueur…, dit l'aubergiste en lui tendant son verre.

Un peu agacé, mais coincé, Léandrin saisit le petit verre qu'il but d'un trait avant de le regretter aussitôt. La gorge en feu, il toussa plusieurs fois.

— Ça fait du bien par où ça passe, hein ?

Cette fois Léandrin n'écoutait plus, il était monté à bord de la voiture et attendait avec impatience que l'attelage se mette en route. Il s'en voulait d'avoir bu cet alcool, frelaté si cela se trouvait ! Tout comme il s'en voulait de s'être laissé surprendre par son attirance pour cette jeune femme du Nord. Mais qu'avait-elle donc de si particulier ? D'un côté elle le charmait par sa beauté, sa fraîcheur et sa spontanéité en dépit de son statut de baronne. Il la revit courir et sautiller sur la plage, les boucles blondes au vent et ses grands yeux bleus pétillants, ou enveloppée dans sa robe de dentelle toute blanche qui mettait avantageusement sa jolie silhouette en valeur, ou encore au restaurant lorsqu'elle avait trop bu. Elle était alors d'une naïveté tendre et confondante qui le charmait et le déstabilisait tout autant. Les charmes de la province, sans doute !

Passant tout son corps en revue, il songea à ses mains. Il les avait trouvées agiles et cependant un peu plus veinées que ne l'étaient celles des filles de son âge et de sa condition, davantage habituées à soigner leur intérieur et à faire de la musique qu'à travailler. Elle lui avait fait part de sa passion pour le dessin, mais se pourrait-il qu'elle couse elle-même ? Après tout, lui faisait bien de la mécanique. Encore qu'il ne fût pas franchement approprié d'établir une comparaison entre eux deux.

D'autre part, elle nourrissait la même passion que lui pour la mode et elle possédait une vraie science de la dentelle, sans compter une intelligence vive, un grand sens artistique et beaucoup de bon sens. Il l'avait encore surprise à considérer les personnes inférieures à sa condition, comme les dentellières de Calais, avec beaucoup de respect et de considération pour leur travail. Il n'avait jamais rencontré une telle femme auparavant. Un peu la femme idéale pour lui. Pouvait-il la laisser lui échapper ?

Sa tête se mit alors à imaginer mille stratagèmes pour lui avouer son inclination. Tantôt il recevait une réponse enthousiaste qui le transportait de joie, tantôt son contraire, ce qui finit par le dissuader de se prononcer.

Mais alors qu'il s'éloignait d'elle, il n'en put plus. Il devait savoir à quoi s'en tenir et s'il lui était permis de nourrir quelques espoirs, ou si ceux-ci étaient vains.

Il frappa trois fois au plafond de l'habitacle et demanda au cocher de faire un détour par le château de l'Hermitage.

Lorsqu'il parvint sur les lieux, il surprit une scène étrange. Des gens en habits de fête et d'apparat arrivaient de partout, de la forêt, de la route, accueillis par des domestiques en livrée à la grille, voire en barque, une partie de la propriété étant située au bord de l'eau. Ils gagnaient ensuite le parc de la propriété et cheminaient sur une allée qui menait à un magnifique escalier encadré de balustres en pierre. Tous les invités étaient munis de cartons d'invitation. Léandrin resta un moment à guetter Louise, espérant qu'elle se montrerait en dehors du château, mais ses espoirs furent déçus. Intrigué, il dépêcha son cocher pour aller prendre des renseignements sur l'événement qui s'annonçait.

Celui-ci lui apprit un instant plus tard qu'une soirée théâtre de société y était donnée devant l'aristocratie locale. Ils allaient jouer *Le Médecin malgré lui* de Molière, pièce dans laquelle la baronne tenait un rôle et était, paraît-il, très attendue.

Léandrin avait entendu parler du théâtre de société à Versailles. La jeune reine Marie-Antoinette, qui n'était pas encore mariée, s'adonnait en effet aux joies de la scène pour tromper son ennui en cachette de son beau-père le roi Louis XV. Le dauphin en riait alors et trouvait même beaucoup d'agrément dans la société de cette dernière. Elle-même étant accompagnée des trois princesses, des deux frères du roi MM. le comte de Provence et le comte d'Artois et de MM. Campan père et fils. Cette pratique du théâtre en famille s'était ensuite répandue dans le Tout-Paris, mais Léandrin ignorait qu'elle avait également gagné la province.

En tout cas et en parlant de mystères, Louise n'avait pas trouvé bon de l'informer de cette représentation et encore moins de l'inviter ! Léandrin en fut blessé dans son orgueil. Pourquoi ne lui en avait-elle pas parlé ? Il ne l'intéressait peut-être pas après tout. Ou peut-être ne souhaitait-elle pas le mélanger à son entourage ? Pire encore, peut-être le considérait-elle comme un inférieur ? Après tout, les Nédonchel étaient une noble lignée et une ancienne famille. D'où venait-il en comparaison ?

Léandrin comprit qu'il devait se résoudre à oublier la baronne… Mais en serait-il capable ? C'est bien à contrecœur qu'il donna le signal du départ à son cocher, en proie à nombre d'interrogations sur son avenir.

Chapitre 12

Dans la rue où vivait Louise, il y avait une charmante petite fille blonde qui jouait toujours dehors, et ce, quels que soient l'heure et le temps qu'il faisait. C'était la dernière-née du couple Vilain, les heureux parents d'une fratrie de sept enfants. Pour combler ces petites bouches à nourrir, les parents partaient fort tôt travailler et revenaient tard le soir. En leur absence, la gamine était le plus souvent livrée à elle-même. Elle était cependant connue de tout le quartier qui veillait sur elle tout autant qu'il la craignait. Il faut dire que sous ses airs angéliques, la petite Célestine aux longs cheveux blonds, traînant sa poupée de chiffon derrière elle, n'avait rien d'un chérubin. Avec l'air candide de ses sept ans, elle avait en effet la fâcheuse manie de raconter des secrets bien cachés ou des horreurs sur les habitants à leurs voisins.

— Eh ben, M. Bigotte il buvait tellement qu'un jour il est tombé dans le canal ! Même qu'on l'a cherché partout pendant des jours. Et quand on l'a repêché des jours plus tard, il était tout vert et tout gonflé, et il tenait encore une bouteille d'eau-de-vie de trente ans d'âge à la main ! Et même que la bouteille elle a disparu et qu'on l'a jamais retrouvée ! dit-elle d'un air dégoûté un soir à Louise au retour de son atelier.

Mais si ses indiscrétions étaient pour le moins ragoûtantes et redoutées de tous, elles pouvaient être utiles parfois. Ainsi, Louise, dans les jours et les semaines qui suivirent son séjour à Calais, eut droit au récit détaillé des différentes mésaventures de sa tante. Il faut dire que Guillemette avait obtenu un délai du notaire pour la maison, et en bonne force de la nature, elle multipliait les tentatives pour gagner de l'argent. Cela dit avec, hélas, plus de déboires que de succès. Ce dont la petite pipelette ne manquait jamais d'informer Louise quand elle rentrait.

— Guillemette, elle transporte des enfants pour les emmener à l'hospice. Et même que des fois, elle les garde chez elle et ils disparaissent...

— Oh ! tu exagères ! Ce n'est pas une ogresse, dit Louise, qui lui fit toutefois promettre de ne rien révéler de tout ceci à quiconque.

Hélas, il était trop tard, la petite avait déjà parlé, et la rumeur avait enflé jusqu'à parvenir aux oreilles des parents d'un certain garçon. C'est ainsi que M. et Mme Copin, furieux, vinrent rechercher leur progéniture un jour, au grand soulagement de la cousine et au grand dam de sa tante.

Un autre jour, la petite fille informa Louise que Guillemette avait fait la lessive des mineurs.

— Et même qu'avec le vent tout son linge s'est envolé ! Elle a dû aller récupérer les culottes des messieurs dans les jardins des voisins et en repêcher dans l'eau du canal !

Une fois encore, Louise, rouge de honte, lui fit promettre de ne pas en souffler mot, mais c'était peine perdue, elle le savait.

Plus que jamais, Louise pria pour que Léandrin ne retrouve jamais sa trace ni son adresse !

Une autre fois, en rentrant chez elle après avoir soigneusement évité la petite Célestine, Louise constata que sa tante était absente. Elle sentit cependant une odeur de brûlé lui chatouiller les narines. Elle accourut aussitôt dans la salle à manger pour s'apercevoir que Guillemette, tête en l'air, avait laissé un fer à repasser chaud sur un pantalon. Lequel était à présent brûlé avec un trou sur le côté. Sa tante revint quelques minutes plus tard après être allée échanger un ragot avec sa voisine et découvrit avec dépit qu'elle avait encore oublié son fer. Louise frémit en comprenant que ce n'était pas la première fois. Ce que confirma la petite fille blonde qui lui tomba dessus lorsqu'elle repartit pour l'atelier, lui révélant par là même une autre horrible vérité :

— Eh ben l'autre jour, Guillemette elle a 'core oublié ses chemises sous son fer. Et même qu'elle a tout jeté de nuit dans le canal et que ça a fait une grosse boule qui a bouché le conduit !

Louise devint nerveuse à la suite des bévues de sa tante. Il y eut ce jour où elle rentra plus tôt du travail pour trouver sa tante en train de proférer son juron favori :

— Vindieu ! Vindiou ! Vindediou !

— Que se passe-t-il encore, ma tante ? Le notaire est passé ? La maison s'écroule ? Il y a le feu dans le quartier ?

— Mais pas du tout ! lui répondit Guillemette d'une voix calme. Je n'arrive pas à ouvrir ce pot ! Viens m'aider au lieu de rester bras ballants à me regarder avec tes yeux exorbités.

Le moins que l'on puisse dire, c'est que les dégâts occasionnés par la tante ne leur créaient pas non plus que des amis dans le quartier. Louise avait même l'impression que ses voisins l'évitaient maintenant, au contraire de Célestine, hélas, qui ne manquait jamais de revenir vers elle avec de mauvaises nouvelles. Pépin lui-même semblait la fuir. En vérité, il se levait à 4 heures pour aller travailler à la mine et quand il rentrait, le soir fort tard, il était couvert de suie et de sueur et n'avait qu'une envie : aller se coucher. L'apprendre de la bouche d'une petite blonde lui apporta pour une fois un certain soulagement. Louise regrettait son amitié, même si, comme l'avait mise en garde sa cousine, il était sans doute préférable qu'elle ne cherche pas trop à la cultiver, sous peine de susciter chez le jeune homme des espoirs d'un autre ordre.

C'était donc avec angoisse que Louise rentrait tous les jours chez elle. Elle devait bientôt apprendre que sa tante s'était attiré l'inimitié de certaines femmes de la bourgeoisie. En leur offrant de leur faire de menus travaux de couture, elle avait généré de gros dégâts et creusé ses déboires financiers. Elle avait en effet la fâcheuse habitude de trop raccourcir les pantalons « pour être sûr que ça se voit » ou « pour que ce soit plus pratique ». Mais ces messieurs n'appréciaient guère de se retrouver avec leur culotte au-dessus des genoux, surtout lors d'une réception officielle ! Sa tante transformait par ailleurs les robes acquises au prix fort par ses clientes, en retravaillant quelque peu leur forme. Les bourgeoises ne reconnaissaient alors pas leurs toilettes après qu'elles étaient passées entre les mains de Guillemette, étant devenues trop amples et informes. Et pour cause, la tante les essayait sur elle pour s'assurer de leur bonne tenue.

Enfin, si les clientes étaient ravies d'économiser un peu sur les couturières en vogue en ayant recours aux services d'une ouvrière à domicile, celle-ci, soucieuse de bien faire et de répondre de son mieux à leurs attentes, calculait souvent mal son budget. Tant et si bien que l'achat de la mousseline brodée et du satin noir pour la façon d'une robe de mousseline, ou des garnitures, boutons et étoffes nécessaires pour un costume chez un marchand de la ville lui revenaient plus cher que le coût facturé à sa cliente !

Enfin, il y eut ce jour, de trop peut-être, où Guillemette

censée vendre des casse-croûte aux mineurs, apitoyée par leur misère, finit par les leur offrir. La cousine le lui reprocha vertement. La tante se proposa ensuite de faire la cuisine pour des voisins fortunés ou des personnes âgées ayant les moyens. Hélas, cette fois encore, elle échoua lamentablement en brûlant les plats. À sa décharge cependant, elle avait l'habitude de cuisiner sur une cuisinière à bois et non sur celle à charbon, beaucoup plus puissante, qu'avait installée le père de Louise dans leur maison. Ce n'était donc pas sa faute, mais celle du progrès, selon elle !

Lorsque Louise rentra un soir, elle trouva Bertille en train de régler ses comptes avec Guillemette. Et ce, dans tous les sens du terme. Elle avait en effet aligné devant elle tous les billets de dépenses de sa mère, la confrontant ainsi à ses frais somptuaires. À en juger par le montant énorme qu'elle devait à ses créanciers, Guillemette était un vrai panier percé.

— La facture de Deligne, le pâtissier-rôtisseur, fait état de nombreux perdreaux, cailles, dindonneaux rôtis, de pâtés de veau, de jambon et de volaille, d'écrevisses, de carpes farcies, de langue en daube, etc. Alors que personnellement, ni moi ni Louise n'en avons jamais vu passer, comment expliques-tu cela ?

— Le soir, c'est soupe avec les légumes du jardin. C'est plus sain et plus digeste pour tout le monde ! s'exclama la tante.

— Oh ! merci de te préoccuper de notre santé ! Durot le boulanger nous a aussi fourni une facture salée de pain…

— C'est le pain pour le potage ! Tu n'en manges jamais peut-être ? rétorqua Guillemette dont les joues s'étaient marbrées de violet.

Il faut dire qu'en tant qu'ancienne gouvernante des enfants dans une famille bourgeoise qui comptait par ailleurs un personnel nombreux (cuisinières, cocher, jardinier, femme de chambre et domestiques), elle avait pris goût aux bons petits plats qu'on lui servait. Elle continuait donc à se fournir chez les mêmes commerçants que ses anciens patrons, sans toutefois posséder leur fortune.

— Passons à présent à la facture du confiseur…

Ne supportant plus d'être confondue, Guillemette explosa :

— Nous n'en serions pas là si j'avais une gentille fille au lieu d'une ingrate ! Si tu pensais un tant soit peu à ta pauvre mère, tu aurais épousé ton docteur !

— Alors d'un, ce n'est pas *mon* docteur puisque je travaille pour lui et de deux, il est déjà marié !

Elle ajouta cependant comme pour elle-même :

— Enfin, en réalité il m'a demandée en mariage. Mais il était tellement soûl qu'il avait oublié qu'il l'était !

— C'est ça, rigole ! Mais tu riras moins quand tu seras devenue une vieille fille ! Hein ? Je vais être la risée du quartier…

Sur ce, Louise préféra s'éloigner pudiquement sur la pointe des pieds avant de subir les reproches de sa tante et monta dans sa chambre. Elle était assez mortifiée du silence de Léandrin pour ne pas s'en entendre rajouter. Mais à quoi s'était-elle attendue ? Il faut dire que lors de son séjour dans le Nord, elle avait vécu un véritable rêve avec lui. Leur promenade à la mer avait été un enchantement et sa seule présence lui réchauffait le cœur. Pendant les jours qui avaient suivi, elle avait flotté sur un nuage, repensant avec bonheur aux instants partagés et nourrissant dans son cœur l'espoir de le revoir. Après tout, n'avaient-ils pas évoqué la perspective de retourner visiter des manufactures ensemble ?

Hélas, bien vite son absence avait fait place au silence, puis au vide de son existence. Elle avait alors commencé à se poser des questions. Comment en effet interpréter les nombreux non-dits entre eux ? Quelle était la part de rêve de la réalité ? Puis elle commença à se remettre en question. Peut-être n'avait-elle pas laissé passer de messages qui auraient pu lui donner à penser qu'il lui plaisait ? D'un autre côté, comment l'aurait-elle pu alors qu'elle était emmêlée dans ses tromperies ? Étrange ironie, elle ressentait aujourd'hui un sentiment très fort lorsqu'elle pensait à lui, une affection véritable qui se révélait dans toute sa vérité nue et ne souffrait aucun mensonge.

L'amour était décidément quelque chose d'insolite. Il était fondé sur un jeu de séduction, qui donnait ensuite à vivre le bonheur le plus grand de l'existence, tout autant qu'à éprouver la douleur la plus insupportable s'il n'était pas partagé. Plus que tout, Louise souffrait à la perspective de ne jamais revoir Léandrin sans avoir pu lui avouer ce qu'elle ressentait véritablement pour lui.

Et au milieu de tout ça, sa tante se débattait pour conserver sa maison. Louise observait tout cela en spectatrice, une douleur sourde au ventre qui n'avait cependant rien à voir avec elle. Pour la première fois en effet, cette maison chargée de ses souvenirs ne revêtait plus le même intérêt. Elle était même prête à la quitter pour les yeux turquoise d'un beau jeune homme. Ce soir-là, comme presque tous les soirs depuis son retour de Calais, elle eut beaucoup de mal à trouver le sommeil.

Un matin, Guillemette héla Louise qui achevait sa toilette pour lui dire de descendre immédiatement. Le soleil venait pourtant à peine de se lever, que se passait-il ? Elle dévala l'escalier quatre à quatre pour découvrir le notaire assis dans la salle à manger. Sa jambe se balançait nerveusement tandis qu'il l'observa de son œil noir et vitreux à son arrivée.

— Ce cher Me Facon a une proposition à te faire, autant dire une offre qu'on ne peut refuser ! lui annonça sa tante d'un ton un peu menaçant en lui lançant un regard sans appel. Assieds-toi !

— Non, merci ! Je suis très bien debout et de plus, je ne voudrais pas être en retard au travail…

L'homme toussota pour s'éclaircir la voix et commença :

— Comme je le disais à votre tante, me voilà parvenu à un âge où il serait raisonnable de prendre une épouse pour gérer les affaires de mon ménage, plutôt que de butiner de fleur en fleur, si vous voyez ce que je veux dire…

Louise voyait très bien, mais craignait surtout de voir où il voulait en venir. Elle croisa néanmoins les bras en feignant de ne rien comprendre.

— Bien que très bien de ma personne, et très sollicité par la gent féminine, je pourrais toutefois consentir à réduire un peu mes exigences pourtant légitimes sur le choix de mon épouse. Et ce d'autant plus que votre tante a réussi à me faire fléchir sur ce point…

Guillemette écarquillait les yeux à son intention, visiblement très fière d'elle.

— C'est pourquoi je suis tout prêt à effacer vos dettes si vous acceptez de m'épouser.

Lorsque Louise voulut parler, aucun son ne sortit de sa bouche. Elle essaya à plusieurs reprises sans plus de succès et finalement s'enfuit en courant. Derrière elle, elle entendit sa tante dire :

— L'émotion, sans doute ! C'est un si grand honneur que vous lui faites…

Ce fut là l'ultime manœuvre de Guillemette, autant dire le point culminant de ses œuvres. Louise était déterminée à ne pas rentrer chez elle ce soir-là ni tous ceux qui suivraient. Quitte à dormir à l'atelier ou chez Jeanne-Claire ou chez n'importe quelle dentellière qui pourrait l'héberger. Et tant pis si elle perdait la maison, puisque son occupante l'en avait définitivement chassée !

Louise était au désespoir lorsqu'elle arriva à l'atelier ce jour-là. Tout son petit monde s'écroulait et elle ne voyait pas d'issue à sa situation. Elle ne s'attendait alors certainement pas à ce que Claire Tribout change la donne. C'est pourtant ce qu'elle fit, en une annonce…

Chapitre 13

— Vous serez ravie d'apprendre, ma chère Louise, que nous avons reçu une missive du vicomte de Bresse contenant une importante commande de dentelle pour Versailles, assortie d'une lettre à votre intention. Du moins, c'est ce que nous en avons déduit…, dit la cheffe d'atelier d'un air entendu, en lui remettant une petite enveloppe cachetée qui portait la mention : « Pour la baronne Louise de Nédonchel ».

Devenue écarlate, Louise s'empressa de glisser l'enveloppe dans la poche de son tablier. Toutes ses comparses la supplièrent cependant de l'ouvrir et elle dut s'exécuter sous la pression. Lorsqu'elle en découvrit le contenu, son visage s'illumina et un bonheur indicible l'envahit.

— Que dit-il ? demandèrent les dentellières.

Louise fut toutefois incapable de répondre. Philomène réussit alors à lui prendre le carton des mains et le lut à haute voix :

Accepteriez-vous, chère baronne, de me faire l'honneur de m'accompagner au bal donné par Sa Majesté la reine Marie-Antoinette à Versailles dans un mois ? Je serais en effet honoré de votre venue. Merci de me faire connaître votre réponse avant la fin de la semaine, ceci afin de prendre les dispositions nécessaires pour notre présence à tous deux.

Léandrin

PS : Je me permets de vous contacter en passant par l'atelier de la maison Tribout où j'ai eu le bonheur de vous rencontrer, ceci pour plus de discrétion…

Il y eut des sifflets, des cris et des hululements dans la pièce. Claire Tribout dut frapper des mains pour ramener l'ordre dans les rangs et hausser la voix pour que tout le monde retourne à son poste. Louise était sonnée, à la fois sous le choc et sous le charme. Cette invitation était ce dont elle avait toujours rêvé. En la conviant ainsi à un bal à Versailles, il lui offrait non seulement de le revoir, mais également de réaliser son rêve ! Sans compter qu'il le faisait en toute discrétion, conscient qu'il s'aventurait là sur un terrain plus intime et non plus strictement professionnel. Ce qui ouvrait le champ à nombre de possibilités…

Louise était partagée entre l'envie irrépressible de revoir Léandrin et d'aller au bal avec lui et sa peur d'échouer, compte tenu de sa condition. Elle n'avait même pas de robe digne de Versailles à se mettre et encore moins les moyens d'en acheter une ! Et puis, elle ne pouvait pas se permettre d'abandonner sa tante avec tous leurs soucis, même pour quelques jours, même si elle était prête ce matin-là à ne plus remettre les pieds chez elle.

La voyant tergiverser et prête à décliner cette offre unique, ses collègues dentellières s'unirent une fois de plus pour lui donner les moyens de réaliser son rêve. Elles offrirent de lui confectionner une robe de bal avec diverses chutes de tissus, de rubans et de dentelle. Louise se proposa alors pour dessiner le modèle de sa robe. En vérité, cela faisait un moment qu'elle élaborait des robes de princesse, seule le soir dans sa chambrette, et ce bien avant sa rencontre avec le vicomte.

Cette décision fut adoptée à l'unanimité, sanctionnée qui plus est par la déclaration de Claire Tribout qui se dit prête à fermer les yeux sur son absence, à titre de récompense pour son précieux concours dans la généreuse commande de dentelle pour Versailles. Elle l'assurait ainsi de lui conserver sa place au sein de l'atelier. Toutefois, si elle ne revenait pas et décidait de rester là-bas, elle lui demandait de la prévenir au plus vite, car la liste des postulantes désireuses d'intégrer sa maison était longue. Il faut dire que la plupart des dentellières travaillaient seules à la campagne ou dans des caves et étaient payées à la tâche, là où l'atelier leur proposait une rémunération plus avantageuse et des avances.

Modeste et réaliste, Louise répondit cependant :

— Oh ! il n'y a aucune chance que je reste à Versailles ! J'espère déjà réussir à faire illusion le temps du bal.

Là encore, ses fidèles complices volèrent à son secours :

— Ne t'inquiète donc pas pour ça ! Avec ta beauté et ta jeunesse, tu brilleras de mille feux ! dit Euphraisine.

— C'est sûr qu'au milieu de toutes ces vieilles rombières, notre petite Louise sera une bouffée de fraîcheur ! surenchérit Rolande. Tu risques même de devoir courir pour semer les vieux pervers en habit…, ajouta-t-elle encore, grivoise.

— Oh ! ne l'écoute pas ! On va te donner des cours de danse et de maintien, et tu seras parfaitement à l'aise, objecta Philomène. Qui parmi vous connaît les danses ayant cours à Versailles ?

Un silence accueillit sa question.

— J'ai déjà vu la baronne danser le menuet et la sarabande, commença Jeanne-Claire, avant d'être interrompue par Philomène.

— Eh ben, voilà ! approuva la rondelette Pernette. Sinon

j'ai une requête de la plus haute importance : est-ce que quelqu'un a un bout de pain ? J'ai oublié mon déjeuner…

Une fois de plus ces préparatifs auguraient beaucoup de fous rires à venir ! De fait, Louise se laissa peu à peu convaincre…

Mais en rentrant chez elle le soir venu, toute pleine de joie à la perspective de revoir le vicomte sous peu, elle dut affronter sa tante. Ce qu'elle appréhendait, surtout depuis qu'elle s'était enfuie à la suite de la proposition du notaire. Louise était une fille droite, dévouée et honnête et si sa tante refusait qu'elle parte, elle serait prête à abandonner son rêve pour rester auprès d'elle.

Elle la trouva assise dans la salle à manger, son nécessaire à couture étalé devant elle avec plusieurs pièces de confection telles que soie, faveurs, filoselle et baleines. La tête dans les mains, elle semblait défaite.

— Est-ce que ça va, ma tante ?

Louise prit une chaise et s'assit près d'elle.

— Je suis censée coudre un pierrot pour Mme du Hainaut. Tu sais, ce corsage dont le dos est terminé…

— Par deux petits pans relevés, oui, je connais, compléta Louise. Eh bien quoi ?

— Le problème, c'est que j'ai perdu le patron et que je ne sais plus dans quel ordre les assembler !

Louise se retint de rire. Elle fit glisser les différentes pièces devant sa tante et lui expliqua la manière de procéder.

Sa tante l'écouta avec attention et son air guilleret revint sur sa figure peu après.

— C'est bien ce qui me semblait aussi… Très bien ! Je te remercie !

Voyant sa tante revenue à de meilleures dispositions, Louise enchaîna sur le sujet qui la préoccupait :

— Au fait, j'ai reçu une proposition aujourd'hui…

— Oui, je sais, merci ! C'est grâce à moi ! D'ailleurs, le

notaire attend ta visite au plus tôt. Je lui ai promis qu'une fois remise de tes émotions, tu passerais le voir, insista sa marraine, à la fois fière et très directive avec sa filleule.

Comprenant le malentendu, Louise s'empressa de rectifier :

— Non…

— Comment ça non ?

— Je voulais dire que j'ai reçu une offre à l'atelier.

— Ah ! fit Guillemette, déçue.

— Cela fait suite à ma visite des manufactures à Calais… On m'a proposé d'aller à Versailles ! annonça Louise, émue.

— À Versailles ?

— Oui.

— Ben, ma pauvre fille, tu vas tomber de haut !

Le visage de la jeune femme pâlit.

— Comment ça ?

— Bah, qu'est-ce que tu crois ? Qu'on attend après toi ?

Bien que choquée par sa réaction, Louise prit sur elle pour lui expliquer que c'était une chance unique et que de toute façon c'était l'affaire de quelques jours et qu'elle serait bientôt revenue…

— Bon. C'est toi qui vois ! Je t'aurai prévenue.

Louise prit cette réponse pour une acceptation, aussi se leva-t-elle pour aller se coucher. Mais Guillemette la retint en lui montrant sa joue, sur laquelle elle déposa un baiser, un peu à contrecœur. Elle vivait mal que sa marraine mette en doute sa valeur, déjà qu'elle n'avait pas confiance en elle ! Elle aurait aimé être un peu encouragée. Finalement, cette réaction lui donna encore davantage l'envie de lui montrer que, contrairement à ses dires, elle valait quelque chose et qu'elle était tout à fait capable d'honorer la confiance qu'on lui faisait. Pour se conforter dans sa décision, elle repensa à l'enthousiasme de ses collègues à l'atelier qui la poussaient à se lancer dans l'aventure, mais le cœur n'y était plus.

Une fois à l'étage, elle entendit que sa cousine était dans sa chambre. Louise la rejoignit et la trouva en chemise de nuit, penchée par-dessus la fenêtre en train de jouer avec le petit chat blanc et gris qui venait leur rendre parfois visite.

— Oh ! Flocon est revenu ?

Bertille se retourna vers elle pour acquiescer, puis à sa triste mine elle dut sentir que quelque chose n'allait pas.

— Bon, qu'est-ce qui s'est 'core passé avec ta tante ?

Louise s'assit sur la couverture en laine au bord du lit de sa cousine.

— Je lui ai dit que j'étais invitée à Versailles et…

— Pour le travail ? interrogea Bertille, pragmatique.

— Oui… et non. On m'a proposé d'assister à un bal, avoua Louise.

— Sainte Bertille, veuve recluse !

— C'est parce que j'ai fait ces visites des manufactures et que j'ai rendu service à l'atelier…

— Oui, oui…

— Et quand j'ai dit à Guillemette que j'étais invitée à Versailles, elle m'a répondu : « Bah, qu'est-ce que tu crois ? Qu'on attend après toi ? »

— Ça ne m'étonne pas ! répondit Bertille.

— Ah, bon ? Ça m'a peinée…

— Oh ! mais elle a dû dire ça sans méchanceté, et sans réfléchir comme d'habitude. Elle voulait sans doute te protéger et t'éviter des désillusions, d'une manière un peu maladroite !

Le visage de Louise s'éclaira.

— Tu crois ?

— Mais oui !

— Et toi alors, qu'est-ce que tu en penses ? Je dois y aller, ou non ? interrogea Louise en croisant ses jambes.

— Comment s'appelle-t-il ? fit la cousine, fine mouche.

Percée à jour, Louise ne chercha pas à nier cependant.

— Léan… Le vicomte de Bresse.

Bertille pinça les lèvres, impressionnée.

— Quelles sont tes chances avec lui ?

— Disons que si l'on excepte le fait qu'il me croit baronne et qu'il ne sait pas que je suis dentellière et pauvre, je dirais que je pense qu'il m'apprécie…

— Et quelles sont tes chances de rencontrer un autre vicomte qui te propose d'assister à un bal à Versailles avec lui ?

— Je dirais aucune.

— Bon, alors, voilà. Tu as ta réponse.

— Merci.

— Je t'en prie.

Bertille retourna vers son petit visiteur, lequel, rancunier à son égard pour l'avoir délaissé, lui tourna ostensiblement le dos en relevant son postérieur, affichant ainsi son royal et félin dédain. Ce qui fit rire les deux jeunes femmes.

Le lendemain, Louise était d'humeur enthousiaste, bien décidée à travailler dur pour mériter la chance qui lui était donnée, lorsqu'elle croisa par hasard son voisin dans son jardinet.

— Oh ! Pépin ! Ça faisait longtemps ! Tu pars travailler ?

— Non, je file me coucher ! Je suis de repos aujourd'hui. Avec les copains de la mine, on a un peu veillé tard hier, dit-il en se grattant la tête.

Louise pouvait sentit son haleine alcoolisée. Elle constata aussi qu'il ne tenait pas fort sur ses grandes guiboles. De plus, ses yeux gris étaient rouges et vitreux. Il n'avait pas l'habitude de boire. Ses traits tirés donnaient l'impression qu'il avait pris dix ans depuis qu'il travaillait là-bas.

— Bonne nuit alors !

— Et toi, bonne journée ! fit-il, avant de se raviser. Au fait, faudrait qu'on sorte un de ces quatre tous les deux pour… tu sais bien, dit-il en ricanant bêtement.

Louise fut surprise qu'il lance cette invitation. L'alcool désinhibait cela dit, comme elle avait pu s'en rendre compte lors de son mémorable passage à l'auberge L'Oie Blanche.

— Écoute, ce ne sera pas possible, Pépin. Je vais devoir m'absenter quelque temps pour aller à Versailles…

Le jeune homme croisa les bras sur la clôture, ce qui lui permit de trouver un semblant d'équilibre.

— Alors comme ça, tu préfères la compagnie de perroquets emplumés à la mienne ?

Le sang de Louise ne fit qu'un tour à cette évocation peu flatteuse de Léandrin.

— Eh bien oui, si tu veux tout savoir ! Eux au moins me traitent avec respect !

— Oh ! tout de suite, les grands mots ! Je te souhaite beaucoup de bonheur alors… Mais je te préviens, je suis mieux qu'eux ! lança-t-il en appuyant ses dires d'un clin d'œil. Tu ne viendras pas pleurer quand ils te rejetteront après avoir joué avec toi.

Louise se sentit mal à l'aise. Elle n'osa pas lui avouer qu'elle ne ressentait que de l'amitié pour lui, car il n'était pas en état de l'écouter. Elle bouillonnait qu'il lui fasse ainsi une scène de jalousie.

Soudain, elle entendit la voix d'Aglaé qui sortait en courant :

— Pierre, tu rentres à la maison tout de suite ! Mais dans quel état tu t'es mis encore, gros nigaud ! Ce n'est pas en picolant que tu deviendras un homme !

Si Louise avait quelques scrupules à partir, l'attitude de Pépin, bien loin d'avoir l'effet escompté, ne fit au contraire que précipiter son départ !

Chapitre 14

Quelques semaines plus tard

C'est ainsi qu'un beau matin de juillet, Louise partit pour Versailles dans la voiture qui transportait la précieuse valenciennes pour Rose Bertin. La cargaison comptait bon nombre de pièces de dentelle, sous forme de robes, accessoires, bonnets, rubans brodés, mais également des éléments de décoration tels que coussins et napperons destinés aux appartements de la reine. Leur réalisation avait nécessité toute l'abnégation des dentellières de la maison Tribout pour qu'ils puissent être livrés à temps. Heureusement qu'elles en avaient aussi en réserve ! Pour parvenir à tout boucler, la cheffe d'atelier avait même dû recruter quelques petites mains supplémentaires, créant ainsi une manne bienvenue d'emplois dans le Valenciennois.

La nuit était en train de tomber lorsque le cocher annonça leur arrivée à Versailles. Il avait convenu avec Louise de la déposer un peu avant la grande grille d'entrée. De cette manière, personne ne pourrait soupçonner que la jeune femme était venue d'une manière aussi peu aristocratique. Quant à sa malle, il la laisserait chez l'oncle d'une des dentellières résidant à Paris. L'homme établi dans le commerce devait d'ailleurs venir la chercher dans la soirée, ce qui faisait que son temps de présence au bal lui était compté. En attendant, elle entendait bien en profiter !

Louise parcourut la centaine de mètres qui la séparait du portail d'entrée, le cœur battant à tout rompre. Elle découvrit alors le château dans toute son étendue et sa magnificence. Il semblait gigantesque, mesurant certainement plusieurs fois l'hôtel de ville de Valenciennes. Il comptait une multitude de fenêtres, éclairées pour la plupart de lueurs dansantes, des chandelles sans doute. Le portail lui-même était une véritable œuvre d'art, un travail de ferronnerie finement ouvragé et surmonté d'un soleil et d'une couronne. Quant à la façade, elle était tout ce qui se faisait de plus raffiné. En outre, de belles statues étaient disposées de chaque côté de la grille et derrière celle-ci, on pouvait distinguer des jardins bien taillés selon des formes géométriques parfaites, et des bassins agrémentés de fontaines.

En voyant tout cela, Louise ne put s'empêcher d'avoir un mouvement de recul. Avait-elle sa place dans un tel endroit ? Elle n'eut cependant pas le temps d'y songer plus avant, une silhouette la héla en effet dans la nuit. Tandis qu'elle se rapprochait, elle s'aperçut que c'était Léandrin. Le jeune homme était encore plus beau que dans ses souvenirs. Il était tout de blanc vêtu dans un habit fait de satin et de broderies, avec une perruque assortie. Lorsqu'il parvint à son niveau, il s'inclina en une profonde révérence et le cœur de Louise chavira. Il n'était plus question pour elle de reculer désormais. Elle devait aller vers ce destin qui lui tendait les bras. Ou plus exactement la main.

— Ne vous voyant pas arriver, j'ai eu peur que vous ayez changé d'avis, lui dit-il. Je suis heureux de vous revoir, très chère Louise.

Louise s'apprêtait à lui répondre qu'elle aussi était au comble de la félicité, mais elle se souvint qu'en tant que baronne elle devait faire preuve de retenue et de réserve. Aussi se contenta-t-elle de sourire et de lui faire une profonde révérence à son tour, moult fois répétée avec Jeanne Claire, tout en l'observant par en dessous. Laissant ainsi le soin à son œillade de biche, complétée par une mouche galante sur sa joue, de parler pour elle. Le jeune homme sembla visiblement sous le charme. Elle vit son regard brûler d'une intensité fiévreuse dans la nuit.

— J'honore toujours les invitations que l'on me fait, finit-elle par dire. Et la vôtre était d'une nature… qu'on ne peut refuser ! fit-elle en cherchant ses mots pour tourner le plus élégamment possible sa phrase.

Léandrin se proposait en effet de réaliser son rêve le plus cher ! Il sourit d'un air complice.

— Je constate que ma petite surprise vous a plu…

— Vous avez dépassé mes espérances. Mais avant de me prononcer, j'attendrai de voir de quoi il retourne, dit-elle, mutine. Où sont donc les autres invités ?

— Nous allons les rejoindre de ce pas. Il se trouve que le bal se déroule dans un endroit un peu plus… intime. Mon carrosse va nous y conduire. Si du moins vous y consentez.

Sur ce, il lui tendit sa main droite, tout en plaçant la gauche derrière son dos.

À quoi s'attendait-il ? Louise n'avait pas fait tout ce chemin pour décliner l'offre qui lui était faite si près du but ! De plus et suivant l'inclination de son cœur conquis par ce garçon si galant, elle était prête à remettre toute sa confiance en lui. Elle plaça donc gracieusement ses doigts dans les siens et ce contact la fit frissonner. Ils se sourirent et Louise suivit son preux et blanc chevalier dans la nuit constellée d'étoiles.

Dans l'habitacle de la voiture, et tandis qu'ils patientaient dans la longue file de carrosses à l'entrée du domaine de Trianon, Léandrin apprécia de retrouver la chaleureuse compagnie de Louise et ce sentiment de bien-être qu'il avait éprouvé lors de leur périple à Calais. Elle lui avait tant manqué… En revenant à Versailles, il s'était efforcé de se concentrer sur son travail pour éviter d'avoir trop à souffrir de l'absence de la jeune femme. Il faut dire qu'elle l'avait fortement touché, au point de faire vaciller ses convictions et sa position d'irréductible célibataire. Et ce, même s'il était assailli de fréquentes propositions de jeunes et jolies femmes. Car à partir du moment où l'on gravitait dans l'entourage de la cour, on devenait un objet de convoitise pour nombre de demoiselles de petite naissance désireuses de s'élever dans la haute société.

Louise était différente. Elle se comportait de manière naturelle avec lui. Il faut dire qu'elle n'avait pas besoin de se faire valoir, puisqu'elle était déjà baronne tout en possédant une fraîcheur, une spontanéité et une vivacité d'esprit hors du commun. Elle lui plaisait terriblement, et même s'il lui semblait que l'attraction était réciproque, elle ne se montrait cependant pas intéressée par lui. Il était ainsi sur des charbons ardents, se questionnant, ce doute exacerbant son désir pour elle.

Les choses étaient autrement plus faciles dans le travail finalement. Il n'avait qu'à y suivre et donner des ordres, organiser, entreprendre, tout en respectant la hiérarchie et ménageant les diverses susceptibilités, passer outre les rivalités et agir avec le sens de l'honneur. Le tout en conservant celui des affaires. Pourtant, en présence de la jeune femme, il se sentait parfois démuni. Il craignait le faux pas, tout en devant sans cesse avancer pour la conquérir. Autant dire que la chose était délicate !

Un silence s'était installé. Louise regardait par la

fenêtre avec un mélange d'impatience et d'inquiétude et lui n'osait pas trop poser son regard sur elle sans faiblir. Elle était en effet d'une beauté éblouissante dans sa robe en satin rose pâle bordée de dentelle au col, aux manches et en divers endroits. Son visage semblait plus fin depuis la dernière fois qu'il l'avait vue, sa peau laiteuse s'était parée d'un joli hâle estival. Cela la mettait en valeur, certes, mais ce n'était pas tout à fait du goût de la cour. Heureusement que l'obscurité de la nuit jouerait en leur faveur. Elle portait en outre divers bijoux, discrets, mais du meilleur goût et sa coiffure était à son image : vivante, créative et pourtant un peu étrange. En effet, bien que ses cheveux soient retenus en chignon d'où s'échappaient quelques boucles blondes, l'ensemble était assez décoiffé et il semblait qu'elle ait relevé ses cheveux elle-même. Mais qu'importe, elle apportait le charme de la province !

Ils pénétrèrent enfin au Petit Trianon où se tenait le bal. C'était le domaine exclusif de Sa Majesté la reine Marie-Antoinette. Il comptait un petit château aux dimensions infiniment plus modestes que Versailles, mais d'un semblable raffinement, et de magnifiques jardins. Et comme Léandrin devait bientôt le constater, un décor somptueux, voire féerique y avait été aménagé, constitué d'un rocher, d'une cascade et d'un belvédère éclairés de manière sublime dans la nuit. L'illumination offerte aux invités privilégiés munis de cartons, précieux sésames pour entrer, était un enchantement. Le parc et ses fabriques étaient en effet éclairés comme par un beau coucher de soleil, quelque peu crépusculaire cependant.

Léandrin savourait autant le spectacle que l'émerveillement qui se lisait sur les traits de sa compagne. À son contact, il se sentait redevenir poète et appréciait d'autant plus la beauté de la vie et le bonheur de l'instant présent. Cette soirée le rendait toutefois nerveux, et ce pour plusieurs raisons. Il avait en effet pris un risque conséquent en amenant Louise ici. Mais lorsqu'il voyait son sourire, cela valait toutes les peines du monde !

— Alors, baronne, qu'en pensez-vous ?

— C'est absolument… magnifique ! s'extasia-t-elle dans un souffle, peut-être aussi dû à son corsetage rigide.

Dans l'assistance, bon nombre de femmes commençaient à arborer des robes un peu plus légères, ce qui était d'ailleurs la tendance du moment.

Louise portait une robe de bal typique de la cour, avec un tissu plus lourd et plusieurs jupons. La soirée se déroulant à la fois dans les jardins et le château, certaines courtisanes bien informées avaient opté de manière judicieuse pour une tenue plus légère et des chaussures leur permettant de marcher dans la boue tout autant que de virevolter sur le parquet de la salle de danse. Mais qu'importe, même ainsi vêtue, Louise évoluait avec grâce et élégance sur tous les terrains ! Dans son souvenir, Léandrin se fit la réflexion que dans le Nord sa démarche lui paraissait un peu plus raide. Elle semblait à présent davantage dans son élément. Elle était décidément faite pour porter des robes de princesse, et ce même si c'était la première fois qu'elle fréquentait un bal à la cour !

Il la conduisit jusqu'au château, dans le salon où se déroulait le bal, épicentre de la fête, de la cour et de la France ce soir. L'atmosphère y était bien différente de celle des jardins. Elle était beaucoup moins spontanée et plus codifiée, ne serait-ce qu'en ce qui concernait les danses. Un petit orchestre installé sur une tribune jouait et la plupart des nobles au centre de la piste dansaient avec virtuosité des quadrilles de contredanse, au préalable répétés avec un maître de ballet. Il se disait d'ailleurs que la reine elle-même apprenait ses pas de danse auprès de l'intendant des bals.

Il était en effet important à Versailles de paraître pour être. Et la danse était l'un de ces moyens pour prouver son importance tout autant que son appartenance à la cour. Cela permettait en outre de faire ressortir son élégance, son savoir-faire, ainsi que la beauté de son costume et son prix, tout en galantisant avec sa partenaire du moment. S'il s'efforça un temps d'observer les danseurs et de comprendre leurs pas, Léandrin renonça bien vite à participer à ce ballet réglé comme une horloge. De plus, il était mal à l'aise avec l'idée d'être le centre de l'attention, préférant au contraire rester discret. Il guetta cependant la réaction de sa compagne, peu disposé à la contraindre si elle désirait danser. Comme la chose s'avérait complexe pour lui, il prit les devants en disant :

— Ce qu'il fait chaud ! Vous plairait-il de boire quelque chose ?

— Volontiers ! répondit Louise, à son grand soulagement.

Il leur serait en effet difficile de danser un verre à la main !

Léandrin se dirigea vers un serveur en livrée et revint avec deux coupes de champagne. Louise y trempa à peine les lèvres, semblant redouter l'ivresse que pourrait lui procurer cet élixir aussi délicieux que dangereux.

— Mais j'y songe, peut-être auriez-vous voulu danser ? hasarda Léandrin.

Sa partenaire baissa les yeux en répliquant :

— Plus tard, sans doute ! Pour le moment, j'observe et me divertis du spectacle.

— Vous avez bien raison ! D'ailleurs le spectacle est partout. Vous plairait-il de voir de quelle manière ?

Comme elle acquiesçait, il s'empressa de l'emmener à l'extérieur. Il lui montra ainsi de petites scènes temporaires avec tantôt des comédiens, tantôt des musiciens installés à divers endroits du domaine, ce qui permettait aux invités de circuler librement et de se divertir tout en jouissant de l'étendue des lieux. C'était l'un de ces divertissements subtils organisés par la reine lors de ses fêtes coûteuses et somptueuses réservées en général à ses amis les plus proches, mais qui, ce soir, s'étendait à un nombre de convives de la noblesse plus important. Ces derniers étaient désireux de remplir leur devoir de cour en participant à l'événement avant de regagner la ville.

Le spectacle ne se déroulait donc pas uniquement dans la salle. Et cela arrangeait bien Léandrin de se fondre dans l'obscurité, soucieux en effet de préserver certains secrets…

Chapitre 15

De son côté, Louise vivait un véritable rêve éveillé. Le décor n'était pas seulement semblable à une toile de l'un de ses peintres favoris, Antoine Watteau, elle avait l'impression de faire elle-même partie du tableau de l'auguste artiste valenciennois ou de figurer dans celui de l'un de ses disciples, Jean-Baptiste Pater. Dans leurs peintures des fêtes galantes, les personnages évoluaient dans des décors champêtres à la végétation luxuriante où tout n'était que beauté, sensualité et volupté. Des jeunes gens aux tenues blanches ou colorées s'adonnaient en effet à des échanges tendres, entourés de verdure, de fleurs et de moutons. Tout n'était que grâce, insouciance et poésie.

Lorsqu'elle regardait autour d'elle, Louise voyait le même type d'ambiance et de raffinement, en plus grand et en plus réel ! À l'image de ce décor superbe constitué d'un rocher d'où jaillissait une cascade se détachant dans l'obscurité par son éclairage jaune, comme en relief sur le fond bleu encre étoilé, tout en se reflétant dans l'eau d'un petit étang. Et quand elle tournait la tête, elle voyait encore ce belvédère surgissant dans la nuit.

— Le pavillon du Rocher, avait dit Léandrin en le désignant. Cette fabrique de jardins sert également de salon de musique. Vous plairait-il d'aller voir les musiciens ?

— Bien volontiers ! avait-elle répondu.

Ils restèrent un moment à regarder jouer le petit ensemble orchestral. Et si Louise les écoutait en silence pour mieux apprécier leur art, ce n'était pas le cas de la plupart des invités qui parlaient fort autour d'eux, riant, s'extasiant, surjouant parfois aussi leur étonnement ou leur félicité.

Une dame coiffée de plumes et un monsieur en costume d'apparat se montrèrent particulièrement bruyants dans l'expression de leur admiration. Léandrin la conduisit alors dans un endroit plus tranquille et hautement symbolique.

— Je vous présente le temple de l'Amour, déclara-t-il lorsqu'ils furent arrivés. Comme vous le voyez, il a été érigé sur un îlot au centre d'une rivière artificielle.

— Quelle splendeur ! avait répondu Louise comme pour elle-même en contemplant l'édifice couleur d'albâtre doté de colonnes et surmonté d'un dôme.

— Regardez au centre de cette petite rotonde à l'antique cette sculpture représentant *L'Amour se taillant un arc dans la massue d'Hercule*, poursuivit Léandrin qui semblait aussi féru d'architecture que de couture.

Cette création invitait plus que jamais aux plaisirs des sens et à l'amour. Un silence s'installa entre eux. Louise sentit un vent frais dans son dos, qui tenait tout autant de la fraîcheur de cette superbe soirée d'été que d'un frisson de plaisir. Elle n'avait jamais vu de sa vie autant de beauté ni de faste et de raffinement. Mais surtout, elle n'avait jamais ressenti autant de bonheur aux côtés d'un être. Léandrin était magnifique, se tenant tout près d'elle ou lui parlant à l'oreille, tandis qu'ils contemplaient tous deux l'*Amour*, et que son cœur battait à tout rompre dans sa poitrine. Il avait réalisé son rêve, il l'avait fait venir à Versailles pour assister à un bal à la cour. C'était donc qu'il éprouvait de l'affection pour elle. Mais de quelle nature ?

Il ne trahissait pas beaucoup ses sentiments. Si l'on

exceptait de temps à autre une flamme dans les yeux lorsqu'il la regardait ou un trouble, une timidité ou une maladresse parfois. Il se retranchait cependant ensuite derrière son allure aristocratique, avec son air rêveur. D'ailleurs, ce soir, Louise sentait son cavalier très préoccupé. Elle le voyait tourner la tête de droite et de gauche, en surveillant les personnes qui les approchaient. On aurait dit aussi qu'il s'isolait volontiers avec elle pour éviter de croiser d'autres invités. Peut-être voulait-il uniquement profiter de sa présence ?

— Et quelle est la raison de ce bal ? finit-elle par demander afin de briser le silence devenu par trop gênant entre eux.

— Il est donné en l'honneur de l'épouse d'un ambassadeur, mais... c'est idiot, je ne me rappelle plus lequel.

— Ce n'est pas grave, ne vous inquiétez pas !

— Vous êtes bien conciliante ! Je suis impardonnable !

Ils se sourirent. Un peu longuement.

— Louise, je...

— Oui ? fit-elle, avec vivacité.

Sans doute voulait-il enfin lui avouer ce qu'il avait sur le cœur ?

— J'ai besoin de voir si une personne de ma connaissance se trouve en ces lieux... Je fais affaire avec lui, s'empressa-t-il d'ajouter pour lever toute ambiguïté.

— Ah, je comprends ! Retournons-y ! dit-elle avec entrain, bien décidée à lui faciliter les choses.

— C'est-à-dire que cela risque d'être ennuyeux pour vous. Peut-être préféreriez-vous m'attendre ici ?

— C'est vrai que j'ai une très belle vue d'ici, que je ne me lasse pas de contempler ! repartit-elle d'une voix un peu éraillée. Je vous en prie, faites donc. Je ne bouge pas !

— Je ne serai pas long, je vous le promets.

Ainsi encouragé, Léandrin ne se fit pas prier pour

s'éloigner à grandes enjambées. Ce qui permit aussi à Louise de profiter de ce répit pour se reprendre et avoir le loisir de se languir de sa présence.

Subitement, un homme surgit dans la nuit pour venir au-devant d'elle. Il était plus âgé que Léandrin. Brun aux tempes grisonnantes, très viril, aux belles manières, mais volontiers séducteur.

— Ce n'est pas prudent de laisser une biche telle que vous seule dans la forêt, fit-il d'une voix chaude.

La surprise passée, Louise prit un air hautain pour lui rétorquer :

— Il ne m'a pas abandonnée. Le vicomte sera de retour dans un instant !

— Le vicomte ? Tiens donc ! Est-il indiscret de vous demander à qui ai-je l'honneur et ce que vous faites en sa compagnie ?

Louise rougit, embarrassée par ses questions. Elle ne voulut toutefois pas faire preuve de faiblesse en montrant une quelconque inquiétude.

— Je suis la baronne de…, commença-t-elle avant de s'interrompre par précaution. Mais dites-moi plutôt qui vous êtes, pour me questionner ainsi ?

— Une baronne ? Diantre ! Le « vicomte », prononça-t-il en détachant chaque syllabe, ne s'ennuie pas à ce que je vois. Laissez-moi vous dire que vous valez mieux que lui !

— Comment ça ? Le connaissez-vous ? fit-elle, intriguée.

— Que trop bien ! Il me doit tout. On va dire que tout ce qu'il s'approprie me revient de droit, ronronna-t-il, en la regardant de manière évasive.

Il n'eut toutefois pas le loisir d'en dire davantage, Léandrin revenant sur ses pas.

— Madame la baronne ! fit son interlocuteur en s'inclinant avant de s'éloigner.

Une fois Léandrin parvenu à son niveau, les deux

hommes se toisèrent et l'inconnu prit congé, non sans avoir adressé un sourire ironique à son rival.

— Que vous a-t-il dit ? Que vous voulait-il ? interrogea alors Léandrin, visiblement très contrarié.

— Me séduire, sans doute ! répondit Louise avec une pointe d'impertinence, qu'elle souhaitait cependant être de la légèreté, mais qui était plutôt la conséquence de la peur qu'elle avait ressentie.

— Je suis désolé. Je n'aurais jamais dû vous abandonner de la sorte. Me pardonnerez-vous ?

— Je ne sais pas encore si vous le méritez, fit-elle, joueuse.

De fait, Léandrin se détendit un peu. Elle renchérit :

— Avez-vous au moins rencontré la personne que vous vouliez voir ?

— Oui, hélas. Mais j'ai aussi aperçu quelques musiciens un peu plus loin là-bas qui jouaient des sarabandes et des menuets. Vous plairait-il d'aller danser ?

Sa proposition ne pouvait mieux tomber. C'était en effet les deux seules danses qu'elle avait apprises.

— J'en serais ravie !

Tandis qu'ils s'éloignaient, Léandrin se confondit encore en excuses.

La danse devait leur fournir un divertissement agréable qui eut le don et le mérite de chasser l'inconfort de la situation précédente. De plus, Léandrin apprécia de voir sa jolie compagne évoluer sur cette piste improvisée à même les jardins, avec un manque d'expérience touchant, contrebalancé par beaucoup de grâce. Il n'était guère plus à l'aise, car peu habitué à danser.

Plus que jamais, il prisa de voir leurs deux corps évoluer dans l'espace, tourner l'un autour de l'autre, se pencher, se frôler… Le tout avec élégance, agilité et délicatesse.

— Pour quelqu'un qui n'aime pas danser, vous excellez

dans cet exercice ! lâcha-t-elle, un peu essoufflée, après leur première danse.

— Oh ! vous me flattez ! Mais si je possède une certaine maîtrise de mon corps, je ne l'ai acquise qu'à force de fréquenter les salles d'armes où je pratique le fleuret, plutôt que sur les parquets à danser des menuets.

— Ainsi donc, vous maniez les armes ?

— Tout comme vous maniez celle de la séduction à merveille ! Et vous ne vous en sortez pas mal du tout du côté de la danse.

La jeune femme rougit.

— À vrai dire, je pratique assez peu moi aussi…

— Vous préférez la comédie, ce me semble… N'est-il pas ?

Louise eut un mouvement de surprise semblant se demander ce qu'il voulait signifier par-là.

— J'ai appris pour la pièce de Molière que vous avez jouée à l'Hermitage… J'étais venu vous saluer avant mon départ du Nord et quand j'ai vu tout ce monde arriver… j'ai préféré me retirer, avoua-t-il alors, tout en reprenant son souffle.

Elle ne semblait toutefois guère comprendre où il souhaitait en venir.

— Tout ce qui se déroule dans la propriété est l'affaire de la famille de Croÿ, finit-elle par concéder en baissant les yeux.

Ainsi donc ce n'était pas elle qui lançait les invitations, mais sa famille ! Il sourit en songeant à quel point il avait été idiot de penser qu'elle voulait l'éviter ou qu'il ne cadrait tout simplement pas avec ses convives. Tout s'expliquait et il allait pouvoir retrouver la paix de l'esprit. Enfin, pas tout à fait cela dit, car il voyait toujours l'homme qui avait abordé Louise les observer à distance et rôder autour d'eux. Avec son regard trouble sur eux, il sentait une menace peser sur leur couple.

— Si nous allions reprendre une coupe de champagne ? s'enquit-il auprès de Louise.

— Avec plaisir ! Je meurs de soif ! répondit-elle alors spontanément avec un accent du Nord assez prononcé, avant de se ressaisir. Enfin, je voulais dire que je serais fort aise de me désaltérer…

— Oh ! ne vous embêtez pas ! J'ai compris. Surtout, restez telle que vous êtes, vous êtes charmante.

— Que voulez-vous dire ? Qu'avez-vous compris ? demanda-t-elle en blêmissant soudain.

Chapitre 16

Une angoisse étreignit Louise. Se pouvait-il que Léandrin ait compris qu'elle n'était pas la baronne de Nédonchel comme elle le prétendait ? Sa réplique donnait en effet à penser que non seulement il savait, mais qu'il ne lui en tenait pas rigueur. Cela serait merveilleux mais elle devait savoir à quoi s'en tenir. Elle s'apprêtait à le lui demander lorsqu'ils croisèrent un serveur en livrée avec un plateau d'argent. Léandrin saisit deux coupes de champagne et lui en tendit une.

— Tenez ! dit-il en levant son verre. Je trinque à cette merveilleuse soirée que j'ai le privilège de passer en compagnie de la plus charmante femme qu'il m'ait été donné de rencontrer.

Louise entendit ses paroles avec un mélange de gêne et de ravissement. Leurs verres tintèrent. Intimidée, elle s'empressa de porter le sien à ses lèvres. Le champagne lui permettrait peut-être de trouver le courage nécessaire pour l'affronter. Bientôt, le liquide ambré délicieusement frais provoqua un doux pétillement sur sa langue, puis glissa dans sa gorge, chassant ses angoisses tout en renforçant son sentiment de bien-être.

Une détonation se fit entendre et un éclair lumineux déchira le ciel. Par réflexe, Louise se précipita auprès de

Léandrin. Il l'attrapa de son bras libre et la serra tout contre lui en riant :

— Ne craignez rien ! Il ne s'agit que d'un feu d'artifice.

— Mon Dieu ! Qu'est-ce donc que cette invention ?

Une deuxième détonation se fit entendre et cette fois un bouquet lumineux s'épanouit dans le ciel, puis un second, puis un autre encore d'une couleur différente. Louise était fascinée. Elle ne se décidait cependant pas à quitter le corps chaud et protecteur de l'homme qui l'avait recueillie. Il ne l'en chassa pas non plus.

— Ne connaissez-vous pas ce divertissement à la poudre de Chine ? s'enquit-il d'une voix forte pour couvrir les explosions.

Sa voix grave résonnait dans sa poitrine, la faisant vibrer de tout son être.

— Je l'avoue.

Décidément ce soir, tout était source d'émerveillement et de découvertes ! Du décor éclairé à la bougie à la nuit tombée aux machineries à eau, et à présent le feu d'artifice à la poudre de Chine ! Louise n'en revenait pas de tant de splendeurs. C'était à mille lieues de son univers, et dépassait tout ce qu'elle aurait pu imaginer.

Elle estima toutefois qu'il n'était pas décent d'abuser ainsi de l'hospitalité de son hôte. Aussi s'écarta-t-elle de lui à regret, invoquant en cela la bienséance. Elle emporta cependant avec elle une bouffée de son parfum. Musquée, mais raffinée, une fragrance d'homme, boisée avec une légère odeur de cuir, quoiqu'un peu vert. Cette odeur la faisait chavirer. C'était la plus capiteuse et envoûtante qu'elle ait jamais sentie. Elle l'attirait irrésistiblement.

— Êtes-vous assez remise ? Dans le cas contraire, je serais ravi de vous accueillir de nouveau, dit-il en tendant son bras vers elle tandis qu'une fossette creusait sa joue.

Il ne pouvait bien entendu pas deviner que c'était

l'effet inverse que sa présence tout contre son corps lui procurait. À savoir que si cela devait se prolonger, elle ne s'en remettrait pas !

Ils se sourirent, elle embarrassée, mais tentée, lui complice et tentateur. Son regard turquoise pétillait de malice. Il semblait plus beau que jamais et Louise était au supplice. Son attirance pour Léandrin n'avait jamais été aussi forte. Tous ses sens étaient grisés, et le champagne qui l'enivrait ne faisait qu'attiser son désir. Le merveilleux contexte de ce jardin des plaisirs n'y était pas non plus étranger. C'était un écrin digne d'un conte de fées. Mais par souci d'honnêteté, parce que ses sentiments étaient purs et sincères, elle brûlait de lui révéler la vérité et de lui avouer qui elle était vraiment.

Elle attendit patiemment que le feu d'artifice se termine dans une gerbe de fleurs incandescentes, ce qui produisit un nuage de fumée bientôt chassé par le vent. Des applaudissements nourris se firent entendre, ainsi que des acclamations. L'ambiance était exaltante. Était-ce le bon moment ? Oui, il le fallait ! Elle ne pouvait pas continuer à mentir et dissimuler. Il devait savoir qui elle était pour que leurs sentiments, qui eux ne trichaient pas, puissent grandir et se révéler l'un à l'autre dans toute leur vérité et leur nudité.

Louise se sentait sincèrement éprise de Léandrin et elle ne voulait pas trahir sa confiance. Elle devait donc lui expliquer au plus tôt le quiproquo qui l'avait amenée à lui jouer cette mascarade. Ce n'était au fond rien de méchant, juste un malentendu. Ils en riraient, certainement. Plus le temps passait en revanche, plus cela devenait de la dissimulation et ce mensonge la rendait profondément mal à l'aise.

— Léandrin, il faut que je vous avoue quelque chose…

Il la regarda de son œil pétillant avant de constater

tout le sérieux qui devait hanter son visage. Il la considéra alors avec plus d'attention :

— Qu'avez-vous ? Vous semblez bien pâle.

— Je dois vous dire… qui je suis vraiment. Vous êtes en droit de le savoir.

Cette fois c'est lui qui devint sérieux. Il la scruta de son regard velouté.

— Mais je sais qui vous êtes ! déclara-t-il de sa belle voix grave.

— Vraiment ?

— Ma foi, il me semble bien que oui !

— Et n'êtes-vous pas fâché contre moi ?

— Comment le pourrais-je ? s'exclama-t-il. Car enfin, nous ne choisissons pas notre rang à la naissance !

En disant cela, il confirmait donc bien qu'il avait connaissance de leur différence sociale.

Un immense soulagement l'envahit.

— Cela modifie-t-il la perception que vous avez de moi ?

— En aucune manière, répondit-il, catégorique. Je vous vois telle que vous êtes, avec toutes vos qualités, au-delà des apparences et de ce que vous pouvez représenter.

— Je suis ravie que vous m'acceptiez telle que je suis.

— Ce serait plutôt à moi de dire cela, ce me semble. C'est vous qui faites preuve d'une mansuétude à mon égard que je ne mérite sans doute pas…

Un doute affreux vint contredire le soulagement qu'avait ressenti Louise juste avant.

— Que voulez-vous dire ? demanda-t-elle d'une voix un peu tremblante.

— Vous êtes la baronne de Nédonchel, vous êtes issue d'une haute et ancienne lignée. Qui suis-je, moi, par rapport à vous ? Je suis même étonné que vous ayez répondu favorablement à mon invitation.

Les espoirs de Louise s'effondrèrent. Ainsi donc, il

ignorait qui elle était vraiment ! Elle allait devoir se munir de nouveau de tout son courage pour tout lui révéler. S'en sentait-elle la force ?

— De vous à moi, je suis de ceux qui pensent que le mérite s'acquiert à l'âge adulte, lorsque nous forgeons notre destin. Et ce, davantage qu'à la naissance. Même si je respecte la valeur du sang, attention !

— J'entends bien... Vous êtes un gentleman, cher vicomte. Est-ce que cela s'acquiert aussi à la naissance ou cela se forge-t-il à l'âge adulte ?

— Ni l'un ni l'autre. C'est, je pense, une question d'éducation et de principes.

Elle répliqua alors sur un ton badin, mais inquisiteur :

— L'espace d'un instant, j'ai cru que vous étiez de ceux qui dénoncent les privilèges...

— Je serais bien mal placé pour cela, puisque je joue le jeu de la cour et que je profite de ses bienfaits. En revanche, je suis pour le mérite individuel et je milite volontiers en ce sens.

C'est alors qu'ils furent interrompus par un serviteur en livrée royale qui hurlait à la cantonade que l'on cherchait le vicomte de Bresse et qu'il était prié de se rendre immédiatement dans la salle de bal.

L'attitude détendue et charmeuse de son compagnon changea alors du tout au tout. Léandrin devint soudain nerveux et feignit de ne pas avoir entendu l'annonce.

— Et vous-même, qu'en pensez-vous ? s'enquit-il.

Les domestiques redoublèrent leurs appels. Il fut bientôt difficile de les ignorer.

— Avez-vous entendu ? finit-clle par lui demander.

— Oui, mais cela peut sans doute attendre.

Il ajouta entre ses dents serrées, comme pour lui-même :

— Il me semble bien que l'on cherche à me jouer un tour pendable ! Et je sais de qui cela vient...

— Comment donc ? Qui cela ? interrogea Louise qui n'y comprenait rien.

Pour toute réponse, Léandrin lui prit la main et l'entraîna vers un bosquet un peu plus loin.

— Venez avec moi !

Ils se retrouvèrent bientôt dissimulés par plusieurs arbres, à l'abri des regards indiscrets. À la faveur de la lune, il lui prit les mains dans les siennes et les porta à ses lèvres pour les baiser.

— Pardonnez mon ardeur et ma fougue, Louise. Le temps presse et j'ai peur que l'avenir ne nous sépare.

— Mais que dites-vous ? répondit Louise, qui était au supplice tout en ressentant le plaisir le plus vif l'instant d'après.

Chaque baiser ardent qu'il déposait sur ses doigts la plongeait en effet dans une enivrante extase. Le contact avec ses lèvres douces et chaudes lui procurait mille frissons tout autant que des palpitations dans le ventre.

— J'éprouve pour vous un sentiment qui m'est interdit et vos yeux, vos transports... Tout me donne à croire que vous éprouvez la même chose que moi !

Louise ne savait comment réagir. Elle le sentait tout prêt à lui révéler l'intensité d'un sentiment pour elle qu'elle pouvait deviner, mais qui ne parvenait pas à franchir ses lèvres.

Ses lèvres... Elle se mit à les fixer avec intensité. Elles ne lui avaient jamais paru aussi désirables. Jusqu'ici sérieuses, distinguées et précises dans la conversation, à présent gourmandes, curieuses, insatiables de se repaître de sa peau. Son débordement ne le rendait que plus charmant. Lui d'habitude si sérieux, si plein de réserve était à présent agité, tourmenté, brûlant. La flamme qui dormait sous la glace se révélait au grand jour, ou plutôt dans la nuit, éclairée comme l'était le rocher à la cascade finalement, dans un saisissant et sublime contraste.

Il devait sentir aussi son attente, sa faim de lui. Il devait voir sa poitrine haletante, sous l'emprise de son émoi. Elle était à sa merci, il le savait. Il l'avait entraînée dans ce petit bois pour la dévorer. Elle était perdue, ou plutôt éperdue. Alors elle le fixa avec intensité pour lui signifier qu'elle s'en remettait à lui.

— Si j'osais…

Et il se pencha vers elle avec une lenteur infinie, mais inéluctable, qui se conclut par un baiser.

Léandrin avait plongé sur les lèvres de son aimée avec une ardeur qu'il avait jusque-là tenté de refréner. Cela faisait longtemps qu'il brûlait de lui donner ce baiser. L'instant était, de plus, opportun. Il bénéficiait de l'obscurité, et d'un cadre intimiste. Louise ne serait pas exposée et compromise aux yeux du monde. Cet échange pourrait ainsi demeurer secret, *leur secret*. Mais la situation avait précipité les choses. Les domestiques rôdaient autour d'eux, et la jeune femme allait commencer à se poser des questions. Il devait faire diversion ! C'était le baiser d'un homme acculé, désespéré et bientôt démasqué peut-être. Quand il avait entendu les serveurs appeler son nom, il savait ce que cela signifiait. Il aurait tant voulu profiter encore de la présence de Louise, de son sourire, de sa fraîcheur. Mais pourquoi était-il venu se jeter ainsi dans la gueule du loup à Versailles ? En voulant réaliser le rêve de la jeune femme, il avait scellé son destin et précipité sa fin.

Il lui restait cependant quelques précieux instants à savourer. Ses lèvres exploraient celles de Louise, douces comme de la soie, fraîches et humides comme la rosée du matin. Il l'embrassait avec passion, et l'étreignait avec tendresse et délicatesse, ne souhaitant toutefois rien brusquer. Elle semblait d'ailleurs partager son engouement, répondant avec ferveur, sans fausse pudeur. Bientôt, il dessina le contour de sa bouche, explora méticuleusement ses lèvres, puis elles s'entrouvrirent et les siennes l'épousèrent. Il plongea alors plus profondément en elle, découvrant les délices offerts par la femme qui faisait battre son cœur. Ses tempes se mirent à bourdonner, tandis que son cœur battait fort dans sa poitrine. Dans quel état le mettait-elle ? Avec ses allures de débutante, et une certaine hésitation dans ce baiser, elle n'en était que plus troublante. Son mari ne l'avait-il donc jamais faite sienne ? Il avait cru comprendre qu'il s'était sauvé le soir de sa nuit de noces, mais avait-il réapparu depuis ? Avaient-ils consommé leur union ? Tout ceci demeurait un grand mystère !

Un autre domestique passa à leur niveau, hurlant à présent que la reine cherchait le vicomte de Bresse. Louise tressaillit dans ses bras. Cette fois, il ne pouvait plus se dissimuler. Il s'écarta en douceur de la jeune femme, dont les paupières restèrent closes un moment. Il contempla alors la beauté de son visage serein et épanoui, et son adorable gorge. Puis il s'éloigna tout à fait pour lui rendre sa liberté.

Lorsqu'elle ouvrit ses yeux, il crut voir mille étoiles briller dans son regard bleuté.

— Je suis désolé. Le devoir m'appelle, s'excusa-t-il avec douceur. Me permettrez-vous de vous raccompagner jusqu'au Belvédère ?

— Oh ! non ! Vous ne vous en sortirez pas comme cela !

Il se troubla.

— Pardon ?

— J'entends bien venir avec vous cette fois ! Je n'ai pas envie de prendre le risque de me faire aborder de nouveau par un inconnu…

Après tout, il était légitime qu'elle insistât pour le suivre dans la salle où se déroulait le bal. Même si ce qu'ils risquaient d'y trouver n'allait certainement pas lui plaire...

Il accepta, bien à contrecœur.

Chapitre 17

Lorsqu'ils entrèrent dans la salle de bal, Léandrin savait qui il devait chercher. La fête battait son plein, au milieu des dorures et des candélabres. Des couples de danseurs évoluaient avec grâce et expérience au centre de la piste. Il balaya l'assistance du regard et repéra sa cible.

— Ne bougez pas, je reviens ! murmura-t-il à Louise.

— Mais pourquoi vous noyer dans toute cette foule ? Il suffit d'appeler !

Joignant le geste à la parole, elle intercepta un jeune serveur.

— Excusez-moi. Il paraît que la reine cherche le vicomte de Bresse ? Où peut-il la trouver ?

Léandrin voulut l'en empêcher, mais il était trop tard.

— Le vicomte de Bresse ? Mais il est déjà arrivé, madame. Tenez, il est juste là !

Le serveur lui désigna alors l'homme qui l'avait abordée dans les jardins un peu plus tôt et qui se tenait à quelques mètres d'eux sur le côté de la piste. Ce dernier les avait vus entrer et arborait un sourire étrange.

Louise sentit la main de son cavalier se crisper sur son bras.

— Ce cher Léandrin ! dit l'inconnu en les rejoignant,

bousculant au passage quelques personnes. Vous êtes décidément bien insaisissable ce soir…

Comme il s'y attendait, Louise fut stupéfaite par cette réponse. Elle se tourna vers son compagnon et lui demanda :

— Je ne comprends pas. Comment se fait-il que quelqu'un d'autre s'appelle comme vous ?

Au même moment, l'orchestre avait fini de jouer. Et la réplique de Louise surgit au beau milieu d'un silence.

Plusieurs courtisans se retournèrent sur eux. Certains en quête de scandale se rapprochèrent aussitôt comme des mouches sur une viande faisandée. La jeune femme s'en rendit compte et voulut inverser le cours des choses, mais il était déjà trop tard.

— C'est vrai, ça ! Comment se fait-il qu'il y ait deux vicomtes de Bresse dans la salle ce soir ? ironisa son rival.

— Ne me forcez pas à le dire, répondit Léandrin, volontiers menaçant.

Mais en réalité, il tremblait pour Louise.

— C'est vous qui auriez plus à perdre que moi, mon cher ! riposta l'autre homme. À commencer par cette jeune personne que vous avez invitée ici en mon nom. On peut dire que vous n'êtes pas gauche quand vous vous y mettez. Une baronne, que diantre ! Vous n'avez pas choisi n'importe qui !

Léandrin était au supplice. Il aurait voulu le faire taire, mais d'un autre côté la sanction était méritée. Il savait qu'il avait outrepassé ses fonctions en invitant Louise au bal, même s'il l'avait fait pour lui faire plaisir et non pour se faire valoir !

— Vous pourriez au moins faire les présentations, dit l'homme, en se moquant ouvertement de lui.

— Je n'y tiens pas vraiment, lui souffla Louise à l'oreille.

Léandrin se tut, respectant ainsi son souhait.

Puis la jeune femme lui demanda, agitée :

— Mais qui êtes-vous donc ?

Léandrin baissa les yeux. Il n'avait pas le cœur à la tromper davantage.

— Je ne suis pas le vicomte de Bresse. Je n'ai ni sa fortune ni son titre, hélas !

Un des courtisans à côté d'eux s'insurgea alors :

— Décidément, n'importe qui participe à ce bal !

Plusieurs convives éclatèrent de rire, tandis que Léandrin ne savait plus où se mettre.

— Vous m'avez menti ? interrogea Louise en le regardant dans les yeux.

— J'en suis désolé, croyez-le bien. Mais quoi que j'aie pu faire, ça n'a jamais été avec l'intention de vous tromper.

Il ajouta alors un ton plus bas :

— Si je l'ai fait, c'était pour le protéger, lui. Le vicomte m'envoie en effet dans les manufactures en son nom, pendant qu'il reste dans le giron de sa maîtresse. Cet homme n'était pas désireux de se « salir les mains au pays du charbon » comme il dit. Alors il m'a dépêché à sa place !

Cette réplique malencontreuse, bien loin de dédouaner Léandrin, sembla au contraire peiner profondément Louise, qui se sentit meurtrie dans sa chair d'habitante du Nord.

— Et en plus, il se permet de nous insulter. « Se salir les mains »… Nous ne sommes pas des terreux ! Quand je pense que j'ai un ami qui descend à la mine tous les jours et qui risque sa vie pour enrichir une engeance telle que ce vicomte. Il n'en est pas digne !

Elle avait crié un peu trop fort et tout le monde s'était retourné sur eux. Certains, même, s'écartèrent d'elle, de crainte d'être contaminés par la pauvreté et la fièvre charbonneuse sans doute.

— Je suis profondément désolé, Louise.

Elle avait les larmes aux yeux. Léandrin ne savait plus

quoi dire pour apaiser sa douleur. Il l'avait trahie certes, mais c'était pour accomplir la mission qui était sienne.

Léandrin observa le vicomte qui jubilait avec une colère contenue qui ne demandait qu'à exploser.

Le vicomte de Bresse était un nanti, propriétaire terrien par héritage qui bénéficiait de l'aura de son grand-père, général sous Louis XIV. De fait, et bien qu'il n'ait jamais rien fait de sa vie, il avait profité de tout. C'était un oisif et un débauché qui fréquentait tout autant les cabarets que les cabinets politiques, étant un fin stratège et un homme influent. Il était passé maître dans l'art de monter les uns contre les autres et de déléguer les tâches ingrates qui lui incombaient. Lorsqu'un jour sa route avait croisé celle de Léandrin, un jeune négociant particulièrement doué, il avait repéré son goût pour la mode et sa science des étoffes. Il l'avait alors embauché pour aller négocier les tissus pour la cour à sa place, pendant que lui s'encanaillait. Le vicomte était l'incarnation de l'ancienne classe privilégiée, une engeance sur le déclin. Pour le moment, de par son pouvoir et ses relations, il profitait de tout. Et notamment de Louise, dont il se rapprochait à présent, sans vergogne, ce qui n'était pas du tout du goût de Léandrin.

— Je vous l'ai dit tout à l'heure, je ne sais vraiment pas ce que vous faites avec un garçon comme lui, parada le vicomte. Ce n'est rien d'autre qu'un commis. Il n'est rien à la cour. Et, de plus, il a usurpé mon nom. Ce qui est très laid !

— S'il l'a fait, c'est qu'il avait peut-être ses raisons ! répliqua Louise avec froideur.

Le vicomte fut surpris d'être ainsi éconduit par cette donzelle et Léandrin reprit espoir. Celui qu'elle lui pardonne et daigne lui donner la chance de l'écouter. Mais ce qu'elle lui dit ensuite annihila toutes ses espérances.

— Je veux rentrer dans le Nord. Je n'aurais jamais dû venir ici ! Ce monde-là n'est pas pour moi...

— Laissez-moi au moins vous raccompagner chez votre oncle à Paris. Je vous expliquerai tout en chemin.

— Ne vous donnez pas cette peine. Je saurai me débrouiller. Je ne veux plus jamais vous voir ni avoir affaire à vous ! ajouta-t-elle encore, les yeux aussi rouges que ses oreilles.

— Oh oh ! Ça chauffe on dirait, ironisa le vicomte, tandis que deux de ses amis s'esclaffaient.

Léandrin était au supplice, mais il avait encore sa fierté, aussi s'avança-t-il au-devant de lui pour le braver.

— Il suffit. Il va falloir que l'on s'explique tous les deux. Tout ceci n'a que trop duré !

— Oh ! j'ai peur ! ricana le vicomte, pendant que des badauds gloussaient autour de lui.

— Attendez un peu que l'on apprenne de quelle manière vous traitez vos affaires. Je doute fort que votre fainéantise aux frais de l'État soit au goût de tout le monde !

Effectivement, les amis du vicomte s'esclaffèrent un peu moins et le vicomte lui-même eut un rire amer.

— Attention à ne pas aller trop loin, il pourrait vous en cuire !

— Vous me menacez, monsieur ? Mais je n'ai encore rien dit...

Et en effet, lorsqu'il se mit à énumérer nombre de ses méfaits, l'explication de Léandrin dura un certain temps. Aussi, lorsqu'il voulut revenir vers Louise, son honneur lavé et sa carrière définitivement ruinée, elle était déjà partie. Ce soir, il avait décidément beaucoup perdu...

Louise avait fendu la foule pour s'éloigner de son infortuné cavalier. Elle s'était évanouie au milieu de l'assemblée pour ne plus être à sa portée. Sa tête bouillonnait. Dire qu'un instant auparavant elle était ivre de bonheur et du baiser qu'il lui avait donné. Juste avant qu'elle découvre qu'il l'avait dupée. L'ironie du sort faisait qu'ils avaient tous deux menti en dissimulant leur véritable identité. Elle s'en voulait cependant de ne pas l'avoir pressenti chez son compagnon. Elle lui avait fait entièrement confiance. De plus, ses propos sur le Nord l'avaient blessée, même s'ils étaient rapportés du vicomte. Oui, définitivement, elle détestait cette engeance qui profitait du petit peuple. Plus que jamais Pépin lui manquait. Il était un peu gauche certes, mais il était honnête, lui au moins ! Et dans le Nord, l'honnêteté, la droiture et la sincérité étaient des qualités importantes et respectées de tous. Pas comme *ici*. Dans quel piège était-elle donc allée se fourrer ?

Si la dispute entre les deux amoureux avait fait les gorges chaudes dans la salle et créé un esclandre au milieu du bal au détriment de Léandrin, bien vite le vent avait fini par tourner. En effet, après s'être raillées du jeune homme, voilà qu'à présent certaines personnes en vinrent à attaquer le vicomte de Bresse sur sa paresse aux frais de l'État. Le scandale se répandit comme une traînée de poudre dans la salle, progressant plus vite que Louise au milieu des courtisans et parvint jusqu'aux oreilles d'une certaine personne, attirant par là même son attention sur la jeune femme.

Une femme couverte de diamants, portant des plumes sur la tête et rayonnant comme un soleil fondit alors sur Louise. Celle-ci fut impressionnée lorsqu'elle lui adressa la parole, par sa prestance et sa tenue notamment. Elle portait en effet une robe de bal rose tout comme la sienne, mais dans les tons fuchsia sur des jupes de couleur vert émeraude, et arborait un large chapeau couvert de plumes multicolores. Ses cheveux étaient blond cendré et élevés tout en hauteur, ses yeux bleu-gris, ses pommettes rosées sur un teint diaphane splendide. En revanche sa lèvre inférieure était un peu forte, lui conférant une beauté hors norme. Mais surtout sa tête était élevée sur un beau col grec, qui lui donnait en marchant un air des plus imposants et majestueux à la manière d'un cygne. Incontestablement, cette femme était de la plus haute noblesse, et pourtant elle s'adressa à Louise avec un naturel désarmant :

— Quelle belle robe vous portez ! Qui vous l'a donc créée ?

Désarçonnée, Louise n'eut pas le temps de mettre les formes pour lui répondre :

— Je l'ai dessinée moi-même !

— Allons donc ! Elle est magnifique… Et cette dentelle, quelle finesse, quelle splendeur !

Ce disant, elle ne put s'empêcher d'en tâter le tissu et d'en apprécier la légèreté.

— C'est de la valenciennes, madame.

Plusieurs individus autour d'elles lâchèrent un cri au nom de « madame ». Mais la personne en face d'elle, trop affairée à contempler les détails de sa tenue, ne releva pas. Louise expliqua avec la passion qui la caractérisait la confection de sa robe et tout l'art de la dentelle qui l'agrémentait. Son interlocutrice l'écouta avec intérêt, puis elle surenchérit fort à propos :

— Il y a un siècle, il était obligatoire de porter de la valenciennes l'été à la cour de France, au même titre que le port des dentelles à l'aiguille était obligatoire l'hiver. Cette mode s'est un peu perdue et c'est fort dommage. Il serait temps de remédier à cela !

— Il faut dire que les dentelles de Valenciennes sont parmi les plus chères, si ce n'est les plus coûteuses…, ronronna un homme près d'elle.

— Et alors ? Ne sont-elles pas aussi éternelles ?

— Assurément, c'est ce que je voulais signifier ! s'empressa d'approuver l'homme avec une affabilité servile, en se prosternant presque.

— Où reste donc ma modiste ?

— Je suis là ! fit une femme énergique, quoiqu'un peu gironde, en accourant.

Elle portait une robe de satin bleu, mais avec beaucoup moins d'élégance que l'autre femme dont la noblesse se lisait dans sa démarche, sur ses traits et jusque dans le port de sa tête. Cette dernière lui dit sans la regarder :

— Il serait souhaitable de vous attacher les services de cette jeune personne, dont les conseils pourraient être précieux à la cour. Elle possède un goût très sûr !

— Mais certainement ! répondit la modiste en observant à son tour, en connaisseuse, la confection de Louise.

La noble femme fut alors abordée par deux messieurs, qui sollicitaient tous deux l'honneur de danser avec elle. Profitant de cette diversion, la modiste, dont l'aimable figure était soulignée par un double menton qui la rendait sympathique aux yeux de Louise, lui souffla :

— Eh bien, vous pourrez vous vanter d'avoir fait forte impression ! À qui ai-je l'honneur ?

— La baronne de… Appelez-moi Louise.

Son interlocutrice sourit d'un air entendu.

— Et moi, Rose !

— Attendez… Vous êtes modiste et vous vous prénommez Rose ? Seriez-vous la fameuse Rose Bertin ?

— Elle-même !

— La ministre des Modes ?

— Mais oui !

— Oh ! mon Dieu ! fit Louise qui ne croyait pas en sa chance de rencontrer une telle personnalité. Je suis tellement honorée de faire votre connaissance ! s'enthousiasma-t-elle encore d'une voix forte, qui interpella la dame de la haute noblesse.

Celle-ci arqua un sourcil en constatant que sa modiste avait visiblement plus de succès qu'elle, tandis que Rose Bertin, qui l'avait remarqué, affichait un sourire contrit en regardant par terre. De fait, la dame en rose et vert s'en fut avec ses cavaliers au bout des doigts de chaque main, rejoindre la piste.

— Nous savons à qui nous devons cet honneur toutes les deux ! répondit Rose, en adressant à Louise un clin d'œil qui n'avait rien d'aristocratique.

— Euh… Non. À qui donc ?

— Voyons, à Sa Majesté Marie-Antoinette, reine de France ! repartit la modiste en désignant la femme qui venait de s'en aller.

— Oh ! La dame qui était là… c'était… ? balbutia Louise sur le point de défaillir.

— Comment, vous ne le saviez pas ? Mais d'où sortez-vous donc, mon enfant ?

Éberluée, Louise observa la dame dans sa grande parure à présent en train d'évoluer avec grâce sur la piste, selon une chorégraphie savamment apprise. Et alors qu'à la faveur de la danse elle venait de son côté, Louise put saisir une bribe de sa conversation. L'un de ses cavaliers la flattait, en arguant que l'élévation de sa tête ajoutait à la noblesse de son aspect. Ce à quoi elle répondit sur un ton de plaisanterie :

— Si je n'étais pas reine, on dirait que j'ai l'air insolent, n'est-il pas vrai ?

Chapitre 18

C'est avec beaucoup d'enthousiasme que Louise aperçut enfin la fameuse maison située rue du Bord-de-l'Eau à Épinay-sur-Seine où elle avait été invitée à se présenter.

Conduisant un attelage composé de deux chevaux, le cocher, un homme d'une cinquantaine d'années, passa sous un porche à la gauche de la bâtisse pour gagner des écuries. Puis il déplia le marchepied et aida Louise à descendre, avant de déposer sa malle près d'elle. La jeune femme le remercia encore chaleureusement de l'avoir hébergée ces derniers jours, mais l'homme balaya le compliment d'un revers de la main, arguant qu'entre gens du Nord il était normal de s'entraider. Et ce d'autant plus qu'il savait que sa nièce Euphraisine, dentellière tout comme elle à la maison Tribout, appréciait beaucoup Louise.

Un domestique arriva alors pour l'accueillir et l'introduire au salon où l'attendait la maîtresse des lieux. Il donna également des instructions au garçon d'écurie pour donner à boire aux chevaux, mais n'adressa pas la parole au propriétaire de l'attelage. Lequel de toute façon n'avait nullement l'intention de rester. Louise en fut quelque peu gênée, mais l'homme en fit peu de cas et s'en fut vérifier sa voiture.

La jeune femme s'avança alors vers la bâtisse en suivant

le domestique. Elle eut dès lors tout le loisir de constater à quel point celle-ci était idéalement située. La demeure se trouvait en effet nichée au milieu de la verdure et placée au sommet d'une petite butte qui descendait en douceur vers les berges de la Seine. Louise pouvait entendre de nombreux volatiles chanter et certains d'entre eux, par leurs cris, lui rappelèrent les oiseaux marins qu'elle avait aperçus dans le Nord avec Léandrin. À cette évocation, un frisson lui parcourut l'échine et un goût amer lui vint aussitôt en bouche. Elle s'empressa de chasser cette pensée de son esprit et de revenir à l'observation de la vaste propriété qui lui faisait face. Elle remarqua notamment que la maison, dont la guérite et les écuries présentaient une architecture à colombages, se composait de deux étages et offrait une rotonde vitrée à l'arrière, ce qui devait conférer beaucoup de lumière à la pièce. Sans doute la maîtresse des lieux y effectuait-elle les essayages de ses créations ? La propriété était également pourvue d'un jardin et d'une terrasse dominant la Seine, et Louise pouvait compter pas moins de six fenêtres sur la largeur du bâtiment. Nul doute que la personne qui avait acquis cette maison de campagne possédait quelques moyens ! Il faut dire qu'elle dirigeait un atelier de trente ouvrières et qu'elle était tout de même la modiste de la reine de France. C'était d'ailleurs à cette dernière que Marie-Jeanne Bertin, dite Rose, devait sa notoriété et sa prospérité.

Marchande de modes à Paris, à l'enseigne du Grand Mogol, Mlle Bertin était une femme d'affaires entreprenante. Il se disait que toutes les dames des cours européennes s'arrachaient ses créations et la reine ne jurait que par elle. Rose Bertin était au sommet de sa carrière et de sa gloire et Louise était incroyablement honorée qu'elle l'ait invitée à venir la rencontrer. Si elle avait obtenu cette faveur, elle le devait cependant à la reine elle-même.

— Sachez, ma chère, que lorsque la reine suggère quelque chose, il s'agit toujours d'un ordre déguisé ! lui apprit la modiste quelques minutes plus tard en discutant debout dans le hall de sa demeure.

Elle était en effet trop pressée pour passer du temps à causer dans son salon.

— Le travail n'attend pas. Et si je me suis élevée, c'est parce que je ne me suis jamais assise, ajouta-t-elle encore.

Elle donna ensuite l'ordre à Bertrand, son domestique, de porter la malle de la baronne dans sa chambre, située sous le toit au deuxième étage. Chambre qui disposait comme Louise pourrait le constater d'une superbe vue sur la Seine. Puis elle appela sa gouvernante pour qu'elle prépare des rafraîchissements.

— J'ai cru comprendre que vous n'étiez pas de Paris, c'est pourquoi je suis ravie que vous ayez accepté de loger ici.

Louise allait se justifier et l'en remercier, mais Rose Bertin, peu désireuse de s'épancher, poursuivit :

— Je vous propose de vous engager à l'essai tout d'abord, aux frais de la Couronne, cela va de soi ! Et puisque vos goûts semblent s'accorder avec ceux de la reine, vous serez conviée à me donner votre avis aussi souvent que nécessaire. Vous serez ma conseillère personnelle. Je pense que cela devrait beaucoup vous amuser ! Qu'en dites-vous ? Cela vous convient-il ? Avez-vous des questions ?

Louise qui n'avait pas jusqu'ici osé interrompre le flot de paroles de son hôte lui demanda alors :

— Serai-je également amenée à coudre ou à broder ?

Rose Bertin l'observa plus attentivement, scrutant ses mains de travailleuse, sa robe de mousseline agrémentée de touches de dentelle et souffla comme pour elle :

— Mouais. Une baronne ! Autant dire que je suis une duchesse…

Perspicace, elle n'avait pas tardé à la démasquer derrière

son beau costume. Louise s'était sans doute aussi un peu trahie par ses manières provinciales, sa mise et son allure. Si elle avait pu tromper Léandrin peut-être aveuglé par l'amour, il n'en était pas de même pour une femme habituée à juger quelqu'un en un clin d'œil à la cour où tout n'était que jeu d'apparences.

— Pardonnez-moi, je n'ai pas compris ce que vous veniez de dire, repartit Louise, hésitante.

— Savez-vous, mademoiselle, que c'est moi qui ai dompté un dragon nommé d'Éon pour en faire une chevalière sous Louis le quinzième ? À la demande du roi, j'ai transformé un Adam de quarante-neuf ans, qui avait été capitaine de dragons, ministre plénipotentiaire, agent secret pour le roi et j'en passe, en Ève... Autant dire que j'ai dû batailler pour parvenir à lui composer son trousseau mais, rompue aux caprices des dames de la cour, je n'ai pas cédé. Et c'est ainsi que le capitaine de dragons est devenu Mlle d'Éon. Alors, vous savez, à moi, on ne me la fait pas, si vous me passez l'expression !

Louise acquiesça tout en essayant de se figurer la scène. Décidément, Rose Bertin, au-delà d'une bonhomie sympathique, était avant tout une femme de poigne !

— Je ne vois pas cependant où vous voulez en venir...

— En tout état de cause, vous n'êtes assurément pas celle que vous prétendez être, poursuivit la modiste, mettant Louise sur des charbons ardents.

Comme elle en avait assez des dissimulations, et qu'elle se sentait incapable de tricher devant cette grande prêtresse de la mode, Louise décida de lui révéler toute la vérité. C'est ainsi qu'elle raconta le quiproquo survenu dans son atelier de dentelle à Valenciennes, détailla le rôle que l'avaient incitée à jouer ses comparses dentellières, jusqu'à l'invitation de Léandrin au bal. Elle passa en revanche sous silence ses sentiments et le baiser échangé dans les jardins…

— Je vois, je vois…, avait répondu la modiste. Voilà qui n'est pas banal ! Cette affaire croustillante ferait beaucoup parler à Versailles, si elle venait à être connue. Ainsi donc, Léandrin n'est pas non plus ce qu'il prétend être ! Pauvre garçon ! Il m'a l'air bien brave…

— Il l'est ! Et j'aurais sans doute dû lui dire la vérité, cela n'aurait été que justice, mais j'avoue que mes forces m'ont abandonnée, concéda Louise, le cœur dévasté.

— Cela dit, je pense que vous devriez le faire encore un peu patienter ! Histoire de voir s'il tient suffisamment à vous pour tenter de regagner votre amitié. Et ce, en dépit de votre habit…

— Vous croyez ? demanda Louise dont l'esprit était confus.

La modiste caressa son double menton en opinant du chef.

— J'en suis certaine !

Elle l'encourageait ainsi à poursuivre la mystification auprès du jeune homme pour connaître ses véritables sentiments à son égard. Ce qui n'était pas dénué de fondement. Après tout, au point où elle en était, pourquoi ne pas l'envisager ? Et ce d'autant plus qu'elle n'était même pas sûre de le revoir un jour.

— En revanche, vous auriez tout intérêt à dissimuler votre condition à Versailles. Ne serait-ce que pour protéger la reine du scandale d'avoir été ainsi dupée ! Et pour vous protéger vous-même des vautours.

— Peut-être même ne devrais-je pas rester ? interrogea Louise d'une petite voix.

— Écoutez, je suis une femme d'affaires et je suis pragmatique. Si j'en juge par la robe que vous portiez au bal et que vous aviez semble-t-il dessinée... Enfin, si c'est exact ?

— Ça l'est ! approuva Louise avec fermeté.

C'était en effet une chose qu'on ne pouvait lui enlever !

— Alors, vous avez toute votre place ici à mes côtés. Et la reine a eu bien raison de se montrer désireuse de s'attacher vos services.

Louise ressentit une douce excitation l'envahir. Rose Bertin pouvait tout à la fois devenir son guide et sa complice. Elle allait l'initier aux règles de l'étiquette à Versailles, à la mode et aux choses de l'amour ! Enfin, elle allait surtout l'aider à grandir.

De son côté, au même moment, Léandrin errait l'âme en peine dans les rues de Paris. Il avait passé les dernières nuits dans une auberge, après avoir été démis de ses fonctions par le vicomte et avoir perdu son logement. À la cour, les réputations se faisaient et se défaisaient si vite ! Pourtant, il ne regrettait rien. Il avait assez enduré les sarcasmes et les manigances de son ancien employeur, le vicomte de Bresse. Il ne supportait plus d'être associé à son nom, et ce, en particulier depuis sa rencontre avec Louise. Elle était la personne la plus authentique qu'il ait jamais croisée, bien que pourtant de sang bleu. En réalité, sa noblesse, elle la portait dans le cœur, quand d'autres l'arboraient sur leur costume sans la mériter le moins du monde. Qu'était-elle donc devenue ? Était-elle retournée chez elle dans le Nord ?

Si ne plus avoir de ses nouvelles lui était difficile, ne plus la revoir lui serait insupportable. C'est pourquoi il avait entrepris de la chercher, en sillonnant les rues de Paris dans l'espoir de la rencontrer par hasard. Il savait en effet qu'elle devait demeurer chez son oncle, mais il ne disposait d'aucun indice pour le trouver. Il avait bien pris ses renseignements sur des membres de la famille Nédonchel résidant à Paris ou des de Croÿ, mais il lui fut impossible de retrouver la trace de Louise. Ou alors il avait été mal informé !

Quoi qu'il en soit, et à mesure que les jours passaient, il avait de moins en moins espoir de la trouver. Il aurait pourtant tellement voulu lui parler, tout lui raconter, lui exposer aussi de vive voix les sentiments qu'il nourrissait à son égard. Car il était clair à présent que son attirance s'était muée en affection, puis en quelque chose de beaucoup plus profond. Et aujourd'hui qu'il souffrait d'avoir peut-être perdu son amitié à jamais, il savait qu'il était tombé amoureux d'elle, entièrement et éperdument. Il se devait de lui déclarer sa flamme pour qu'elle le délivre, en faisant de lui le plus heureux des hommes ou en l'affranchissant de ce lien qui le torturait tant.

Toutefois, se déclarer semblait un peu présomptueux, étant donné qu'il avait tout perdu. Il avait cela dit conservé son honneur et ses compétences de négociant en tissus.

Sur ces pensées, il reprit confiance en lui et une démarche plus assurée dans la rue. Il lui fallait trouver un nouvel employeur qui n'ait pas eu vent de ses démêlés avec le vicomte de Bresse. Il referait ensuite fortune et pourrait ainsi venir la courtiser de manière légitime.

Dans tous les cas, il devait faire vite ! Car la baronne devait être fort sollicitée. Il avait vu en effet les regards admiratifs des hommes sur elle lors du bal. Il en avait d'ailleurs éprouvé une vive jalousie. Il faudrait aussi qu'elle daigne lui pardonner sa dissimulation. Mais lorsqu'elle écouterait son récit, pourrait-elle ne pas comprendre ses motivations ? Elle était trop intègre pour ne pas ressentir d'empathie pour sa situation. Lors du bal elle avait sans doute réagi sous le coup de la colère, mais elle s'était également opposée au vicomte, ce qui lui laissait espérer qu'il pourrait la faire revenir à des sentiments plus favorables à son égard.

Décidé à agir vite, il irait directement à l'essentiel !

Ce qu'il fit en traversant la rue promptement, manquant au passage de se faire renverser par un attelage, désireux qu'il était de gagner l'auberge où il trouverait de quoi écrire.

L'instant d'après et remis de ses émotions, il se demanda vers qui se tourner à Versailles. C'est alors qu'il vit deux femmes qui se gaussaient de sa mésaventure en s'époumonant presque. Elles étaient vêtues de robes passées de mode, et il se fit la réflexion qu'elles ne s'habillaient visiblement pas chez Rose Bertin !

C'est elle qu'il devait contacter : la ministre des Modes ! Après tout, pourquoi pas ? Qu'avait-il à perdre, si ce n'est se voir opposer un refus ? Il n'était plus vraiment à cela près aujourd'hui.

Chapitre 19

Dans les jours qui suivirent, Louise prit ses repères chez Rose Bertin, évoluant au milieu des couturières de son atelier, participant aux essayages, maniant même parfois l'aiguillette ou lui avançant ses épingles, et enfin et surtout donnant son avis sur les rubans et les dentelles de telle ou telle tenue, ou même sur le modèle. Un avis dont la modiste faisait toujours grand cas, même si elle agissait la plupart du temps à son idée. Elle ne manquait jamais de le proposer dans l'éventail des choix possibles à ses clientes.

Si Rose avait pris le temps de lui expliquer l'importance de la mode à la cour, et le rôle des habits en fonction des événements et des rituels quotidiens et publics du roi et de la reine, Louise n'avait cependant pas encore été confrontée à la souveraine, mais cela ne saurait sans doute tarder lorsqu'elles quitteraient la maison de campagne de Rose Bertin pour Paris.

En attendant, Louise était sur tous les fronts, et la modiste paraissait apprécier cette fille dévouée, travailleuse et naturellement douée, quoique inexpérimentée, surtout en ce qui concernait les robes de cour en vogue. Elle était de plus suffisamment modeste pour écouter, comprendre et intégrer les nouvelles tendances sans les juger.

Rose disait parfois qu'il lui semblait la voir à son âge. Mais elle ne cédait jamais au sentimentalisme, car elle ne pouvait s'encombrer de cette affection dans le monde impitoyable dans lequel elle évoluait. Sans compter qu'elle aurait alors pris le risque de nourrir en son sein une possible future rivale. C'est du moins ainsi que Louise interprétait les choses pour justifier que Rose passait souvent de la tendresse à une froideur dirigiste avec elle. Motivée sans doute par l'urgence dans laquelle elles devaient toujours travailler, cela dit. Le moindre chapeau étant une question de vie ou de mort pour la cliente, qui devait paraître en représentation dans la société, et exigeait de la modiste de la contenter sans tarder.

Cette indifférence paraissait toutefois être de mise à Paris, où l'on était amené à croiser beaucoup de monde, contrairement à la province où les échanges, moins nombreux, semblaient aussi plus humains et chaleureux, en particulier dans le nord de la France. Il faut dire que la clientèle de la noblesse que Rose habillait, des dames fréquentant la cour pour la plupart, était d'une politesse un peu affectée et hypocrite, d'une délicatesse empruntée et d'une exigence extrême. Elles voulaient toutes la plus belle robe pour briller de mille feux, étant prêtes pour cela à payer fort cher pour obtenir un modèle unique, qui s'inscrirait au plus près des goûts de Marie-Antoinette. Cela dans l'espoir de se faire remarquer de la reine. Et cette dernière changeait, semble-t-il, souvent d'avis ! Heureusement, Rose Bertin, étant elle-même très créative et force de proposition, répondait en tout point à ses attentes. Les deux femmes semblaient véritablement s'être trouvées.

Louise mesurait désormais la chance qu'elle avait eue d'être ainsi distinguée par la reine lors du bal. Nul doute qu'elle avait dû s'attirer les foudres de nombre de courtisanes ce soir-là, se faisant quelques ennemies sans le vouloir.

De par sa qualité de baronne présumée, Rose désirait qu'en présence de ses clientes, elle ne s'abaisse pas à coudre ou à s'agenouiller. Elle devait également donner ses recommandations à la modiste derrière son éventail. Ce qui était caution de discrétion et de bon goût pour les clientes. Et l'ironie du sort voulut que Louise dans son attitude imita celle de Léandrin lors de ses visites à Calais, lorsqu'il scrutait les modèles, penchait la tête, analysait, tergiversait, pour finalement faire ses suggestions. Elle se rapprochait ainsi toujours de lui par la pensée. Louise en faisait également beaucoup plus que nécessaire, car les femmes désireuses de rester au fait de la mode semblaient apprécier les traits de génie en provenance d'un esprit éclairé adoubé par la reine. Au fond, son rôle était loin d'être désagréable !

Il faut dire qu'à ce moment-là, la reine Marie-Antoinette encourageait une certaine liberté dans un univers extrêmement codifié. Elle privilégiait notamment de plus en plus la simplicité ou le confort, dans des tenues jusqu'ici fortement corsetées, avec plusieurs couches de jupons, des paniers et des culottes souvent davantage conçus pour paraître que pour être portées ! Ce renouveau, allié à des couleurs et des étoffes toujours plus légères et variées, suscitait à la cour un véritable engouement, tout autant que des grincements de dents chez d'anciens courtisans, attachés aux traditions et à la magnificence des vieilles étoffes.

Au-delà de l'aspect superficiel que cette débauche de costumes (extravagants pour certains) semblait montrer, il faisait aussi travailler de nombreuses mains, faisant de l'industrie de la mode un secteur particulièrement florissant. Et ce n'était pas la ministre des Modes ni toutes celles qu'elle employait, à commencer par Louise, qui auraient dit le contraire !

Au milieu de tout cela, Rose Bertin officiait en tant que cheffe d'orchestre d'une symphonie de couleurs. Certains la qualifiaient d'excentrique quand d'autres la trouvaient géniale. Il est vrai que sous sa houlette, la mode rivalisait d'inventions audacieuses. Ce fut elle notamment qui allégea les silhouettes, avec des paniers moins lourds et des robes de mousseline ou de grossesse, et encore elle qui lança la mode champêtre, dont la reine était, semble-t-il, une adepte.

Grande prêtresse de la mode, gourou des courtisanes, cette abeille zélée officiait avec le plus grand sérieux dans la ruche qu'était la cour, dans l'ombre et sous la protection de la reine. Elle était en tous lieux respectée, mais aussi jalousée de par la faveur auprès de la souveraine dont elle jouissait. On lui reprochait d'ailleurs ses dépenses excessives, ou les sommes folles que devaient débourser les membres de la cour pour être à la page. En aucun cas cependant, on n'aurait pu la critiquer sur le fait de s'être élevée à force de travail. Elle s'était véritablement bâtie seule une réputation à force de labeur. Elle était d'ailleurs la première à s'en vanter. Comme avait pu en juger Louise après qu'elle lui eut ainsi raconté son parcours un soir après le départ des dernières clientes :

— Je suis née à Abbeville, dans une famille modeste établie dans le commerce, d'où je suis partie à l'âge de seize ans pour travailler à Paris. J'étais persuadée que j'y ferais fortune, ce qu'une bohémienne m'avait par ailleurs prédit ! C'st au Trait Galant chez Mlle Pagelle, marchande de modes reconnue, que j'ai rencontré ma première protectrice : la princesse de Conti. J'ai ensuite ouvert mon magasin de mode Le Grand Mogol à peu près à ton âge, mon enfant. Ma clientèle était alors composée d'aristocrates, une clientèle exigeante que j'ai réussi à cultiver avec tout mon savoir-faire et mon intégrité. C'est grâce à la mode que j'ai pu gagner mon indépendance, dans un milieu éminemment masculin qui plus est. Pour la première fois, on respectait mon travail, et on me respectait, moi ! Et puis il y eut ce jour, quelque chose comme quatre ans plus tard, où la duchesse de Chartres m'a présentée à Marie-Antoinette. Je suis alors devenue la ministre des Modes de la reine. Aujourd'hui, je peux me vanter d'être la seule à traiter directement avec la souveraine et à être admise dans la chambre de Sa Majesté. Ce qui est à la fois la marque de sa reconnaissance et de sa passion pour la mode. Même si je pense qu'elle apprécie tout autant que je sois une oreille discrète et compatissante, fit-elle avec un clin d'œil.

Tout avait l'air si simple, si logique ! Mais Louise devait apprendre à ses côtés que le travail et surtout sa forte personnalité avaient été pour beaucoup dans sa réussite. Elle songeait d'ailleurs que tout comme elle à son âge, elle était sur le point d'être présentée à Marie-Antoinette. Peut-être serait-elle amenée à suivre le même parcours ? Si seulement…

En tout cas, s'il y avait bien quelqu'un à qui elle était redevable de cette rencontre, c'était Léandrin, et ses pensées la ramenaient souvent vers lui. Et ce, en particulier le soir lorsqu'elle se retrouvait dans sa chambre après une journée harassante, la peau sous les côtes meurtrie par son corset (qui bien qu'allégé par Rose était toujours plus dur que ceux qu'elle avait l'habitude de porter dans le Nord), le dos courbaturé d'avoir mis des talons toute la journée et les pieds en souffrance d'avoir chauffé dans ses chaussures (élégantes certes, mais tout sauf confortables). Elle s'installait alors dans une simple chemise de nuit devant son écritoire, et regardait par la fenêtre tandis que la Seine s'écoulait en contrebas.

Ce soir-là, elle s'assit avec la ferme intention d'écrire sa correspondance en retard. Elle prit une feuille de papier vierge, et une plume qu'elle trempa dans son encrier. Cela faisait quelques jours en effet qu'elle n'avait pas écrit aux siens pour donner de ses nouvelles et prendre des leurs.

Si elle les avait informés de la proposition de Rose Bertin, en revanche elle avait tu sa mésaventure sentimentale avec Léandrin. Elle ne voulait pas s'exposer à des critiques, en particulier de sa tante, qui n'aurait pas manqué de la traiter d'idiote pour avoir laissé s'enfuir un parti aussi avantageux.

À sa cousine, en revanche, elle avait fait part sous le sceau de la confidence de l'incident survenu lors du bal, qui l'avait brouillé avec son cavalier, sans toutefois s'appesantir. Elle s'épancha davantage sur sa situation auprès de Rose Bertin et sur la coquette somme dont elle la rétribuait. Là encore en minimisant l'importance de ses fonctions. Elle dit simplement avoir été engagée comme assistante à ses côtés pour une période indéterminée.

Elle avait de fait dû en avertir Claire Tribout, sa cheffe d'atelier. Laquelle avait été positivement ravie pour elle. Elle n'avait d'ailleurs pas manqué de mentionner par retour du courrier que la petite Louise faisait la fierté des dentellières du Valenciennois et qu'elle espérait qu'elle porterait haut les couleurs de sa région et le savoir-faire de sa maison. Cela signifiait en filigrane qu'elle espérait que la valenciennes serait bien représentée à la cour. Ce à quoi Louise avait bien innocemment contribué. Sa cheffe lui dit enfin qu'elle avait dû recruter une ouvrière pour la remplacer, mais qu'elle serait toujours la bienvenue au sein de l'atelier, si du moins elle daignait un jour y remettre les pieds.

Puis Louise écrivit à son amie Jeanne-Claire Cheval. Ce fut à elle, qui possédait la connaissance la plus lucide et intime des intrigues de cour, qu'elle confia toute sa peine en ce qui concernait Léandrin et tous les détails de sa déconvenue lors du bal. Puis elle lui raconta précisément l'aventure professionnelle qui s'était ensuivie auprès de Rose Bertin.

Louise avait bien conscience qu'elle était en train de vivre des choses extraordinaires dont elle ressortirait grandie. Cependant, et même si c'était enrichissant à tous niveaux, elle se retrouvait confrontée à la solitude pour la première fois de son existence. Plus que jamais, les filles de l'atelier lui manquaient, leur complicité, leurs fous rires et leur solidarité aussi, qui étaient sa force jusqu'ici. C'est pourquoi elle pria Jeanne-Claire Cheval de transmettre son affection aux filles.

C'est alors qu'elle fut interrompue par la femme de chambre, qui toqua à sa porte et lui remit une lettre arrivée pour elle dans la journée. Louise la remercia et s'empressa de décacheter la missive, songeant sans doute qu'elle provenait d'un de ses proches. Elle fut toutefois surprise de constater qu'elle venait de Léandrin et manqua de défaillir. C'est pourquoi elle retourna s'asseoir devant son secrétaire et la lut à la lueur de sa bougie, ses mains tremblant d'émotion.

À l'attention de la baronne de Nédonchel,

Chère Louise,

Pardonnez tout d'abord mon audace de vous contacter ainsi, mais je viens d'apprendre tout à fait par hasard en échangeant avec Mme Rose Bertin que vous travailliez à présent en tant que conseillère à ses côtés. Je n'avais rien su de votre rencontre avec Sa

Majesté la reine lors du bal, étant occupé par ailleurs comme vous le savez, et je suis fort aise qu'elle se soit produite. Ainsi, vous n'aurez pas tout perdu ce soir-là !

Je me jette d'ailleurs à vos pieds pour implorer votre pardon, pour vous avoir délaissée lors de cette soirée, et pour vous avoir blessée par mon attitude que vous pouvez et à juste titre juger offensante pour vous.

En revanche sur ce dernier point, sachez, Madame, que je n'ai jamais eu la volonté de vous duper ou d'abuser de votre naïveté en prétendant être quelqu'un que je n'étais pas. Les événements ont fait que je ne pouvais décemment pas dévoiler cet artifice sans incriminer mon employeur, le véritable vicomte de Bresse. Je suis un homme d'honneur et je m'étais engagé auprès de lui. Aussi, j'étais tiraillé entre cet engagement et la sincérité que je vous devais et que vous m'inspiriez.

Louise songea que Léandrin tout comme elle étaient finalement pris dans un maillage dont ils ne pouvaient se défaire. Elle poursuivit la lecture de sa lettre avec plus d'indulgence.

Si je vous écris aujourd'hui, c'est pour solliciter de votre part la possibilité de vous revoir, et ce afin de vous expliquer tous les détails de l'affaire. C'est aussi une question d'honneur. Je ne voudrais pas en effet que vous ayez une mauvaise opinion de moi en croyant que je vous ai menti sciemment.

— Cela, il m'appartient d'en juger, cher Léandrin, dit Louise, toujours en proie à la rancune.

Je n'ai jamais agi avec le désir de vous nuire ou de gagner vos faveurs par des moyens détournés. Il me semble que vous m'avez suffisamment fréquenté pour sentir au fond de votre cœur que l'affection que j'éprouve pour vous est véritable. Je ne peux d'ailleurs décrire ici l'ampleur de mes sentiments, vous ne seriez peut-être pas en mesure de les recevoir avec la considération voulue.

— C'est sûr que j'ai de fortes présomptions à présent sur la sincérité de ses sentiments à mon égard ! rétorqua Louise en se mordant la lèvre.

Je vous prie donc instamment, Madame, de me laisser m'expliquer pour clarifier cette affaire et je serais mortifié de vous quitter sur un malentendu, étant donné les bons moments que nous avons vécus ensemble et ceux peut-être, et je l'espère du fond du cœur, qu'il nous reste à vivre.

Léandrin

Louise referma la lettre assaillie par des émotions contradictoires. Fortement éprise du jeune homme, elle était à la fois heureuse d'avoir de ses nouvelles et encore en colère à la suite de ce qu'il lui avait fait endurer lors du bal. Échaudée, parviendrait-elle à lui faire de nouveau confiance ? Il n'y avait rien de moins sûr. Elle était cependant aussi troublée. Elle ne cessait de repenser au baiser qu'ils avaient échangé. Ce qui n'aurait jamais dû se produire et qui pourtant avait existé. Bien que ce fût un moment merveilleux, elle s'en voulait de s'être laissée ainsi aller. Par-dessus tout, elle craignait en le revoyant de succomber de nouveau à son charme. C'est pourquoi elle estima finalement préférable de ne pas le faire.

Elle souffla sa bougie et alla se coucher. Elle devait se lever tôt le lendemain pour se rendre chez la reine Marie-Antoinette avec Rose Bertin !

Chapitre 20

Ce matin-là, Rose Bertin, escortée de Louise et de Bertrand, son domestique aux bras chargés de paquets, arriva à Versailles. Ils suivirent un itinéraire spécial, bien connu de la modiste. Après être descendus de voiture sous la voûte de la chapelle, ils montèrent dans la salle des gardes, traversèrent les autres pièces et parvinrent enfin devant la porte des appartements privés de la souveraine. Bien qu'étant connue et respectant en cela l'étiquette, Rose Bertin s'adressa au secrétaire du cabinet de la reine M. Campan pour s'annoncer. Ce dernier la reçut d'un air sec :

— Vous êtes en retard, madame ! Fort heureusement pour vous, Sa Majesté est avec sa portraitiste à qui elle donne séance.

Louise fut toutefois surprise d'entendre chanter. Rose Bertin lui expliqua que la reine aimait beaucoup interpréter des duos avec Élisabeth Vigée-Lebrun, des œuvres de Grétry en particulier. Elle ajouta à mi-mot :

— Il est heureux que je ne sache pas chanter, car autrement j'y aurais probablement eu droit moi aussi !

Louise s'angoissa alors à l'idée que la reine le lui propose, car, bien que faisant bien partie de la chorale de l'église à Valenciennes, serait-elle en mesure d'accompagner la souveraine sans avoir la voix qui tremble ?

Tandis qu'ils patientaient, la jeune femme constata que plusieurs courtisans attendaient également d'être reçus par la reine. Et parmi eux se trouvait l'un des derniers hommes que Louise aurait aimé revoir : le vicomte de Bresse.

Hélas pour elle, il se leva pour venir au-devant d'elle.

— Comme on se retrouve, baronne ! lança-t-il en s'inclinant en une profonde révérence. Je me doutais que vous ne tarderiez pas à reparaître à la cour. Une beauté telle que vous ne peut se montrer sans se faire remarquer !

Louise rosit, sensible au compliment dispensé par un homme de sa condition. Les propos de Léandrin à son sujet lui revinrent cependant rapidement en mémoire. En particulier la façon dont il avait dénigré sa région. Aussi rétorqua-t-elle froidement et uniquement par politesse :

— Et vous-même, vicomte, que faites-vous ici ?

— Figurez-vous que le roi ne veut plus me recevoir ! Moi qui ai tant œuvré pour lui. N'est-ce pas un comble ?

Louise se mordit la lèvre pour s'empêcher de sourire. Ainsi donc, ses mauvaises actions n'étaient pas restées sans conséquence. Ce n'était que justice et Louise n'allait pas l'en plaindre.

— C'est pourquoi je me retrouve dans la position délicate de devoir mendier un rendez-vous auprès de sa femme pour tenter de susciter sa compassion. En espérant qu'elle daigne me réintégrer dans mes fonctions. N'est-ce pas ironique ?

— Eh bien, je vous souhaite bonne chance ! dit Louise en jaugeant le nombre de personnes qui attendaient d'être reçues.

Puis elle s'éloigna, mais il lui courut après.

— Attendez ! J'ai appris pour votre rupture avec

mon serviteur. Si vous le désirez, je serai ravi de vous réconforter, proposa-t-il.

Il s'employa ensuite à dénigrer Léandrin, le décrivant comme un jeune homme ambitieux, un menteur et un parvenu. Si ce n'avait été par respect pour Rose Bertin et le fait qu'elle était intimidée de se retrouver en ces lieux, Louise ne se serait pas privée de lui dire sa façon de penser, à celui-là.

— Et quand on parle du loup ! s'exclama-t-il en pointant une silhouette qui s'avançait vers eux.

Lorsqu'elle reconnut Léandrin, le cœur de Louise fit un bond dans sa poitrine. Elle s'écarta bien vite du vicomte, peu désireuse en effet d'être vue en sa compagnie, pour revenir auprès de Rose Bertin. Cette dernière qui avait vu le manège de l'aristocrate lui glissa à l'oreille :

— Je ne saurais que trop vous mettre en garde, Louise, sur les ragots qui peuvent défaire les réputations... Certaines personnes, même haut placées, sont parfois peu recommandables !

Louise opina de la tête, puis s'empressa d'inspecter une des tenues que portait Bertrand pour se donner une contenance.

M. Campan, qui sortait des appartements de la reine, vint alors au-devant du vicomte pour lui signifier que la souveraine, trop occupée, ne le recevrait pas.

— Je vois, répliqua ce dernier, amer. Quand je faisais partie de sa petite coterie, elle me portait aux nues, et voilà qu'elle me désavoue à présent !

Plusieurs courtisans baissèrent les yeux, espérant sans doute qu'une telle déchéance ne serait point leur lot. C'était là une illustration typique des réputations qui se faisaient et se défaisaient à Versailles, comme les mailles à l'endroit et à l'envers de la toile du pouvoir que tissait un destin facétieux.

Visant Léandrin qui se tenait un peu en retrait à quelques mètres d'elles, Louise souffla alors à l'oreille de Rose :

— J'en connais un autre qui va se faire éconduire sous peu…

Rose leva les yeux et lorsqu'elle aperçut Léandrin, elle lança avec sa verve coutumière en lui faisant de grands signes :

— Oh ! il est là ! Par ici mon garçon !

Puis elle ajouta à l'intention de Louise :

— Il est venu à ma demande.

La jeune femme éprouva alors l'étrange sentiment d'avoir été trahie.

Lorsque Léandrin la vit, il fut beaucoup moins surpris qu'elle. Il savait en effet par Rose Bertin qu'ils avaient été convoqués tous deux à Versailles. Il ignorait cependant pour quelle raison, la modiste étant restée énigmatique sur ce point. Il s'avança donc au-devant d'elles et s'inclina en une respectueuse révérence, quoiqu'un peu raide du fait qu'il était tendu. Si Louise sembla tout d'abord réfractaire à sa présence, la modiste l'incita d'une œillade appuyée à se montrer plus amicale. Ce qu'elle fit en lui tendant sa main, presque par réflexe cela dit. Léandrin s'empressa de la saisir et de déposer assez haut un baiser sur ses doigts, ses lèvres effleurant à peine sa peau. Ce contact eut le don de l'embraser, le velours et la chaleur de sa peau lui rappelant l'instant où il lui avait caressé les mains avec ferveur dans les jardins, puis, et surtout, le baiser qui s'était ensuivi. Louise devait s'en souvenir également, car elle rougit fortement et baissa les yeux.

— Je suis très heureux de vous revoir, dit alors Léandrin en prenant sur lui pour avoir la voix la plus posée possible. Je vous avoue avoir craint que ce moment ne se reproduise plus…

Louise ouvrit la bouche pour répondre, mais elle ne

sembla pas trouver ses mots et demeura muette. De fait, et après avoir échangé les politesses d'usage, il n'insista pas davantage et se positionna en retrait. En vérité, il avait prévu ce cas de figure, voire qu'elle le rejette violemment, même si en présence de Rose Bertin cela lui aurait été difficile. Léandrin constata néanmoins que ses yeux bleu clair brillaient de la même intensité qu'elle affichait habituellement en sa présence. C'était donc qu'il ne lui était pas complètement indifférent, sans doute. De son côté, il fit en sorte de dissimuler les sentiments brûlants qu'il éprouvait à son égard, pour ne pas l'incommoder, et parce qu'il avait aussi sa fierté et ne supporterait pas d'être éconduit une seconde fois.

Sentant le malaise entre eux, Rose Bertin chercha une échappatoire.

— Oh ! mais n'est-ce pas la comtesse de Genévrier que j'aperçois là-bas ?

Ce disant, elle se rendit auprès de la femme, qui devait être l'une de ses anciennes clientes. Si celle-ci était en disgrâce, comme en témoignait sa position dans la file d'attente, la modiste devait prendre sur elle pour aller la voir. Léandrin salua intérieurement son sacrifice. Rose était en effet, comme tous, obligée de suivre les opinions de sa souveraine, bien qu'elle en fasse aussi régulièrement à sa tête. Dès que Rose fut partie, il en profita pour aller au-devant de Louise et sortit une lettre de sa poche.

— Si vous ne pouvez me parler, et la circonstance n'est pas des plus favorables, je vous l'accorde, me ferez-vous toutefois l'honneur de lire cette lettre ?

Il lui remit alors l'enveloppe qu'il tenait à la main et qui était fermée par un sceau. Elle la saisit, davantage par surprise cependant, et sembla hésiter.

— Peut-être devrions-nous en rester où nous en sommes, articula-t-elle avec difficulté.

— À votre aise ! Je ne vous forcerai jamais à m'aimer, si tel n'est pas votre souhait.

Au moment où il avait dit « m'aimer », il vit ses yeux se lever vers lui, et ses sourcils se froncer. C'était donc qu'il avait touché juste et qu'elle éprouvait aussi des sentiments tourmentés à son égard.

Il y eut un silence pesant entre eux, qui fut néanmoins brisé par l'arrivée en fanfare de Jean-François Autier, dit Léonard, le coiffeur de la reine. Ce dernier était rouge d'avoir couru, semblait-il, même s'il s'efforçait d'afficher un faux calme.

— J'arrive ! J'arrive ! J'ai été retardé sur la route à Paris, mais tout va bien, je suis là ! s'écria-t-il d'une voix haut perchée, et ce depuis plusieurs couloirs déjà, de sorte qu'on l'avait entendu arriver et de loin.

Il faut dire que le coiffeur exerçait encore son activité dans son salon parisien. Ce qui était à la fois un souhait de la souveraine, désireuse de se tenir au fait des tendances, une particularité de la cour à cette époque et une hérésie, compte tenu des ragots que celui-ci pouvait ainsi librement colporter auprès de sa clientèle.

Le petit homme au nez pointu et aux pommettes saillantes dépassa toute la file d'attente pour rejoindre Rose Bertin qui avait retrouvé les deux jeunes gens. Laquelle ne sembla pas particulièrement ravie de le revoir. Mais Léonard semblait éperdument se ficher de s'attacher l'amitié de la modiste. Avisant Léandrin, il le détailla des pieds à la tête et lui adressa un « bonjour » charmeur et équivoque. Puis, le jeune homme ayant commis l'imprudence de lui rendre son salut, il l'entretint longuement sur le catogan qu'il lui faudrait et qui conviendrait mieux à un « homme de sa prestance et de sa beauté ».

— Cette petite queue de rat là dans votre nuque, ce n'est pas du tout en proportion avec ce que l'on devine de vous ! Vous, vous mériteriez la belle queue de crin fournie d'un étalon, enserrée dans un fourreau en cuir noir. Croyez-moi, ce serait du meilleur effet !

Léandrin était loin d'en être convaincu. Il lui demanda néanmoins et par politesse s'il était également perruquier de son état, ajoutant :

— Je pensais qu'un coiffeur se bornait à couper les cheveux…

— C'est le cas de mon frère, le véritable Léonard dit « le Chevalier » ! ajouta l'interrogé sur un ton de conspirateur. Pour ma part, je suis aussi perruquier et l'auteur de ces fameuses coiffures pour les femmes, hautes de deux pieds, que l'on nomme « pouf », « toquet en lubie » ou autres noms charmants par lesquels il me plaît de les appeler. Mes clientes en raffolent !

Léandrin avait déjà vu ces coiffures à la cour, plus ridicules les unes que les autres, qui obligeaient parfois les femmes qui les portaient à sortir la tête par la fenêtre du carrosse faute de hauteur de plafond suffisante pour les y faire entrer.

— Vous entendrez d'ailleurs parler de moi sous le nom flatteur de « marquis ». De plus à Paris, il n'est pas une seule femme de la noblesse qui ne manquera de vous vanter mes mérites et d'admirer mes œuvres. Elles m'idolâtrent, je vous le dis ! Plus elles me courent après et sont maltraitées par moi, plus elles sont à mes pieds et me vénèrent. Ainsi fonctionne la psychologie féminine ! conclut-il en lui adressant un clin d'œil.

Bien qu'incommodé par sa prétention, Léandrin se dit qu'à en juger par son succès, il devrait peut-être s'en inspirer. Il croisa au même moment le regard amusé de Louise, qui n'avait pas perdu une miette de leur conversation. Elle devait bien sentir que ce personnage remuant l'indisposait, mais elle s'en délectait, semble-t-il, avec un certain plaisir sadique. Cela leur permit d'avoir un petit échange complice.

C'est alors que Mme Campan sortit des appartements privés de la reine pour les convier à entrer. Ayant en effet entendu Léonard arriver, la reine qui les attendait avec impatience avait donné l'instruction de les recevoir. Léandrin fut ainsi ravi d'être délivré de la conversation de son coiffeur, préférant mille fois affronter la souveraine.

Chapitre 21

C'est fortement intimidée que Louise pénétra à la suite de Mme Campan, de Rose Bertin et de Léandrin dans les appartements privés de la souveraine, Bertrand et ses paquets fermant la marche. Elles se trouvaient à présent dans *le cabinet de la reine,* autrement appelé : le Cabinet doré. Louise était impressionnée par tant de magnificence. Il était orné de boiseries blanches et or, de sphinx et de trépieds antiques et il comportait une niche de glaces dont le cintre était drapé de soie. En outre, de grandes fenêtres et des miroirs contribuaient à donner de la clarté à la pièce. Rose Bertin devait par la suite lui raconter que la décoration de ses appartements était la création de la reine elle-même.

Au centre de la pièce, au milieu de fauteuils bleu canard et de tables chargées de bibelots, trônaient un clavecin et une harpe, mais également le chevalet de Mme Vigée-Lebrun, une femme châtain assez menue d'à peu près le même âge que la reine. Elle était en train de prendre ses instructions pour leur future séance, tout en rassemblant à la hâte ses couleurs et son matériel de peinture.

La reine prit sa fille, la jeune Madame Royale âgée de six ans, dans ses bras. Elle lui donna des recommandations pour l'apprentissage de sa leçon et lui conseilla encore de faire preuve de manières affables avec les gens. Puis elle l'embrassa avant de la remettre aux bons soins de Mme Campan. Cette dernière, ainsi que Rose devait l'expliquer à Louise, était l'une des quatre premières femmes de chambre de la reine. Sa jolie figure, ses manières agréables et son esprit lui avaient conféré un grand crédit auprès de la reine. Elle avait contribué à assouplir l'étiquette qui régissait la cour, pour faire place à davantage de grâces et de légèreté.

La femme de chambre partit avec l'enfant. La reine, tout sourire, vint alors au-devant de Rose Bertin et de Léonard son coiffeur.

— Cette fois, je suis tout à vous !

Et tandis qu'elle échangeait avec enthousiasme quelques paroles avec son coiffeur sur les dernières tendances capillaires, Louise, intimidée jusque-là au point de ne pas réussir à lever les yeux sur elle, l'observa à la dérobée. Elle redécouvrit alors la reine sous l'angle favorable selon lequel Rose l'avait décrite et la contempla tout en se remémorant ses propos[1] : « Grande, elle disposait d'un visage au teint d'une blancheur éblouissante où se mêlaient des couleurs aussi fraîches que la rose printanière ; de grands yeux d'un bleu azur, à fleur de tête, un front que couronnait une forêt de cheveux blonds où la majesté s'unissait à la candeur, et qui donnait à sa physionomie l'expression la plus noble, à laquelle la forme de son nez ajoutait encore. Le seul défaut de la figure de l'aimable princesse était d'avoir la lèvre inférieure un peu avancée, mais c'était un caractère distinctif de la maison d'Autriche, qui rappelait en elle la fille de Marie-Thérèse. Sa taille, assez élevée pour son âge, était bien prise ; son cou, sa poitrine étaient

1. Rose BERTIN, *Mémoires sur Marie-Antoinette*, Paris, Rivages, 2014.

parfaits ; sa main charmante, son pied et sa jambe dignes de la Vénus de Médicis. Elle avait une grâce, une facilité dans les mouvements, et surtout un accord dans toute sa personne qui ravissait ; aussi ne pouvait-on la voir sans l'adorer, parce qu'elle ne voyait personne qu'elle n'eût le désir de lui plaire. »

Louise constata encore qu'elle avait ce port de tête qui l'avait tant marquée lors du bal et qui lui conférait une majesté la rendant reconnaissable au milieu de sa cour. Hormis cela, elle trouva que la souveraine s'exprimait avec simplicité et un naturel assez étonnant avec sa modiste et son coiffeur. Elle faisait preuve avec eux d'amabilité et de bienveillance, là où elle aurait peut-être dû se montrer un peu plus méfiante. Il était en effet de notoriété publique que les créations de son coiffeur étaient parfois très vivement critiquées. Louise se rangea une fois de plus à l'avis de Rose Bertin qui clamait toujours que la reine était la bonté personnifiée. Et effectivement elle ne se tarissait pas d'éloges sur la dernière robe de sa ministre des Modes. Laquelle lui avait attiré de nombreux compliments.

— Et que l'on ne vienne pas me dire qu'elle est trop simple ou naturelle, et qu'on me lance un trait de satire, j'en imposerai le silence ! conclut la souveraine.

Marie-Antoinette faisait sans doute là allusion au tableau d'Élisabeth Vigée-Lebrun où elle avait posé en robe de gaulle[1] un an plus tôt et qui avait suscité bien des critiques lors de son exposition aux salons du Louvre. Au point qu'elle avait dû le faire refaire par sa portraitiste, vêtue d'une robe de cour plus formelle cette fois. On lui avait en effet notamment reproché de faire le jeu des drapiers de Flandres… Toutes ces rivalités et ces jalousies indiquaient

1. La robe était en mousseline ou linon.

que même dans le choix de ses tenues, du moins pour des représentations publiques, la reine n'était pas libre.

Rose rougit de plaisir en entendant ses paroles, ravie d'être ainsi protégée et soutenue par sa souveraine.

Louise constata que la reine pouvait aisément passer d'un grand sérieux, voire d'une certaine gravité, à la gaieté, son caractère semblant davantage porté à être doux et prévenant avec les personnes qu'elle appréciait. Elle montrait alors une âme sensible et bienfaisante, tout autant que beaucoup de coquetterie et de légèreté.

— Mais dites-moi, Rose, quels sont donc ces jeunes gens que vous avez amenés avec vous aujourd'hui ? s'enquit-elle, en les scrutant elle et Léandrin.

Louise sentit que son cœur était sur le point de se décrocher.

Rose Bertin les introduisit tous deux.

— Vous connaissez cette jeune femme, baronne de son état, puisque vous l'avez distinguée lors du bal. Elle portait une robe bordée de dentelle de valenciennes…

— … absolument magnifique, je m'en souviens bien !

— Quant à ce jeune homme, je suis ravie de vous présenter *M. de la Dentellière*, qui remplacera désormais le vicomte de Bresse dans ses fonctions et travaillera, suivant votre accord, directement avec moi.

— Bienvenue à vous, cher monsieur ! J'escompte que vous rapporterez les plus beaux atours à votre reine pour entretenir la grandeur de la cour !

Léandrin s'inclina en une profonde et gracieuse révérence.

— Je ferai tout ce qui est en mon pouvoir pour vous satisfaire, Votre Majesté !

Louise était devenue écarlate. À la fois confuse d'avoir dédaigné Léandrin alors même que celui-ci se voyait attribuer par la reine les plus hautes fonctions, heureuse qu'il prenne ainsi sa revanche sur le vicomte de Bresse.

Et cependant jalouse qu'il veuille tant plaire à la reine. Elle sourit enfin à l'évocation de son nom : « M. de la Dentellière », une référence à son art ! Quelle ironie !

Elle croisa son regard au même moment et lui sourit, manifestant ainsi qu'elle était contente pour lui. Cela sembla grandement le toucher, car dès lors sa figure s'illumina.

— Je suis ravie que vous vous soyez attaché les services de ces talentueux jeunes gens, conclut la reine, qui fine mouche ajouta : je les trouve bien assortis qui plus est !

Cette remarque eut le don de placer Louise sur des charbons ardents. Elle sentit ses joues s'empourprer encore davantage. Heureusement, la souveraine mit fin à cette douce torture en demandant à présent à voir leurs dernières créations. La reine allant très probablement passer aux essayages, Léandrin s'inclina et sortit, suivi de Bertrand. Puis la modiste, assistée de Louise et des femmes de chambre, s'affaira alors aux toilettes de la souveraine.

Le soir venu, Louise poursuivit la description de sa journée dans la lettre adressée à sa cousine. Ne tarissant pas d'éloges sur la reine, disant qu'elle l'avait trouvée particulièrement aimable, généreuse et maternelle avec ses enfants. Détaillant par le menu toutes les merveilles de décoration de ses appartements et les dorures de Versailles, du peu qu'elle avait pu les apercevoir en traversant tous ces couloirs au pas de charge derrière Rose Bertin. Se répandant sur le sentiment de légèreté, de luxe et de volupté qui l'avait habitée tout au long de cette journée, le travail étant exécuté avec passion et enthousiasme, les heures défilant sans que l'on s'en rende compte. Cette ambiance chaleureuse et privilégiée favorisait d'autant la création et l'audace de ses artisans, même s'ils se devaient d'élever leur art à un niveau d'excellence.

Elle lui parla encore des personnages hauts en couleur

qu'elle avait croisés, à l'image de Léonard le coiffeur. Elle lui fit part de sa crainte de le voir divulguer des ragots sur la reine dans Paris. Marie-Antoinette étant d'une naïveté confondante, persuadée que si on la critiquait, cela n'était qu'une vogue et changerait. N'avait-elle pas été encensée en effet lors de son arrivée en France pour épouser le dauphin ? Il lui semblait impossible qu'on puisse la haïr le lendemain.

Louise avait encore tant de choses à raconter et à partager. Tout était tellement nouveau et merveilleux, qu'elle bondit presque lorsqu'on frappa à la porte. C'était la femme de chambre qui lui apportait justement une lettre de sa cousine.

Elle s'empressa de mettre la sienne de côté pour la lire.

Chère Louise,

Je te remercie d'avoir pris le temps de me donner de tes nouvelles. Tes journées ont l'air bien remplies ! Les miennes le sont tout autant, et même encore davantage si l'on considère que je dois endurer seule à présent les excentricités de ma mère…

Figure-toi que sa dernière trouvaille pour gagner quelques sous est de garder des enfants ! La maison est devenue extrêmement bruyante, je n'arrive même plus à dormir. Imagine-toi une tripotée de gamins qui braillent en permanence… Je n'en peux plus !

Et ce vautour de notaire qui ne nous lâche pas d'une semelle ! Les miennes sont trouées à force de marcher, d'ailleurs, et je n'ai pas les moyens de les faire réparer.

Autrement, les gens du quartier vont bien. Il y a eu à peine trois enterrements depuis ton départ. (J'ai dû chanter dans la chorale à ta place pour combler le trou.)

Côté travail, avec l'été, nous avons un peu moins de malades au cabinet. En revanche beaucoup d'enfants abandonnés sont arrivés à l'hospice. On ne peut pas les adopter tous, hélas ! Quelle misère !

Pépin travaille comme un damné depuis que tu es partie. Il tousse beaucoup et cela m'inquiète. J'espère qu'il n'attrapera pas la maladie de la mine. En attendant, je veille sur lui. Il m'a demandé de tes nouvelles, d'ailleurs. Tu pourrais peut-être lui écrire à l'occasion pour lui dire d'arrêter de penser à toi et que tu en aimes un autre… Enfin, c'est une suggestion que je te fais !

J'espère que tu reviendras vite. Tu nous manques beaucoup, surtout à moi. Cependant si tu le peux, ne reviens pas. Tu t'en porteras mieux !

Ta cousine, Bertille.

À la suite de la lecture de sa lettre, Louise essuya une larme. Il y avait un monde de différence entre elles, même si elles habitaient le même pays. Il était essentiel de se souvenir d'où elle venait, les fastes de Versailles pouvant faire rapidement tourner la tête !

En parlant de vertige, elle songea à Léandrin. Il lui avait remis une lettre, mais elle n'avait pas eu le temps de la lire. Il lui semblait plus que jamais que ce garçon était le trait d'union entre sa vie dans le Nord et celle à Versailles. Elle ressentait ainsi plus que tout le besoin de sa présence.

Elle était ravie que Rose l'ait embauché, avec une promotion qui plus est, puisqu'il travaillerait directement avec elle. Elle lui avait bien caché son jeu !

Louise sourit en s'entendant parler de la modiste de la sorte. Rose était en quelque sorte la mère spirituelle, le modèle qu'il lui avait manqué jusqu'ici. De son aventure à Versailles, elle était incontestablement sa plus belle rencontre ! Même si la reine n'était pas mal non plus.

Elle décacheta la lettre de Léandrin avec empressement et la lut :

Très chère Louise,

Je prends la liberté de vous écrire, car il est fort probable que nous soyons amenés à nous rencontrer aujourd'hui. Ce dont je me réjouis fort !

Depuis ma dernière lettre, j'ai revu mes prétentions vous concernant. En effet, et comme nous serons conduits à nous fréquenter, je pense que la sagesse voudrait que nous entretenions des rapports amicaux désormais. Ce qui serait également garant de paix vis-à-vis de notre employeur, Mme Rose Bertin. Je lui ai d'ailleurs fait la promesse d'apaiser les tensions entre nous…

Je renonce ainsi à mes sentiments pour vous et reconnais que ce baiser était une erreur, quoique motivé par le plus sincère élan et la ferveur d'un sentiment que vous m'avez inspiré lors de notre première rencontre et qui n'a fait que grandir depuis.

J'espère que vous me pardonnerez encore mon attitude déplorable lors du bal. Quand vous me connaîtrez mieux, vous pourrez juger de la valeur que j'attache au sens de l'honneur.

Bien à vous,

Léandrin de la Dentellière

La lettre de Léandrin causa à Louise une vive surprise. Elle ne se serait certainement pas attendue à ce qu'il renonce à elle aussi facilement ! Elle reconnaissait toutefois qu'il agissait là judicieusement, surtout pour ne pas froisser

Rose Bertin. Cela lui demandait assurément un grand effort, voire un certain sacrifice…

En le revoyant, elle avait senti que ses sentiments étaient toujours intacts, même s'il existait entre eux ce mensonge qui avait entamé la confiance qu'elle avait placée en lui.

En songeant à cette mystification, elle repensa alors aux paroles fielleuses du vicomte de Bresse, lorsqu'il l'avait traité de jeune homme ambitieux, de menteur et de parvenu. Pouvait-on cependant condamner Léandrin d'avoir l'ambition de vivre de sa passion ? D'un autre côté, il est vrai qu'il avait facilement évolué, au détriment du vicomte finalement. Ah, il savait comment s'y prendre à Versailles ! C'était un courtisan habile. Elle devait cesser de se laisser aveugler par ses sentiments et le voir tel qu'il était vraiment.

Elle referma sa lettre, et alla se coucher. Mais à la clarté de la lune, la sensation éprouvée lorsqu'il avait touché ses mains, celle de ses lèvres sur ses doigts, celle encore brûlante dans sa mémoire de sa bouche sur la sienne ne tardèrent pas à lui faire ressentir la plus vive des déceptions : celle de devoir renoncer définitivement à lui. Louise devait reconnaître qu'elle avait toujours espéré que les choses entre eux pourraient s'arranger. Hélas, tout espoir était désormais ruiné ! Elle n'avait plus rien à attendre de sa part. Encore que… Peut-être n'était-elle pas à l'abri d'un retournement de situation ? Même si cet espoir semblait ténu. Elle finit par tomber d'épuisement, entre déception, luxe, légèreté, désir et… rédemption ?

Chapitre 22

Plusieurs jours s'écoulèrent durant lesquels Louise fut accaparée par les toilettes de la reine, ce qui occupa son esprit et ses mains, à défaut de combler le vide laissé dans son cœur. Un espace béant, et ce à plus d'un titre, puisque le jeune homme s'était absenté pour une dizaine de jours dans l'est de la France pour négocier des tissus dans le cadre d'une commande royale. Si la désillusion causée lors du bal avait dévasté son cœur, ne pas le revoir lui était très pénible. Mais le voir l'était encore davantage peut-être, car alors Louise devait fermement lutter contre ses sentiments, ses désirs et le ressentiment qu'elle éprouvait à son égard.

Pour l'heure, après une semaine passée à Paris et surtout à Versailles, sa colère s'était apaisée et elle savourait son retour dans la maison de campagne de Rose à Épinay-sur-Seine. Elle profita de son temps libre pour rédiger sa correspondance, ce qu'elle n'avait pas eu le temps de faire de la semaine. Elle avait ainsi reçu plusieurs lettres de sa cousine, de sa tante et de son amie Jeanne-Claire. Lesquelles lui demandaient toutes avec empressement de leur parler du roi et de la reine. Et cela tombait fort à propos, car Louise venait justement de faire la connaissance du monarque. Comme elle le raconta dans un nouveau courrier adressé à sa cousine :

Nous étions dans le cabinet de la reine avec elle, occupées à garnir un habit en fleurs naturelles, lorsque le roi entra. Je regardai aussitôt Rose Bertin, prête à me retirer pour les laisser, mais la reine elle-même intervint pour demander à Sa Majesté son époux que je ne quittasse pas ce que je faisais, parce que le mérite de cette parure était d'être d'une extrême fraîcheur. Le roi s'approcha de mon ouvrage et me dit avec bonté : « C'est joli cela, continuez ! » Et c'est ainsi que je restai.

Le roi s'assit auprès de la table sur laquelle l'habit était posé et entretint sa femme d'une affaire toute personnelle. J'avoue avoir été quelque peu choquée par cette familiarité, qui, bien qu'elle me flattât, m'inquiétait tout autant. Cette même familiarité dont la reine fait parfois preuve avec Rose Bertin, n'hésitant pas à lui demander son avis sur des affaires de politique où la commerçante se montre ravie d'apporter son conseil, l'influençant ainsi sans plus de vergogne !

Et si, pour ma part, je saurai préserver le secret de leurs affaires (encore que je me rende compte ici que je suis en train de m'en faire l'écho auprès de toi !), il est des personnes de son entourage qui se feraient certainement un plaisir de les divulguer au Tout-Paris, friandes de ragots pour mieux les détourner à leur avantage… Il se murmure en effet que la reine fait l'objet de nombreuses critiques, aussi bien de la part d'anciens courtisans jaloux que de gens du peuple, dont nombre d'entre eux crient famine. On lui reproche notamment de creuser le déficit de la France avec ses dépenses excessives. Et je t'avoue que son goût pour la mode et les jolies choses est particulièrement pointé du doigt. Aussi, j'ai parfois peur que notre voiture avec Rose Bertin ne se fasse attaquer par des contestataires lorsque nous quittons Versailles...

Louise fit ainsi part de ses craintes. Elle commençait en effet à se rendre compte que l'univers dans lequel elle évoluait aux côtés de la souveraine, bien qu'agréable et léger, s'apparentait par de nombreux côtés à une belle cage dorée d'où il convenait de ne pas sortir sous peine de se heurter à quelques fauves désireux de les dévorer toutes crues !

Dans sa réponse à Jeanne-Claire, elle raconta une anecdote trahissant une fois de plus la familiarité que la souveraine entretenait à son égard et celui de Rose. Elle démontrait de plus qu'elle était tout à fait intégrée dans son entourage proche.

Ce jour-là, en effet, Louise avait dû pallier l'absence d'une dame de haute naissance qui devait participer à une cérémonie avec la reine, en jouant son rôle. Et ce à la demande de la reine elle-même...

Mlle Richard, fille du premier président de Dijon, avait été faite religieuse contre son gré. Mais pour soulager son triste sort, elle persuada ses parents de solliciter de Louis XVI la sécularisation de sa maison, pour en faire un chapitre noble. Ce qu'ils obtinrent. Les chanoinesses devant porter un cordon, elle demanda que ce fût la reine qui l'en décorât.

Ce jour-là, la reine s'en revint de la messe avec ses dames (sa dame d'honneur et sa dame d'atour), puis celles-ci, conformément à l'usage, quittèrent le château quand la reine rentra dans ses appartements. La souveraine resta ainsi seule dans sa chambre avec

Rose Bertin et moi-même. Après une discussion sur un bonnet, la reine s'exclama :

– Bon Dieu ! Je suis bien étourdie ! Mme Richard, l'abbesse du nouveau chapitre, va arriver pour recevoir de moi le cordon et je n'ai pas une de mes dames. Comment ferons-nous ?

Bien vite, l'idée lui vint, faute de réussir à les faire venir à temps, de se passer d'elles. C'est ainsi qu'elle demanda à Rose Bertin, que Mme Richard ne connaissait pas, et à moi-même de tenir sur un bassin la croix et le cordon. Bien que tremblantes, nous nous acquittâmes de ce rôle. La cérémonie se fit avec toute la dignité possible et Mme Richard ne devait jamais se douter que les prétendues dames de la cour n'étaient autres que la marchande de modes de la reine et sa fidèle dentellière !

Posant sa plume, Louise repensa alors que c'est à ce moment-là, et par un heureux hasard, que Léandrin était revenu avec un échantillon de rubans pour la reine, avant de repartir chargé de ses ordres. Il devait ainsi apercevoir un instant de la cérémonie. Cette situation allait inopinément permettre de renforcer son mensonge auprès de lui, le confortant dans l'opinion que Louise était bien de la plus haute noblesse.

Cela arrivait à point nommé car le jeune homme commençait en effet à émettre quelques soupçons sur l'origine aristocratique de Louise, la voyant plus souvent qu'à son tour à genoux près de la marchande de modes qu'elle assistait. Celle-ci lui donnant des ordres et n'hésitant pas à lui confier des tâches subalternes, du moins quand elles n'étaient pas dans le cabinet de la reine. Louise avait alors perçu chez Léandrin des regards inquiets et interrogateurs, comme en proie au doute sur sa véritable identité. Elle aurait bien voulu lui révéler la supercherie, mais avec le temps, elle ne voyait plus comment faire, et puis Rose lui avait conseillé d'attendre…

Le quiproquo ne s'arrêta cependant pas là. En effet, enthousiasmé par ce qu'il venait de surprendre, Léandrin s'en fut voir Mme Campan en disant qu'il était ravi que la reine ait adopté la baronne de Nédonchel. Ce dont elle ne le détrompa pas en disant qu'effectivement la reine l'avait trouvée charmante. De fait, celle-ci lui avait en effet été présentée avec sa mère quelques jours plus tôt ! Heureusement toutefois que Mme Campan s'abstint de mentionner qu'elle était également très belle, avec ses yeux bleus et ses cheveux fort bruns bien loin de la blondeur de blé de ceux de Louise…

La nuit était presque tombée lorsque Léandrin frappa chez Rose Bertin ce dimanche soir. De son périple dans l'Est, il avait rapporté nombre de trouvailles dont il avait hâte de faire part à la modiste. La femme de chambre qui sortait le laissa entrer, mais elle hésita à l'accompagner au salon. Léandrin la congédia gentiment. Après tout, il connaissait bien la maison.

Et tandis qu'il s'avançait dans le hall, il aperçut une porte entrouverte donnant sur la pièce dotée d'une rotonde. Son chapeau sous le bras, il s'y rendit avec allant, pensant y trouver Rose. Mais sa surprise fut grande quand il se retrouva face à Louise. Laquelle était simplement vêtue d'une chemise de nuit, transparente qui plus est, laissant deviner ses formes. Un phénomène accentué par le contre-jour des fenêtres et la lueur des bougies. Les cheveux décoiffés, elle s'affairait sur un mannequin à assembler des morceaux d'étoffes avec une véritable fièvre créatrice. En le voyant, elle fut fortement embarrassée tout en semblant étonnamment heureuse de sa visite.

— Pardonnez-moi… Je cherchais Rose, fit-il en déglutissant, peinant toutefois à détacher ses yeux de la nymphe devant lui.

— Elle doit être dans ses appartements, elle ne devrait pas tarder à descendre, répondit Louise, d'une voix troublée.

— Bon !

Mais il ne parvenait toujours pas à quitter la pièce et Louise ne l'y invitait pas non plus.

— Est-ce indiscret de vous demander ce que vous êtes en train de faire ? s'enquit-il en désignant le mannequin, sur le ton le plus dégagé possible, compte tenu de la situation embarrassante dans laquelle ils se trouvaient.

— Oh ! je m'amuse parfois à créer quelques modèles ! Là, par exemple, je travaille sur un patron pour une robe de bal.

À l'évocation du mot bal, ils rougirent tous deux.

— Cela me semble très prometteur !

— Ce n'est qu'une ébauche ! Il y a encore du travail.

Puis elle joua avec ses doigts et là encore ne parut pas pressée d'abréger la conversation.

— Sans doute étiez-vous sur le point de dormir lorsque vous avez eu l'idée de quelque création…, ajouta-t-il en jetant une œillade à sa tenue.

Elle s'en aperçut et se plaça discrètement derrière son mannequin de toile.

— En effet ! Et vous-même, êtes-vous enfin rentré de votre périple ?

Il nota le mot « enfin », et fut ravi de constater qu'elle paraissait se réjouir de son retour. C'était donc qu'il lui avait manqué !

La gêne qui s'installa était à l'image du trouble qui l'habitait. Il ressentait en effet une irrésistible attirance pour elle, et ce d'autant plus qu'elle venait sans le vouloir de lui vanter ses charmes.

— Écoutez, j'ai bien réfléchi à notre situation et je pense que nous avons pris la bonne décision…, dit-il en triturant nerveusement son chapeau.

— Laquelle ? interrogea-t-elle d'une voix haut perchée.

— Celle de rester bons amis…

Il vit son regard s'éteindre, tandis qu'elle soufflait un « ah » de déception.

— C'est sans doute mieux ainsi ! poursuivit-il, d'un ton qu'il voulait être celui de la raison.

— Assurément, répondit-elle en détournant les yeux.

Il prit sur lui pour refréner la force de son désir, et au lieu de se jeter à ses pieds pour implorer son pardon et la supplier de devenir sa femme comme il l'aurait voulu, il ajouta :

— Un homme dans ma position n'aurait de toute façon rien eu à espérer d'une femme telle que vous…

— Comment ça, « un homme dans ma position » ? s'enquit soudain la voix forte et énergique de Rose Bertin. Quelle est donc cette fadaise ? La fortune ne s'acquiert-elle pas à la force du poignet ?

— Assurément ! repartit Léandrin, décontenancé.

— Quant au titre, si l'on considère certains marquis autoproclamés, il est devenu plus qu'accessoire par les temps qui courent, n'est-il pas, *monsieur de la Dentellière* ?

Léandrin se sentit confus.

— Sans doute…

Rose Bertin se positionna alors devant eux, mains sur les hanches.

— Pour ma part, je suis née pauvre et je suis aujourd'hui la ministre des Modes de la reine de France ! Ne suis-je pas l'exemple même qu'il est possible de s'élever à force de travail et de persévérance ?

Les deux autres acquiescèrent.

— J'ai su créer ma bonne fortune. Tout comme vous

créerez la vôtre. Vous êtes tous deux travailleurs et vous avez du talent !

Léandrin regarda en direction de Louise, il ne comprenait pas pourquoi Rose l'incluait au même titre que lui.

— Alors que je ne vous entende plus dire des idioties pareilles ! Voyez-vous, aujourd'hui mon unique regret, c'est d'être toujours seule. Sachez aussi en tirer des conclusions. Très joli, votre patron ! poursuivit Rose en désignant le mannequin. Il faudra juste revoir la couture au niveau des manches, là et là. Quant à vous, monsieur, venez avec moi au salon, j'ai hâte d'avoir le récit de vos pérégrinations, reprit-elle à l'adresse de Léandrin. Allez, allez, on se reprend, il est temps de se remettre au travail !

Rose quitta la pièce, et il la suivit. Mais avant de franchir la porte, il regarda Louise une dernière fois. C'est alors qu'elle lui adressa un sourire, le plus doux et le plus charmant qu'il lui ait vu depuis longtemps.

Était-ce le début d'une réconciliation ? Il s'arrêta, sous le charme, et chercha ses mots pour lui parler. Mais une voix de stentor dans le couloir retentit en demandant :

— Alors, c'est pour aujourd'hui ou pour demain ?

— J'arrive ! fit-il en quittant la pièce, bien à regret.

Chapitre 23

Dans les couloirs de Versailles, Rose Bertin marchait d'un pas alerte, Louise et Léandrin sur ses talons. Le pauvre Bertrand, qui croulait sous le poids de la charge et des paquets, peinait à les suivre.

La ministre des Modes exultait.

— Mes enfants ! Mes enfants ! N'est-ce pas merveilleux ? Je suis au comble de la félicité ! Et tout cela, c'est à vous que je le dois ! ajouta-t-elle, désireuse de partager les bienfaits qu'elle récoltait aujourd'hui avec ceux à qui elle en était en partie redevable.

Léandrin jeta une œillade complice à Louise, qui lui adressa un sourire en retour.

Il faut dire que la reine avait été particulièrement ravie de ses dernières tenues concoctées par la modiste, comme la « mousseline au citron meringuée » et la « blonde du Nord », dans des matières légères rapportées par Léandrin, agrémentées de fine dentelle de valenciennes. Elle avait alors adressé à sa modiste ses plus vives félicitations.

— Et comme toutes ces dames viennent s'approvisionner chez moi, mon stock de dentelle diminue dangereusement ! Il va falloir repasser une commande au plus vite dans le Nord… Chez… Comment s'appelle-t-elle déjà, cette maison ? questionna Rose en cherchant ses mots.

— La maison Tribout ? s'enquit Louise avec enthousiasme, devançant le jeune homme.

— Oui, voilà !

— Je ferai le nécessaire au plus tôt ! rétorqua Léandrin, qui apprécia au passage de voir le visage de Louise s'illuminer. Je suis certain que cette commande sera accueillie avec le plus vif intérêt !

Il était en effet conscient qu'il allait ainsi faire travailler de nombreuses petites mains dans le Nord.

— Alors, tout est pour le mieux ! conclut Rose qui ne courait plus, mais survolait presque les parquets à présent.

Elle semblait comme galvanisée par cette énergie créatrice qui l'habitait, et qu'elle partageait avec ses deux disciples. Cette euphorie n'était pas pour déplaire à Léandrin, d'autant qu'elle occasionnait un rapprochement avec Louise. Cela faisait plusieurs minutes en effet qu'ils s'échangeaient tantôt des œillades complices, tantôt des sourires. Le simple fait qu'elle posât ses yeux sur lui l'embrasait tout entier, ranimant la flamme du désir en lui.

Il dut toutefois la mettre sous un éteignoir pour rester discret. Et ce d'autant plus lorsqu'ils parvinrent devant les appartements privés de la reine, où il eut la malchance de se heurter au vicomte de Bresse. Celui-ci semblait avoir mis son orgueil de côté, et patientait de nouveau parmi les courtisans pour plaider sa cause auprès de Marie-Antoinette. Hélas pour lui, M. Campan vint l'informer que la reine était trop lasse pour le recevoir.

— Quand je pense qu'il vient juste de faire entrer la princesse de Polignac qui se présentait sans être invitée ! On peut les entendre rire et glousser jusqu'ici. Alors que moi je joue ma vie et ma carrière !

Il dit cela sur un ton mélodramatique et cependant avec amertume, destinant en partie ses paroles à Léandrin, à qui il devait son cuisant revers de fortune. Le jeune homme ne se laissa toutefois pas intimider et lui tourna ostensiblement le dos, s'affairant à inspecter l'une des tenues pour la reine.

Contre toute attente, le vicomte changea alors de stratégie. Il vint au-devant de celui qu'il appelait encore il y a peu son « valet », son « serviteur » ou « son pion », et, arborant un sourire fielleux, lui demanda :

— Il semble que tout vous réussisse à présent ! J'espère que vous n'avez pas oublié à qui vous deviez tout cela… Aussi, j'estimerais comme allant de soi que vous usiez de votre nouvelle influence pour me faire passer les sbires de la reine et m'introduire auprès d'elle.

— Je pense m'être largement acquitté de ma dette envers vous, monsieur. Nous n'avons plus rien à nous dire, repartit froidement Léandrin, avant de se détourner de lui.

— Oh ! que si, vous m'êtes redevable, mon jeune ami ! reprit le vicomte, d'une voix qui trahissait une menace à peine voilée. Vous n'aimeriez tout de même pas que je raconte à la baronne de… comment déjà ? demanda-t-il en désignant Louise du menton.

— De Nédonchel.

— Oui, voilà, je l'avais sur le bout de la langue.

Une langue qu'il avait bien fourchue, songea Léandrin.

— Donc je disais, vous ne souhaiteriez sans doute pas que je lui révèle votre « petit secret » ?

Léandrin se crispa. Le vicomte avait visé juste et il le savait. Mais il ne voulut pas lui laisser le plaisir d'en jouir bien longtemps.

— Vous avez raison de me le rappeler. Il est plus que temps pour moi de régler cette affaire. Elle n'a déjà que trop traîné !

Il le quitta sans prendre congé et se rendit auprès de Rose Bertin. Il lui murmura alors quelques mots à l'oreille.

— Je comprends, oui. Allez-y !

Léandrin partit sans même adresser un regard à Louise. Il était bien trop préoccupé pour cela.

— Où est-il donc parti ? questionna Louise au bout d'un moment, n'y tenant plus.

— Apprenez, ma chère, que lorsque la reine est avec Mme Jules de Polignac, cela peut durer des heures ! M. de la Dentellière avait à faire et je l'ai dispensé de rester, sachant qu'il n'aurait pas été admis de toute manière dans ce cercle exclusivement féminin.

L'explication de Rose était on ne peut plus logique, mais pas suffisante aux yeux de Louise pour justifier l'incorrection de sa conduite, sans compter le brusque changement d'attitude de Léandrin.

— Qui est donc cette Mme de Polignac, pour que tout l'emploi du temps de la reine soit ainsi perturbé ? s'enquit Louise, désireuse de détourner sa colère sur un autre sujet.

Rose prit une profonde inspiration, la chose paraissant délicate. Elle se laissa choir sur une banquette de velours et Louise s'empressa alors de prendre place à ses côtés.

— Il s'agit probablement d'une des femmes les plus parfaites qui embellissent la cour de France, commença la modiste. Elle possède l'un des plus charmants visages que l'on ait vus jusqu'ici. Elle passe en tout cas pour être la plus jolie femme de son temps. Mais vous n'êtes pas mal non plus, cela dit ! repartit-elle.

Bien que sensible au compliment, Louise, désireuse d'en apprendre davantage, surenchérit :

— Et qui est-elle par rapport à la reine ?

Rose pinça les lèvres, tout en regardant au loin.

— Elle est la surintendante de la maison de la reine. Et la souveraine a la bonté de l'honorer de l'amitié la plus tendre qui soit…

Louise comprit que Marie-Antoinette cultivait avec cette jeune femme un lien plus fort que celui qui liait habituellement les courtisans à leur souveraine, ce qui pouvait faire grincer quelques dents à Versailles, comme en témoignait l'attitude agressive du vicomte à son égard.

Au même moment, la porte s'ouvrit pour laisser le passage à Mme Campan. La femme de chambre vint au-devant de Rose Bertin pour lui signifier que la reine allait la recevoir, mais qu'il y aurait probablement un peu d'attente. Rose lui répondit qu'elle prendrait son mal en patience. Toutefois, et du fait qu'elle serait bientôt reçue, elle s'attira encore davantage d'animosité de certains qui attendaient leur tour depuis le début de la matinée sans doute.

Lorsque Mme Campan réintégra les appartements de la reine, Louise surprit dans l'entrebâillement de la porte une scène entre Marie-Antoinette et Mme de Polignac qui la laissa stupéfaite.

La reine était aux genoux de Mme de Polignac, la conjurant de lui pardonner, et exprimant tout le regret de l'avoir offensée, l'autre restant inébranlable et affichant un froid bien éloigné du respect ordinairement dû à la reine. La porte se referma avant que Louise ait pu avoir connaissance de l'issue de cette dispute. Cette indiscrétion l'avait fortement ébranlée.

Elle se leva alors de son banc pour marcher un peu.

À cet instant, un vautour saisit l'occasion pour fondre sur elle. Le vicomte de Bresse vint à sa rencontre et sollicita sans détour son aide pour lui permettre d'approcher la reine.

Troublée, la jeune femme lui rétorqua qu'elle voyait mal comment elle pouvait intervenir en ce sens. Elle n'avait en effet aucun pouvoir particulier. Mais le vicomte lui jura le contraire.

— Il existe des règles serviles à Versailles, issues de l'étiquette, qui sont parfois détournées avantageusement par quelques hauts personnages de cour. Ainsi, il n'est pas rare que l'un de nous se retrouve à exercer des fonctions domestiques, juste pour avoir l'opportunité d'approcher la reine. Si je pouvais par exemple lui avancer l'un de vos rubans ou un bout de ce macramé que vous portez là…

— Vous parlez de ma dentelle ? interrogea Louise, choquée.

— Oui, voilà ! Eh bien, je pourrais ainsi l'approcher et solliciter d'elle une faveur. Vous voyez ?

Louise voyait tout à fait, sans vouloir toutefois visualiser une telle scène ! Le vicomte n'avait définitivement pas sa place dans l'entourage de la reine, et ce alors qu'elle se déshabillerait pour passer ses robes. Même si cela semblait se faire à la cour, du moins en un autre temps et avec une autre que Marie-Antoinette peut-être.

Louise allait lui répondre avec politesse et justifier son refus, quand Rose Bertin lui lança un regard sévère. La jeune femme s'empressa alors de dire :

— Je suis désolée, cela ne sera pas !

Le vicomte se rembrunit quelques instants. Mais contre toute attente, il se fit ensuite tout sourire.

— Ce n'est pas grave ! Je comprends qu'une femme dans votre position ne puisse aider un homme tel que moi.

Cela sonnait faux aux oreilles de Louise, mais elle fut encore davantage surprise lorsqu'il enchaîna :

— Mais je ne m'en offusque pas, c'est le jeu ! En revanche, je serais ravi que vous acceptiez de dîner avec moi chez une comtesse de mes amies, un de ces jours prochains. Elle brûle en effet de connaître la baronne qui possède tant de talent et qui a réussi à se faire admettre dans l'entourage de la reine.

Louise s'empourpra, flattée malgré elle. Elle s'apprêta néanmoins à décliner son invitation, peu désireuse en effet de fréquenter le vicomte et la haute société en dehors des salons de Rose Bertin où elle officiait.

Sentant sans doute son hésitation, il n'attendit pas qu'elle lui oppose un refus pour ajouter :

— Allons, chère baronne, une femme telle que vous ne peut être en position de refuser !

— Et pourquoi cela ? interrogea Louise, inquiète.

— Voyons, vous n'ignorez pas qu'il est de bon ton de soigner sa réputation à Versailles et ses relations. Surtout lorsqu'elles gravitent dans l'entourage de la reine qui vous emploie, vous et Rose Bertin. Vous savez à quel point des paroles empoisonnées peuvent causer bien des dégâts... Une femme issue d'une ancienne lignée telle que celle des Nédonchel n'ignore rien de ces choses, n'est-ce pas ?

— En effet ! mentit Louise tout en relevant la tête.

— Très bien ! Alors je passe vous prendre samedi soir ? Où logez-vous donc ?

— Chez Rose Bertin, à Épinay-sur-Seine, répondit Louise, décontenancée, en estimant qu'il serait sans doute dangereux de le contrarier.

Sa menace étant, de plus, on ne peut plus implicite. Que savait-il exactement ?

— Vous résidez chez cette modiste ? Voilà qui n'est pas commun ! commenta, amusé, le vicomte.

Louise était prise à son propre piège. Elle en avait trop dit et trop d'enjeux pesaient sur elle à présent. S'il avait connaissance ou venait à découvrir son subterfuge, cela pourrait provoquer un scandale qui rejaillirait sur la reine, Rose Bertin et Léandrin, ce dernier étant probablement l'élément qui lui tenait le plus à cœur. L'ironie voulait donc qu'elle doive accepter une invitation du vicomte pour protéger sa relation avec Léandrin. Ce n'était jamais qu'un mauvais moment à passer après tout, et ce serait peut-être l'occasion de gagner quelques nouvelles clientes pour Rose.

Au même moment, la porte des appartements de la

reine s'ouvrit, autorisant le passage à Rose Bertin et sa conseillère.

Le vicomte la salua d'une large révérence et Louise rejoignit la modiste.

En entrant dans le cabinet de la reine, la jeune femme put constater que l'orage était passé. La souveraine, dont les larmes s'étaient muées en un sourire resplendissant, conversait à présent avec tendresse et franchise avec Mme de Polignac. Louise sentit qu'un attachement très fort unissait les deux femmes qu'une simple dispute n'aurait sans doute pas réussi à briser.

Elle songea alors à sa relation avec Léandrin, espérant également qu'une simple dispute entre eux ne puisse anéantir le lien plus profond qui les unissait. Il risquait fort en effet de voir d'un mauvais œil qu'elle se rapproche de son rival. L'embellie récente sur leur relation pourrait alors virer à l'orage. Hélas, il était trop tard à présent pour revenir en arrière…

Chapitre 24

Le samedi soir, la voiture du vicomte de Bresse passa comme convenu prendre Louise chez Rose Bertin. Cette dernière à la fenêtre voyait d'un mauvais œil cette sortie, sa petite protégée l'ayant en effet mise dans la confidence. La modiste lui avait néanmoins prêté une de ses robes pour faire impression, pressentant qu'elle se devait de paraître.

— Vous verrez, baronne, les dîners de la comtesse sont absolument délicieux ! s'enorgueillit le vicomte.

— Vous ne m'avez pas dit son nom, d'ailleurs…

— C'est parce que cela fait partie de la surprise ! Le fond de sa société se compose toujours de personnes de goût et de la plus haute noblesse : des ducs, comtesses, princesses, barons… Vous ne serez pas dépaysée ! Plusieurs de ces individus gravitent dans l'entourage de la reine à Versailles, vous les avez peut-être déjà croisés.

— Je verrai cela, répondit Louise lointaine en regardant par la fenêtre.

Songeant à Léandrin, elle avait en effet mauvaise conscience de passer la soirée en compagnie du vicomte de Bresse.

— Soupez-vous fréquemment en ville ? interrogea son interlocuteur sur un ton léger.

— Je n'en ai pas eu l'occasion depuis mon arrivée, pour tout vous avouer…

— Quel dommage ! Heureusement que je suis là pour remédier à cela. Vous apprécierez la table de la comtesse. Elle offre toujours les meilleurs plats et possède quelques bouteilles de vieux vin dont vous me direz des nouvelles !

Louise songea qu'elle s'emploierait surtout à les éviter pour ne pas se retrouver dans un état aussi pitoyable que la fois où elle avait bu en compagnie de Léandrin. Elle devait, plus que jamais, garder la tête froide en présence du vicomte et de cette assemblée choisie.

— Êtes-vous au moins allée au théâtre ou à l'Opéra depuis votre arrivée ?

Louise se contenta de secouer la tête, désireuse d'éviter tout faux pas. C'est qu'il commençait à l'ennuyer avec toutes ces questions ! Elle devait toutefois trouver une réplique pertinente pour se donner une contenance, et dit en songeant à Jeanne-Claire :

— Ce n'est pas que je n'aime pas le théâtre, pourtant. Nous apprécions beaucoup la comédie de société dans ma famille…

— Cela vous fait un point commun avec la comtesse. Elle a une très jolie salle de spectacle et y interprète avec brio des rôles de caractère. Je suis convaincu que vous aurez beaucoup à échanger sur ce sujet avec elle.

— Certainement ! À présent, vicomte, pardonnez-moi si je reste un peu silencieuse, j'ai un fort mal de tête qui n'arrive pas à passer.

— Mais je vous en prie ! Je demeurerai muet si tel est votre désir…, répliqua-t-il, obséquieux, mais sur un ton un peu amer.

Louise eut ainsi tout le loisir de contempler Paris de nuit en songeant à Léandrin.

Lorsqu'ils arrivèrent dans l'hôtel particulier en plein

Paris, ils traversèrent une jolie cour pavée entourée d'un petit jardin, puis franchirent quelques marches avant d'être accueillis par des domestiques. On prit leurs manteaux et leurs effets et ils furent introduits dans le grand salon-salle à manger où se tenait le souper. Tout était cossu - les tapis, les meubles, la tapisserie foncée à fleurs, avec des chandelles allumées un peu partout – et cependant assez lourd, à l'image des rideaux et de l'ambiance.

Plusieurs dizaines d'yeux derrière des loups les dévisagèrent à leur arrivée. Louise s'aperçut avec horreur que tous les invités portaient un masque en soie noir ou rouge, dissimulant leur véritable identité, sauf elle et le vicomte.

Ce dernier fit aussitôt signe à l'un des domestiques de remédier à cela. Le serviteur revint avec un seul masque, d'une taille bien trop grande pour Louise. Le vicomte s'empressa de se l'approprier et Louise se retrouva seule dans l'assemblée à arborer un visage découvert.

La maîtresse des lieux, la fameuse comtesse, vint alors au-devant d'eux pour les accueillir. Louise la trouva assez polie, bien que très froide.

— Je suis ravie de recevoir dans ma modeste demeure celle qui fait le beau temps en matière de mode à Versailles en compagnie de cette Rose Bertin. De vous à moi d'ailleurs, je me demande comment vous faites pour la supporter, cette femme est d'un vulgaire !

Toutes les donzelles dans l'assistance l'approuvèrent aussitôt, ce qui donna d'emblée le ton de la soirée.

— Quant à vous, cher vicomte, c'est toujours un plaisir de vous voir ! Et ce même si vous n'êtes pas en odeur de sainteté à Versailles en ce moment..., ironisa-t-elle.

— Vous me connaissez, très chère, je suis un joueur ! Je ne tarderai pas à me refaire.

La comtesse dit qu'elle n'en doutait pas. Puis elle les invita à prendre place parmi les autres convives, sans prendre la peine toutefois de les présenter, puisqu'ils étaient tous masqués. Tous, sauf Louise. Elle commençait à se demander si ce n'était pas pour l'intimider ou lui faire passer le baptême du feu de leur petite coterie.

— Alors, chère baronne, racontez-nous donc comment vous vous êtes retrouvée à conseiller la ministre des Modes pour la reine.

— Et aussi pourquoi vous habitez chez elle, surenchérit un des hommes en habit…

— Qui vous l'a dit ?

— Le vicomte, bien sûr ! Qui d'autre peut être si bien informé sur tous les potins qui circulent à Versailles ?

Tous éclatèrent de rire, d'une manière aussi pincée que ridicule.

— C'est une solution provisoire, répliqua Louise en forçant la voix. Je vis dans le nord de la France et n'ai pas d'attaches à Paris.

— Allons bon, les Nédonchel n'ont-ils pas de famille, d'amis ou de relations à Paris ? Vous êtes pourtant très souvent à Versailles avec votre mère, rétorqua une des femmes de l'assistance.

Louise tressaillit. Les avait-elle vues ? Elle devait agir avec grande prudence.

— Disons qu'il était plus commode, pour répondre au mieux aux attentes de la reine, que je réside chez sa modiste.

Plusieurs personnes se mirent à pouffer.

— Il faudrait me payer cher pour habiter chez une roturière ! s'exclama une des femmes.

— Que voulez-vous, la mode est une maîtresse exigeante ! argua alors Louise. Elle vaut la peine que l'on se sacrifie pour elle…

Tous saluèrent son trait d'esprit.

— Voilà bien des paroles audacieuses dans la bouche d'une jeune femme, repartit le vicomte, émoustillé.

— Ce sont des propos qui ne déplairaient sans doute pas à Mme de Polignac, ironisa une des femmes.

— Ou Mme de Lamballe... Encore que celle-ci doive être bien trop en peine d'avoir perdu son statut de favorite pour les goûter à leur juste mesure, gloussa, perfide, l'une des vieilles rombières présentes dans l'assemblée.

Heurtée par leurs paroles pleines de venin, Louise expliqua en quelques mots sa rencontre avec la reine au bal. Mais comme ils avaient déjà entendu l'histoire de la bouche du vicomte, ils portèrent rapidement leur attention sur autre chose.

Soulagée, Louise en profita pour observer leurs toilettes. Ils étaient tous richement vêtus, mais selon la mode d'un autre temps, celui avant Marie-Antoinette et la révolution vestimentaire amorcée par Rose Bertin. Leurs habits étaient en effet composés d'étoffes précieuses et de broderies, à l'instar de la robe de la comtesse en soie moirée d'un rouge profond, avec des motifs noirs en surimpression. Elle estimait sans doute que seules des personnes de petite naissance ou peu fortunées opteraient pour des couleurs unies. Ce qui était un non-sens étant donné que Marie-Antoinette portait volontiers des couleurs unies, pastel ou vives, ce qui apportait beaucoup de fraîcheur à la cour d'ailleurs. Visiblement, Louise était tombée dans l'un de ces bastions de la noblesse qui rechignait à suivre cette nouvelle mode.

Plusieurs femmes parmi elles portaient des perruques et des maquillages outranciers, blafards, avec des rouges vermillon sur les lèvres et des mouches au coin de la bouche, sur les joues ou le menton, en fonction du message de séduction qu'elles voulaient faire passer. Leurs pommettes étaient rehaussées de poudre. Le tout donnait une impression de suranné, de vieillot et de poussiéreux, à l'image de la pièce. Parmi ces personnes masquées et qui dénigraient volontiers la reine, Louise crut reconnaître plusieurs courtisans qu'elle avait déjà vus à Versailles, et qui évoluaient dans l'entourage proche de la reine.

— Alors, chère baronne, comment se porte la mode en ce moment ? interrogea d'une voix forte une femme brune, particulièrement en verve.

— Très bien ! répliqua sobrement Louise.

Certaines se retinrent de rire, quand d'autres pouffèrent dans leur mouchoir ou derrière leur éventail.

— Est-ce là tout ? Vous nous décevez, très chère ! N'avez-vous point quelques informations de première main sur les dernières tendances à nous offrir ?

Louise rougit.

— C'est que je ne sais si je suis habilitée à en parler… Je ne voudrais pas mettre Mme Bertin en porte-à-faux vis-à-vis de la reine.

— Elle est charmante ! Pourquoi l'avoir invitée dans ce cas si c'était pour qu'elle reste muette comme une carpe ?

— Et ô combien naïve ! Ce qui est assez rafraîchissant, commenta un prétendu marquis. Apprenez, mademoiselle, que la reine a du pouvoir tant qu'on lui en donne. Et que ce sont nous, ses courtisans, qui avons le pouvoir de la glorifier ou… de la perdre dans l'opinion publique !

Louise se sentit mal à l'aise. Elle songea aussitôt à la formule célèbre du philosophe Thomas Hobbes : « L'homme est un loup pour l'homme », qui ici prenait tout son sens.

La mâchoire crispée, elle s'efforça toutefois de faire bonne figure. Plus que jamais, elle devait apprendre à maîtriser son image, ce qui était essentiel pour survivre dans le monde où elle évoluait.

— Prenez donc un verre, vous êtes toute tendue, répliqua la maîtresse de maison. Nous n'allons pas vous manger !

— Du moins par encore, vous n'êtes pas assez à point ! fit le marquis, et s'adressant à un serviteur : Apportez-nous donc de l'élixir de Bacchus !

Elle n'eut pas le temps de refuser qu'on lui servit un liquide rubis dans du cristal. Tous levèrent alors leur verre en portant un toast « aux vices et aux tissus » et Louise dut malgré elle suivre le mouvement. Le vin n'était pas mauvais, encore qu'elle pût difficilement comparer avec un autre, mais avec son estomac vide, cela ne faisait pas bon ménage.

— Quelles sont les couleurs les plus en vogue en ce moment ? s'enquit l'une des convives. Le prune monsieur et l'opéra brûlé sont-ils toujours les préférés de la reine ?

Tous se gaussèrent à cette évocation, prétexte à de nombreuses moqueries.

— Allons, ma chère, vous oubliez que la couleur qu'affectionne tout particulièrement Marie-Antoinette est le boue de Paris ou le suie des cheminées de Londres comme sur le portrait à la rose peint par cette chère Élisabeth Vigée-Lebrun, dit un homme d'âge mûr.

— Cette « chère » ? La connaissez-vous donc intimement ?

— Hélas, non, mais je me ferais bien refaire le portrait à l'occasion !

Plusieurs convives éclatèrent de rire.

— Bon courage, on la dit très farouche, rétorqua une des femmes.

— Oh ! j'en ai dompté bien d'autres !

— Pour en revenir aux couleurs, il y a aussi le beurre frais ! Tout dépend si la reine se sent tarte ou non, répliqua ledit marquis, hilare.

— Vous n'y êtes pas du tout ! La nuance que tout le monde continue de s'arracher est le caca dauphin, mélange de jaune et d'orange de la couleur des selles de son nouveau-né, dit le vicomte de Bresse, le plus sérieusement du monde. Et comme c'est la reine qui dicte la mode, eh bien, nous nous ferons tous un devoir d'arborer fièrement sur nous la teinte des excréments de son cher petit !

Cette fois tout le monde éclata de rire et le vicomte sembla heureux par cette saillie de rentrer dans leurs bonnes grâces.

Louise regrettait amèrement d'avoir accepté cette invitation, qui se révélait être un véritable piège, les harpies autour de la table dénigrant tout autant la reine et la mode que se moquant ouvertement d'elle-même. Comme le vicomte l'incitait à boire, remplissant son verre à chaque gorgée péniblement ingurgitée, elle eut bientôt le sentiment que les ombres autour d'elle se transformaient en figures grimaçantes, celles d'un cauchemar peuplé de visages hideux déformés par la haine. Et si la soirée avait commencé sur le ton de la moquerie, les convives se plaisant à tourner leurs monarques en ridicule, bien vite la plaisanterie fut gâtée par la jalousie et la rancœur. Les propos allèrent crescendo, en s'envenimant. Il ne fut bientôt plus question que de calomnies, de rivalités politiques et de complots avec toujours la reine au centre de la conversation.

N'en pouvant plus, Louise demanda que le vicomte la raccompagne, arguant que son mal de tête avait empiré.

— Comment cela, vous n'êtes pas bien ici ? C'est fort dommage, moi je le suis. Alors, vous prenez votre mal en patience ou bien vos pieds pour rentrer.

Il ne prenait même plus la peine d'y mettre les formes. Ô combien elle s'en voulait de l'avoir suivi, et à quel point elle aurait souhaité que Léandrin soit là pour remettre à sa place ce malotru. Sans protecteur, elle se sentait désœuvrée…

Après le repas, durant lequel elle ne put rien avaler,

on sortit les tables de jeu. La soirée dégénéra ensuite complètement, passant du luxe au lucre et à la luxure. Bientôt les convives commencèrent à batifoler entre eux et le vicomte se fit plus pressant avec Louise. La jeune femme était au désespoir et résolue à quitter cet endroit de débauche. C'est alors qu'un cocher se présenta à la porte. Dépêché par Rose Bertin, il dit être venu chercher la baronne, laquelle était conviée à Versailles le lendemain de bonne heure. Bien que raillée par l'assistance de devoir accourir sur l'ordre de sa roturière de patronne, Louise saisit aussitôt l'opportunité de se retirer.

Ce ne fut qu'une fois dans la voiture qu'elle reprit pleine possession d'elle-même.

Quelle crapule que ce vicomte ! Ah, il s'est bien joué de moi ! songea-t-elle.

Il était évident qu'il savait qu'elle n'était pas la baronne de Nédonchel, certains des convives l'ayant probablement croisée à Versailles avec sa mère. Il ne pouvait cependant pas deviner qui elle était, mais son instinct et son expérience de parvenu devaient lui indiquer qu'elle n'appartenait pas à la noblesse.

Dire que Léandrin avait tenté de la protéger de lui, et elle était tombée tête baissée dans son piège. Où était-il à présent ? Ô combien il lui manquait ! Plus que jamais, elle voyait le jeune homme paré de toutes les qualités. Et, l'alcool la désinhibant quelque peu, elle songea qu'elle était très éprise de lui. Elle aurait tant aimé se retrouver dans ses bras. Quelle idiote elle avait été de lui faire tant d'histoires. Il était évident qu'il était plus intègre que tous ceux qu'elle avait rencontrés jusqu'ici ! Il avait encore été trop bon de protéger le vicomte en taisant sa paresse et en portant son nom, le valorisant par là même. Comment pourrait-il jamais lui pardonner son attitude et cette soirée avec le vicomte ? Elle donnerait cher pour savoir où il se trouvait et le rejoindre...

Au même moment, Léandrin arrivait à la lisière de la forêt de Meudon. Il franchit un grand portail et pénétra dans une vaste propriété dotée d'un parc de plusieurs hectares. Il remonta une allée de graviers, contourna un bassin à fontaine presque aussi large que ceux de Versailles et parvint enfin en vue d'une grande demeure très raffinée.

Il entra alors dans le hall de ce véritable petit château. Un domestique vint aussitôt au-devant de lui.

— Bonsoir, je voudrais voir Mlle Lespinasse.

— À cette heure, Monsieur ?

— Assurément. J'aurais déjà dû venir bien avant !

— Je suis désolé, mais je ne puis déranger Mademoiselle à cette heure indue. Il serait par conséquent souhaitable que vous repassiez demain. Je lui ferai part de votre visite et elle décidera ou non si elle désire vous recevoir.

Mais Léandrin resta solidement en place, bien déterminé à ne pas bouger tant qu'il n'aurait pas obtenu ce qu'il désirait.

— Et moi, je voudrais que vous alliez la trouver et lui annonciez que je souhaite la voir.

— Je suis désolé. C'est impossible ! Revenez demain.

— Et dans le cas où je ne le voudrais pas ?

— Je serais forcé d'appeler... Mais j'aimerais autant ne pas en arriver à cette extrémité.

Léandrin éclata d'un rire rauque.

— Allons bon ! Vous avez l'intention de me jeter dehors ?

— Si nous devons en arriver là, alors oui !

— Savez-vous que je connais votre maîtresse depuis beaucoup plus longtemps que vous n'êtes à son service ? Il serait regrettable qu'une erreur de jugement vous conduise à la quitter si rapidement.

— Qui dois-je annoncer ?

— Dites-lui simplement que Léandrin voudrait la voir.

Un peu perturbé, et peu désireux sans doute de laisser cet inconnu sans surveillance, le domestique hésita.

— Elle attend ma visite depuis des années. Hâtez-vous donc, mon ami !

Cela acheva de persuader le domestique qui obtempéra.

Léandrin fit alors les cent pas dans le hall, jouant avec son chapeau les mains derrière son dos. Toutes ses pensées volaient vers Louise. Il revoyait son visage rayonnant quand il avait évoqué les dentelles de Valenciennes en compagnie de Rose, leurs échanges de regards complices dans les couloirs de Versailles. Son cœur se gonflait de bonheur à l'évocation de ces souvenirs.

Des bruits de pas pressés le tirèrent de ses songes. Une femme d'environ son âge arriva dans le hall. Elle portait une robe richement décorée, à l'image de sa fortune plutôt que de sa noblesse puisqu'elle ne possédait aucun titre. Ses cheveux bruns étaient retenus en un chignon sévère, les traits de son visage n'étaient pas harmonieux, mais elle savait user d'artifices pour se mettre en valeur. Aussi, et dans l'obscurité du soir, elle pouvait faire illusion et sembler être presque agréable.

Léandrin s'inclina assez sèchement, désireux de régler cette affaire au plus vite, et ce, même si la partie adversaire ne l'entendait probablement pas ainsi.

— Léandrin ! Quelle surprise ! Je ne vous attendais plus, pour ainsi dire…

— Je sais, Clothilde, et je regrette d'avoir différé cet entretien. Mais il est plus que temps à présent que nous discutions de notre mariage…

Chapitre 25

Louise fut soulagée de regagner la maison de campagne de Rose Bertin. Incapable d'aller dormir, elle resta un temps dans la pièce à la rotonde, observant son mannequin avec la robe de bal qu'elle était en train de créer. Se remémorant les remarques de Rose Bertin sur les manches, elle se mit à en arracher le tissu dans un accès de colère. Qui était-elle après tout pour prétendre oser élaborer un tel costume ? Il était de plus inconcevable que cette robe soit portée par l'engeance avec laquelle elle avait dîné, elle était trop authentique, trop fraîche, trop pure pour servir ces gens, les embellir… Elle n'était pas faite pour ce monde-là…

C'est alors que la femme de chambre frappa à la porte pour lui signifier qu'un monsieur la demandait. Louise songea aussitôt à Léandrin. Se pourrait-il qu'il fasse une visite surprise comme le dimanche précédent ? Elle s'empressa de réassembler certains morceaux de tissu épars sur son mannequin, mais comme ils étaient en lambeaux, elle se positionna simplement devant pour le dissimuler à sa vue et dit à la domestique de le faire entrer.

Contre toute attente, ce fut le vicomte de Bresse qui pénétra dans la pièce.

— Vous pourrez vous vanter de m'avoir fait courir ! ironisa-t-il.

— Que faites-vous ici ? demanda Louise, autant inquiète qu'irritée par son attitude.

La femme de chambre resta un instant, s'apprêtant à intervenir si nécessaire.

— Vous pouvez disposer ! lui notifia le vicomte en la poussant presque dehors.

— Non, attendez, la héla Louise.

Mais il avait déjà refermé la porte.

— J'aimerais que l'on discute tous les deux, seul à seul…

— Il se fait tard, vicomte. Remettons à demain !

— Oui, je sais, vous avez mal à la tête. Mais, pour ma part, je n'aurai de répit que lorsque vous m'aurez pardonné de ne pas vous avoir raccompagnée ce soir.

— Est-ce là tout ? s'enquit Louise, surprise, tout en se demandant bien ce que cela pouvait cacher.

— Cela vous étonne vraiment ? J'aimerais que vous m'appeliez Nicolas Joseph, plutôt que vicomte.

Louise songea alors que le prénom de Judas lui irait beaucoup mieux que Joseph.

— Je me suis montré particulièrement impoli ce soir, et j'en suis vraiment désolé.

Ce disant, il s'avança vers Louise et lui saisit les mains. Elle ne put s'empêcher de ressentir un certain trouble à leur contact, comme celui qu'elle avait perçu la première fois qu'elle l'avait vu. Le trouvant séduisant, viril, et dangereusement séducteur… Il possédait, de plus, de belles manières, un bel habit et un titre. Mais son œil trouble lui rappela qu'en dépit de l'attrait qu'on pouvait lui trouver, il n'était définitivement pas pour elle.

— Hautain serait plus juste, dit-elle en ôtant ses mains des siennes.

— Que voulez-vous ? Mes agissements sont le résultat de mon éducation et je manifeste la fierté que ma condition exige. Montrer de la considération pour autrui serait une marque de faiblesse, et faire preuve d'humilité une fausse modestie. En revanche, je peux tirer parti de mes erreurs et changer pour vous, si vous le désirez. Vous n'avez qu'un mot à dire pour cela !

— Ce ne sera pas nécessaire. Nous ne sommes pas du même monde…

— Tiens donc ! Et quel est le vôtre ? Êtes-vous une roturière comme cette marchande de modes ?

— Par « pas du même monde », j'entends que vous appartenez au passé, quand moi je tisse notre futur, le moucha-t-elle avec une assurance nouvelle.

Il éclata d'un rire sinistre et demanda en désignant son mannequin :

— Et comment cela, avec vos aiguilles ?

— Assurément !

Avec un calme étrange, il l'observa froidement.

— Je disparaîtrai certes avec le déclin de ce monde-ci… Mais auparavant, j'aurai pris ce qui me revient, lâcha-t-il avec un certain panache.

Contre toute attente, il se précipita sur elle et l'enserra dans ses bras, commençant à l'embrasser dans le cou. Louise tenta de le repousser, mais il était trop fort et sans doute rompu à l'exercice.

— Lâchez-moi !

— Vous avez concouru à ma disgrâce à la cour, j'exige une compensation !

Le loup montrait son vrai visage.

— C'était donc uniquement pour me posséder que vous m'avez invitée à cette soirée ? s'enquit Louise, qui en le questionnant pensait pouvoir le raisonner.

— Je voulais simplement m'amuser avec une baronne

de pacotille. Qui êtes-vous : une soubrette déguisée en comtesse comme dans les pièces de Marivaux ? J'en ai dompté des plus farouches que vous, vous savez !

N'y tenant plus, Louise le gifla. Le vicomte lâcha prise et son regard devint franchement mauvais.

— Oh ! vous n'auriez pas dû faire cela ! Si vous vous refusez à moi pour ce petit freluquet de Léandrin, vous serez bien déçue. Vous n'avez rien à attendre de lui, puisqu'il est fiancé à une autre !

— Vous mentez ! maugréa Louise entre ses dents.

— Hélas, non ! Vous voyez, vous n'êtes pas la seule qui ait abusé l'autre. Moi en revanche, je suis libre comme l'air et je me propose de vous consoler.

Il fondit de nouveau sur elle, bien déterminé à la prendre de force. Louise se débattit, tentant de se dégager, mais il se mit à embrasser sa gorge.

— Laissez-moi !

Au même moment la porte s'ouvrit avec fracas sur une Rose Bertin en chemise et bonnet de nuit qui portait un tromblon entre ses mains. Résolue à chasser l'opportun, elle pointa son arme sur lui. La femme de chambre, qui avait sans doute donné l'alerte, tremblait de tous ses membres derrière elle.

— Cette jeune fille vous dit de la lâcher, espèce de pervers !

Le vicomte obtempéra, mais la menaça au passage.

— Savez-vous bien qui je suis ?

— Oui. Un vieux débris qui n'est plus rien à la cour. Sortez d'ici, monsieur ! Je ne veux plus jamais vous voir. Et je ne doute pas que la reine non plus. Surtout après que je lui aurai raconté vos exploits de ce soir…

— Vous n'oseriez pas…

Mais devant l'air déterminé de Rose, il ne se fit pas prier pour déguerpir, en marmonnant qu'il se vengerait.

L'instant d'après, les deux femmes étaient assises à déguster un thé bien chaud, Louise tentant tant bien que mal de se remettre de ses émotions. Ce qui l'avait le plus peinée étant finalement d'avoir appris que Léandrin était fiancé.

— Je ne sais pas comment vous remercier, dit Louise à Rose. Sans vous, je ne sais pas ce qu'il se serait passé…

— Oh ! je suis aussi passée par là. Même si personne ne peut se vanter d'avoir jamais réussi à me forcer à faire ce que je ne voulais pas.

Rose lui raconta alors qu'étant jeune elle avait dû également repousser les assauts de puissants personnages.

— C'était, hélas, monnaie courante à la cour ! Et d'autant plus dans le milieu de la mode où les marchandes étaient souvent considérées comme des filles de mauvaise vie.

Elle narra alors qu'elle arrangeait des bouquets de fleurs naturelles chez Mme la duchesse de Chartres quand Mgr son époux en profita pour lui faire des propositions malhonnêtes en toute discrétion. Rose se refusa à lui, mettant un point d'honneur à conserver une réputation sans tache. De plus elle appréciait beaucoup sa femme qu'elle respectait. Elle redoutait toutefois les conséquences que son refus pouvait occasionner, craignant d'être obligée de se retirer dans sa province. Un valet de chambre du duc vint un jour l'avertir que les avances de ce puissant n'étaient en réalité destinées qu'à nourrir ses prouesses. Il allait en effet jusqu'à conduire des jeunes filles isolées comme elle l'était, dans une petite maison de Neuilly où se commettaient les pires débauches. Ainsi informée, Rose redoubla d'attention.

— J'eus ma revanche sur le duc de Chartres plus tard, quand, invitée chez la comtesse d'Usson, je me retrouvai en face de lui. Je ne fis alors aucun effort pour l'accueillir, restant assise sur ma chaise, en expliquant à la comtesse surprise que j'aurais pu moi-même être la duchesse de Chartres, ainsi qu'il me l'avait promis. Je lui fis ensuite part des mauvaises actions auxquelles il se serait livré sur une pauvre fille comme moi si je m'étais laissée avoir. Je me levai alors pour dire au duc :

« Que Monseigneur n'oublie pas son rang, et je me souviendrai de l'extrême distance qui existe de lui à moi. »

Rose raconta ensuite à Louise que Mme d'Usson fut tellement impressionnée par sa conduite qu'elle en fit part aux princesses de Conti et de Lamballe. Elle eut ainsi une maison florissante grâce aux bontés de Mme la duchesse de Chartres, qui l'introduisit à la cour, recommandant de la prendre comme marchande de modes de la future princesse que le dauphin s'apprêtait à épouser.

Louise applaudit à cette histoire. Cela ne faisait que renforcer son admiration pour Rose. Mais la jeune femme n'avait pas sa trempe et sa province, elle, elle l'adorait. Cela valait-il la peine de la sacrifier sur l'autel de l'ambition pour des personnages aussi méprisables que ceux qu'elle avait rencontrés ce soir ?

Louise raconta alors à Rose la manière qu'ils avaient eue de se moquer de la reine et à quel point cela l'avait dégoûtée. Elle ajouta qu'elle aurait bien du mal à regarder la souveraine en face après ce qu'elle avait entendu dire sur elle… Et elle s'étonnait même que de tels serpents évoluent dans son entourage sans qu'elle s'en rende compte et ne fasse le nécessaire pour les en chasser.

Rose lui répondit que la reine était intuitive et pressentait parfois que de pénibles événements étaient sur le point de se produire. Elle lui avait notamment raconté un rêve dans lequel sa modiste lui tendait des rubans de toutes couleurs : elle en choisissait plusieurs, mais, dès qu'ils se trouvaient dans ses mains, ils devenaient noirs.

Louise en fut très attristée.

— La reine déteste le mensonge, la bassesse et la trahison. Elle est assez mortifiée d'entendre ce qui se dit sur elle et d'apprendre que nombre de libelles circulent. Mais elle est aussi persuadée que ce sont des modes qui passeront. Après tout, à son arrivée en France, n'avait-elle pas été adorée ?

Louise acquiesça et frémit en se blottissant dans le châle que lui avait apporté Rose.

— Vous devriez aller vous coucher. Vous verrez, demain sera un autre jour !

Louise la remercia du fond du cœur pour tous ses bienfaits, et pour lui avoir envoyé une voiture ce soir.

— J'avais un peu anticipé les choses… L'expérience, sans doute ! Demain, nous n'allons pas à Versailles, vous pourrez vous reposer.

Louise obtempéra et tandis qu'elles quittaient la pièce, Rose se souvint qu'elle avait une lettre pour elle et la lui remit.

La lettre était de sa cousine. Louise pensait la lire le lendemain, l'esprit trop occupé pour s'y consacrer. Assise sur son lit, elle ne pouvait s'empêcher de se ressasser les événements de la soirée. Elle devinait toutefois qu'elle aurait du mal à dormir en songeant à cette reine entourée de gens hypocrites qui conspiraient à sa perte. Comment pourrait-elle la considérer après cela sans trembler pour elle ? Et si Marie-Antoinette avait pris le parti de s'en accommoder, pour Louise, ce manque d'authenticité à la cour était révoltant. Elle qui était si franche de nature, comme ses comparses du Nord ! Leur authenticité, leur bienveillance et leur solidarité lui manquaient plus que jamais. En proie à la nostalgie, elle saisit alors la lettre de sa cousine et rapprocha sa bougie pour la lire.

Chère cousine,

Les nouvelles ne sont pas bonnes. Pépin a disparu depuis deux jours. Si certains pensent qu'il a pu faire une fugue (et je suis d'avis que tu pourrais ne pas y être étrangère... Mais ce n'est que mon opinion), d'autres imaginent qu'il a pu avoir un accident dans la mine. Tous les mineurs se sont mis à le chercher, mais le temps d'explorer toutes les galeries, dont certaines se sont effondrées, cela risque de prendre du temps. Trop de temps ! Réussira-t-il à survivre jusque-là ? Je prie en tout cas pour que ce soit le cas.

Autrement, tout le quartier ne parle que de ça et maman réconforte comme elle peut Aglaé Bigotte, notre chère voisine, car après avoir perdu son mari dans le canal, elle risque à présent de perdre son fils cadet. Elle n'y survivrait pas. Et moi non plus, d'ailleurs !

Je ne voulais pas te contrarier, juste t'informer de ce qui est arrivé à un vieil ami pour que tu pries pour lui. Sur ce, j'espère que tu t'amuses toujours bien à Versailles. Embrasse le roi et la reine pour moi.

Bertille.

Louise referma la lettre en proie à une terrible agitation. Elle ne pouvait rester là sans rien faire alors que son ami d'enfance avait disparu et que toute sa famille était aux cent coups. Elle devait rentrer au plus vite ! Songeant à la soirée qu'elle venait de passer, elle se dit que cela ne valait vraiment pas la peine qu'elle reste plus longtemps dans un monde qui n'était pas le sien. Même si Rose l'avait exhortée ce soir à faire preuve de patience et de persévérance pour sa carrière, tout comme elle l'avait fait elle-même.

Sur ce, elle souffla sa bougie et réfléchit à ce qu'elle devait faire. Elle se trouvait face à un choix. Et quelle que soit l'option qu'elle prendrait, cela serait un véritable déchirement. Elle songea alors à Léandrin et ferma ses yeux humectés de larmes.

Chapitre 26

Le lendemain, après avoir passé une très mauvaise nuit, Louise descendit voir Rose Bertin. Elle était en train de donner ses directives à quelques ouvrières qui travaillaient sur des robes alignées sur un portant. Louise ne prit pas la peine d'attendre qu'elle eût terminé. Elle alla au-devant de la modiste et dès qu'elle en eut l'occasion, lui glissa quelques mots à l'oreille. Rose s'arrêta tout net et sortit, l'entraînant à sa suite dans le couloir.

— Comment cela, vous devez partir ? lui demanda-t-elle, irritée.

Invoquant une affaire urgente, Louise dit devoir remonter dans le Nord au plus vite.

Rose observa attentivement la jeune femme. Elle s'était vêtue pour voyager et ses yeux devaient être suffisamment rouges pour que la modiste comprenne la gravité des choses.

— Cela a-t-il un lien avec ce qui s'est passé hier soir ?

— Non. Il s'agit d'un problème familial. J'en ai été informée par la lettre de ma cousine.

Rose Bertin pinça les lèvres et baissa les yeux.

— Dans ce cas, j'imagine qu'il est inutile d'insister pour que vous restiez ?

— C'est inutile en effet, s'entendit dire Louise avec une fermeté toute nouvelle.

Elle avait enfin appris à affirmer ses désirs et ce qu'elle voulait ou ne voulait plus.

Rose lui signifia alors son congé, lui recommandant toutefois de ne pas tarder à revenir, que son offre ne tiendrait pas longtemps. Elle lui remit son solde peu après et Louise partit avec la diligence pour le Nord. Tout fut réglé au plus vite et sans émotion. Mais au moment où Louise quitta la maison, Rose lui lança :

— Faites bon voyage ! Vous allez nous manquer.

La jeune femme, troublée, se retourna pour lui parler, mais la modiste était déjà rentrée s'occuper de deux clientes qui l'attendaient au salon.

Assise (par chance) près d'une fenêtre à l'intérieur de la diligence, Louise prenait son mal en patience, sachant que deux jours de trajet seraient nécessaires avant d'arriver à Valenciennes. Plusieurs mois s'étaient écoulés depuis son départ. Nous étions fin octobre et c'était l'automne à présent. Les couleurs verdoyantes du paysage avaient changé, se parant de teintes ocre, dorée, jaune, orangée, rouille, cuivrée, rouge et marron. Louise songea avec amusement que les créateurs de mode parisiens n'auraient pas manqué d'imagination pour nommer ces couleurs.

Les paysages du Nord étaient magnifiques en cette période, notamment grâce aux marronniers et aux châtaigniers qui répandaient leurs fruits et leurs coques pointues sur un tapis de feuilles multicolores au sol. Les forêts se dotaient de leurs plus beaux atours, quand les champs commençaient à s'assombrir. Le soleil se couchait plus tôt, il faisait plus froid, et le vent soufflait un air glacé, obligeant la population à se couvrir de vêtements épais et chauds. Le ciel enfin était plus souvent gris ou laiteux que bleu pur.

Louise songea qu'il s'en était passé des choses depuis cet été. De très bonnes, et de moins bonnes. Elle avait surtout le sentiment de s'être elle-même transformée. En tout cas, elle avait beaucoup appris sur la mode et cela, elle le devait à Rose Bertin. Derrière ses airs bourrus, cette femme d'exception possédait un cœur énorme. Elle avait toujours fait en sorte de veiller sur Louise, autant que de l'aider à grandir. Elle lui avait aussi inculqué les notions élémentaires du commerce et les valeurs qu'elle mettait dans le travail comme l'intégrité, l'énergie et la volonté, et Louise songeait qu'elle aimerait un jour lui ressembler. Enfin, et surtout, elle lui avait appris qu'à force de travail et de persévérance couplés à de la créativité, tout était possible.

Une chose était certaine, rien ne serait jamais plus comme avant.

Tandis que son regard se perdait dans les paysages colorés, elle sentit la tristesse la gagner pour Pépin. Une angoisse la saisit au ventre.

Pourvu qu'il ne lui soit rien arrivé ! se répétait-elle en boucle. Pour le moment en effet, elle se refusait à croire qu'il ait pu se produire quelque chose de grave.

Elle éprouvait de la colère également. Essentiellement contre elle-même. Se pourrait-il qu'elle soit à l'origine de cette disparition, comme le sous-entendait sa cousine ? Si elle avait été là, aurait-elle pu empêcher cela ? Où aurait-il bien pu aller s'il avait fugué ?

Dans le cas où il s'agirait d'un accident dans la mine, elle ne pouvait s'empêcher d'éprouver une angoisse sourde et bien légitime, car elle avait perdu son père dans des circonstances similaires. Elle espérait de tout son cœur qu'il n'en serait pas ainsi. Elle ferma les yeux et se mit à prier pour son ami.

Lorsqu'elle les rouvrit, elle songea aussi à ce qu'elle laissait derrière elle à Paris. Elle se sentait découragée et triste que tout se termine de la sorte.

Quel gâchis ! Tous ces efforts réduits à néant !

Car même dans le cas où Pépin serait retrouvé sain et sauf, elle ne savait pas si elle aurait la force de repartir. Ce n'était pas son monde, trop hypocrite, vénéneux, pour ne pas dire dangereux pour la jeune femme isolée qu'elle était.

Cependant, Rose Bertin était une personne qu'elle appréciait énormément et au contact de qui elle apprenait beaucoup. Mais c'est en songeant à Léandrin qu'elle ressentit un violent pincement au cœur. C'était pour lui qu'elle était venue à Versailles, et elle rentrait sans lui. Elle n'avait même pas eu le temps de lui écrire un mot pour lui dire qu'elle partait. Elle avait toutefois laissé un message à Rose à son intention, sans avoir pu s'épancher. Qu'allait-il penser de son départ ? Cela allait sans doute beaucoup le peiner. En tout cas pour elle c'était un déchirement. Dire qu'ils commençaient à peine à être à nouveau en bons termes ! Si seulement elle avait connu le véritable visage du vicomte de Bresse avant, elle lui aurait pardonné plus facilement. Quant à leur affection mutuelle, elle était toujours présente, elle le sentait. Elle couvait sous la cendre comme un feu rougi et ne demandait qu'un peu de bois sec pour reprendre en une flambée généreuse puis une flamme éternelle. Il aurait peut-être fallu pour cela qu'elle l'encourageât dans ce sens au lieu de lui ôter ses espérances. Seulement voilà, le temps jouait contre eux, ils étaient tributaires des événements.

Lorsque la diligence parvint à proximité de Valenciennes, Louise se sentit revenir à la maison avec une impression très mitigée toutefois ; celle étrange d'avoir progressé tout en revenant désormais en arrière.

Lorsque Louise arriva devant sa maison, elle aperçut le petit jardin où elle voyait souvent Pépin affairé à bêcher. Sauf qu'il n'était pas là. Elle ressentit d'autant plus le poids de son absence. Elle entra alors dans la maison et constata, surprise, qu'il y avait foule. Il semblait que tout le monde ait élu domicile chez eux. Sa cousine lui avait parlé de nombreux enfants, mais pas de tous ces gens ! Ça buvait, ça fumait, ça discutait haut et fort avec ce chaleureux accent patois du Nord si reconnaissable et qui lui avait tant manqué. Tous étaient là pour Pépin. Dans un formidable élan de solidarité, tout le monde apportait son soutien à Aglaé Bigotte, la pauvre mère du jeune disparu. Celle-ci se tenait au centre du salon, entourée d'individus qui s'efforçaient de la réconforter, et de deux autres de ses enfants, plus âgés que lui. Comme lors d'un enterrement dans le Nord où beaucoup de fidèles répondaient présents et se déplaçaient, la présence de tous ces gens répartissait la douleur sur autant d'épaules. De sorte que le poids du chagrin paraissait moins lourd à porter. Il semblait que tous les voisins avaient fait le déplacement, les Benoît, Broutin, Petit ou Crépin, mais aussi les Cornu, Deroo, Lucas, Vasseur, sans compter les Descamp, Cuvelier…

Louise aperçut sa cousine, occupée à remonter des bouteilles de vin de la cave qui se trouvait ainsi pillée pour hydrater les gosiers desséchés par l'émotion. La jeune femme chercha sa tante du regard, mais ne la vit pas, pas plus qu'elle n'entendit sa voix forte. Au bout d'un moment cependant, elle la repéra, assise sur un coin de table. Ses cheveux s'étaient couverts de gris, ses traits étaient tirés. Complètement abattue, elle semblait avoir pris dix ans, et même avoir un peu maigri. Ce que Louise trouva étrange, étant donné qu'elle n'était pas la première concernée dans l'histoire. Elle s'avança au-devant d'elle. Lorsqu'elle la vit, Guillemette mit quelques secondes avant de la reconnaître, puis s'écria :

— Oh ! mais regardez qui v'là ! Tout endimanchée ! Comme tu es belle ! Tu as bien changé… Regardez-moi ça ! Une vraie dame du monde, hein ! Pis, on dirait que tu as grandi !

Mais elle faisait sans doute référence à sa posture, Louise ayant en effet appris à se tenir un peu plus droite.

Bertille les rejoignit. Elle était blanche, très cernée et surtout très tendue. Elle expliqua la situation en quelques mots. Les choses n'avaient guère évolué depuis six jours que Pépin avait disparu. Les ouvriers continuaient de le chercher dans la mine, mais l'espoir de le retrouver vivant diminuait d'heure en heure. En admettant qu'il le fût encore, comment pourrait-il survivre sous terre aussi longtemps sans boire ni manger ? Ils gardaient espoir néanmoins. D'autres voisins plus pessimistes en revanche commençaient à sonder le canal, comme elle l'avait entendu dire par Célestine.

Louise crut défaillir à cette annonce, d'autant plus qu'il faisait chaud et que l'atmosphère était enfumée et bruyante.

— C'est bien que tu sois revenue, dit la cousine.

Cela l'aida à reprendre ses esprits. Louise la prit alors en aparté pour lui demander :

— Pourquoi est-ce qu'elle fait cette tête-là, Guillemette ? On dirait qu'elle a perdu son propre fils…

— Oh ! non ! Ça, c'était la semaine dernière quand il a fallu rendre le petit Lancelin à sa famille.

— Ah, mais pourquoi alors ?

Bertille se mordit la lèvre et finit par avouer que sa tante s'en voulait parce qu'elle avait eu des paroles très dures avec Pépin avant sa disparition, lui disant d'arrêter de rêver, que Louise n'était pas pour lui. Qu'il n'était même pas sec derrière ses oreilles…

— Enfin, tu vois le genre !

— Tout à fait ! Quand je suis partie, elle m'a dit qu'on n'attendait pas après moi à Versailles…

— C'était pour ton bien ! s'écria Guillemette qui avait entendu cette dernière réplique. Je ne voulais pas que tu t'exposes à une cruelle désillusion. Mais je dois bien reconnaître que je me suis trompée.

Elle retourna à son mutisme en broyant ses idées noires.

Louise prit alors sa cousine davantage à l'écart et, en lui serrant le bras, lui demanda sur un ton plein d'insinuation :

— Tu lui as dit quelque chose au sujet d'un certain vicomte pour qu'elle brise ainsi les espoirs de Pépin ?

— Mais pas du tout !

Une fois encore, Guillemette qui avait tout entendu avoua que si elle avait agi de la sorte, c'était parce qu'elle ne voulait pas que Louise se mette avec Pépin et souffre comme sa chère sœur de perdre son mari au fond de la mine. Elle en était morte de chagrin. Seulement, à présent, c'était sa propre fille qui risquait de souffrir de la disparition de Pépin, mais ça, elle l'ignorait.

Au même moment, Léandrin se rendait chez Rose Bertin. Ses traits semblaient s'être soudain adoucis, comme s'il s'était libéré d'un poids. Et lorsqu'il la vit, il lui fit esquisser quelques pas de danse.

— Vous êtes en forme aujourd'hui, monsieur de la Dentellière !

— Si vous saviez, Rose ! Il n'y aura plus de mensonges désormais, plus de non-dits. Je serai libre d'agir à ma guise…

— J'ignore ce dont il s'agit, mais je vous en félicite ! Maintenant, je vous prie de m'excuser, mais j'ai du travail.

— Où est-elle ? s'enquit Léandrin, tout sourire.

— Qui cela donc ? repartit Rose Bertin, un brin agacée.

— Mais Louise, voyons ! Ma très chère Louise à qui

il me tarde de pouvoir parler et exposer toute l'affaire. Je gage qu'après cela, il n'y aura plus jamais de malentendus entre nous !

Léandrin s'inquiéta cependant en voyant le visage de Rose s'assombrir le temps d'un long silence.

— Elle est partie.

— Ce n'est pas grave. Je vais l'attendre !

Il avança vers un des fauteuils Louis XV et relevait déjà les pans de son habit pour s'asseoir quand Rose lui dit :

— Elle a dû rentrer dans le Nord, toutes affaires cessantes, pour un problème familial urgent.

— Oh ! fit le jeune homme, soufflé.

Après un temps, il surenchérit :

— Et elle ne m'a pas laissé une lettre ou…

— Elle m'a demandé de vous donner un message. J'ai été tellement occupée que cela m'est complètement sorti de la tête !

En vérité, Léandrin songea que cette mission indisposait Rose parce qu'elle serait susceptible de lui causer de la peine. Ce qui était le cas !

En voyant sa mine défaite, Rose Bertin demanda :

— Mais dites-moi, mon jeune ami. Où en est donc notre commande de valenciennes ?

— Nulle part, je n'ai pas eu le temps d'aller dans le Nord…

— Et que faites-vous encore là ? Ne devriez-vous pas déjà être parti ?

Léandrin regarda Rose et comprit. Aussi ne se fit-il pas prier pour s'exécuter, un sourire éclairant son visage. Débordant de gratitude, il s'approcha de Rose et lui déposa une bise sur le front. La modiste rougit comme une jeune débutante.

Puis Léandrin bondit en direction de la porte. Il avait

encore une affaire pressante à régler avant d'aller dans le Nord. Il eut juste le temps d'entendre Rose dire :

— Et voilà ce que je craignais. Ils sont partis tous les deux ! Ah, la vie n'est pas toujours rose, Marie-Jeanne !

Chapitre 27

Valenciennes, octobre 1784

La présence de Louise à la maison soulageait grandement sa cousine, bien qu'elle soit déçue pour elle que son histoire d'amour avec le vicomte n'ait pas abouti. Sans lui donner tous les détails de l'affaire, Louise lui avait seulement dit qu'il y avait trop d'obstacles entre eux. Leur maison était devenue le quartier général des opérations. Les deux filles se relayaient pour glaner des informations et servir des rafraîchissements aux volontaires participant aux recherches pour retrouver Pépin.

Dans le salon, les conversations allaient bon train et tournaient presque essentiellement autour des mines du Nord. Certains refaisaient l'histoire en racontant que c'était dans le Valenciennois, à Fresnes-sur-Escaut, qu'avaient été donnés les premiers coups de pioche de l'exploitation houillère il y a un peu plus de soixante ans, et que, depuis, la Compagnie des mines d'Anzin contribuait à faire du Valenciennois une terre de progrès. D'autres au contraire critiquaient ce fameux progrès, avec ces fosses béantes, ces puits et ces terrils qui défiguraient les paysages et engloutissaient les hommes du Nord, n'hésitant pas à comparer l'exploitation minière à un monstre qui, à l'instar de Saturne – Cronos – dévorait ses enfants. D'autres surenchérissaient, disant que beaucoup y restaient en effet, entre les galeries qui s'effondraient sur les haveurs, les mineurs qui crachaient leurs poumons[1], les coups de grisou[2] et les incendies, leurs chances d'en sortir indemnes étaient minces, le tout pour un salaire de misère bien sûr. Lorsqu'elle entendait cela, Louise s'empressait en toute hâte de gagner la cave pour recouvrer ses esprits ou d'aller respirer l'air au-dehors.

D'autres participants enfin s'adonnaient à une activité tout autre et ô combien plus légère : ils commentaient l'apparition du coucou, qui constituait l'attraction de la maison. Sur un des murs du salon trônait en effet une horloge à coucou, un modèle rare acquis par le père de Louise qui avait été fabriqué en Forêt-Noire. Toutes les heures, un petit automate en forme d'oiseau surgissait de la boîte en ouvrant son bec, en agitant ses ailes et sa queue et en répétant « Coucou » avant qu'un son de cloche termine sa prestation. Celle-ci était à chaque fois très attendue par les spectateurs, puis saluée et commentée par cette bande de grands enfants.

Au milieu de l'assemblée bruyante, Louise ne tarda pas à distinguer un personnage qu'elle ne connaissait pas et qui se démenait tout particulièrement dans les recherches. C'était un homme costaud, d'environ le même âge que sa tante. Il faisait d'ailleurs forte impression sur cette dernière. En sa présence, elle semblait de nouveau avoir vingt ans,

1. Il est fait allusion ici à la silicose, maladie pulmonaire mortelle provoquée par l'inhalation de particules de poussières de silice dans les mines.

2. Le grisou est un gaz naturel qui se dégage des couches de charbon et peut provoquer des explosions meurtrières nommées « coups de grisou ».

retrouvant alors toute sa vigueur et son énergie. Elle riait bêtement à la moindre de ses blagues, même quand elle n'était pas drôle ou que ça n'en était pas une d'ailleurs.

Intriguée, Louise s'enquit auprès de sa cousine de l'identité de cet homme. Il se prénommait Mathurin et était un ancien journalier des fermes des environs. Devenu veuf, il avait emménagé dans le quartier il y a peu avec ses deux enfants qui avaient presque atteint leur majorité. Il assumait seul les fonctions domestiques de la maison tout en travaillant pour la mine.

Lorsque n'y tenant plus devant ce manège Louise s'enquit auprès de Guillemette si elle le connaissait, troublée, celle-ci balbutia :

— Oh ! je l'ai vaguement connu dans ma jeunesse…

Fine mouche, et désormais rompue aux intrigues de cour, Louise ne mit pas longtemps à faire le lien entre cet homme et l'amour de jeunesse perdu de sa tante.

Si Guillemette avait en effet toujours prétendu que le père de sa fille était mort à la guerre (sans toutefois préciser laquelle), se pourrait-il qu'il soit bien vivant et qu'il vienne d'emménager dans le quartier ?

Une seule personne pouvait la renseigner sur ce point, c'était Aglaé Bigotte, la meilleure amie de Guillemette et commère en chef. Hélas, le moment était des plus mal choisis pour en parler avec la mère de Pépin.

Le hasard voulut cependant qu'elle lui saisisse le bras, alors que les personnes autour d'elle s'étaient un peu éparpillées.

— Cela fait plaisir de te revoir, Louise, lui souffla-t-elle. Pépin aurait été content de voir comme tu es devenue belle après ton séjour à Versailles. Il aurait été fier de toi, tu sais !

La gorge de la jeune femme se serra en l'entendant ainsi parler au passé de Pépin. Aussi la reprit-elle :

— Il aura l'occasion de me le dire lui-même, Aglaé.

Par contre, je ne sais pas s'il sera ravi de me revoir après que j'ai fréquenté les emplumés de Versailles qu'il exècre !

— Oh ! il parle beaucoup ! Surtout quand il a bu, comme son père d'ailleurs. Mais c'est un brave petit. Et puis, tu sais, de toi à moi, je ne te l'ai jamais dit, mais il est amoureux de toi depuis qu'il est haut comme trois pommes !

En vérité, Aglaé avait formulé bon nombre d'allusions à ce sujet, et notamment sur leur prochain mariage ! Il aurait fallu être sourde pour ne pas entendre.

— Pépin est mon meilleur ami, Aglaé. Et j'ai pour lui la plus grande affection fraternelle qui soit…

— Lui aussi a beaucoup d'affection pour toi ! répliqua la mère qui décidément ne voulait rien comprendre.

Il faut dire que Pépin ne fréquentait aucune autre fille. Par conséquent la pauvre mère fondait tous ses espoirs de mariage sur Louise.

— Et comme vous êtes beaux tous les deux, vous nous ferez de beaux enfants. Je serai une grand-mère comblée !

C'était donc là l'unique chose qui intéressait Aglaé : avoir des enfants, voire des petits enfants de son benjamin…

Désireuse de changer de sujet, Louise demanda :

— Dites-moi, Aglaé. J'ai l'impression que Guillemette boite un peu moins en ce moment. Se pourrait-il que l'on finisse par se remettre d'être tombée d'un arbre en cueillant des pommes ?

L'effet fut immédiat sur son interlocutrice. Son instinct de commère reprit aussitôt ses droits sur celui de mère éplorée.

— On ne se remet jamais d'une telle chute. Par contre, et en ce qui concerne ta tante, elle n'est pas tombée d'un arbre comme elle le prétend. Quant aux pommes, ce serait plutôt celles du péché qu'elle était en train de cueillir à ce moment-là, si tu vois ce que je veux dire… Mais, je ne t'ai rien dit, hein ! murmura-t-elle en faisant les gros yeux.

Louise fit mine de conserver le secret, et, désirant battre le fer tant qu'il était chaud, poursuivit :

— Elle ne serait pas tombée d'un arbre, alors ? Vous êtes certaine de ce que vous avancez ? Parce que ce n'est pas ce qui se raconte dans le quartier pourtant…

Piquée au vif, Aglaé Bigotte répliqua aussitôt :

— C'est moi qui détiens la vérité ! C'est en s'enfuyant de la chambre de son jeune amant, au retour de ses parents, qu'elle s'est cassé une jambe.

— Vous en êtes sûre ? s'enquit Louise, prêchant le faux pour savoir le vrai.

— Et comment ! Guillemette me l'a révélé sous le sceau du secret en faisant jurer de ne pas le répéter.

Réalisant ce qu'elle disait, elle se mit la main sur la bouche.

— Ce n'est pas grave… Ça ne sortira pas d'ici.

— Oui, ça reste dans la famille après tout ! répliqua Aglaé en lui faisant un clin d'œil appuyé, ce qui mit Louise mal à l'aise. Elle reprit cependant :

— Son amant serait donc toujours vivant ?

— Toujours ! Et à mon avis, il ne doit pas être bien loin…

Mais elle n'eut pas le temps d'en dire davantage, des voisins venant au-devant d'elle avec une part de tarte au sucre.

Louise s'éloigna et réfléchit. Son intuition la trompait rarement, si ce n'est au sujet de Léandrin peut-être, dont elle n'avait pas soupçonné qu'il ne puisse être vicomte. Toutefois, en ce qui concernait Guillemette et Mathurin, elle avait acquis la certitude qu'ils se connaissaient et que Guillemette éprouvait plus que de la sympathie pour lui.

Se pourrait-il que cet homme soit le fameux amant qu'elle avait quitté promptement, et le père de sa fille ?

Cette thèse devait se trouver corroborée un peu plus tard par un échange surpris entre les deux intéressés, Mathurin profitant du bruit ambiant pour demander discrètement à sa tante :

— Et comment va ta jambe ?

Ce à quoi Guillemette répliqua aussitôt :

— Et comment va ta femme ?

— Hélas, elle n'est plus de ce monde…

— C'est vrai. Enfin ! s'exclama la tante.

Elle se reprit toutefois rapidement en voyant les sourcils froncés de son interlocuteur :

— Enfin, je veux dire : paix à son âme !

C'est ainsi que Louise eut la confirmation de ce qu'elle pressentait.

Au même moment, à Paris, Léandrin poussait la porte d'une gargote malfamée. Le cabaret Ramponneau était en effet connu comme étant un lieu de débauche où les clients venaient passer des nuits entières de beuverie, le tout souvent accompagnés de filles légères, avant de regagner la ville au petit matin en faisant force tapage.

Il se trouvait que le vicomte de Bresse était devenu un des habitués de la maison, se plaisant à *ramponner* pour noyer son amertume, lorsqu'il n'était pas convié dans quelque souper. Il était toutefois de moins en moins invité après avoir été déchu de ses fonctions à Versailles. D'ailleurs, s'il l'avait été la dernière fois chez la comtesse, c'est parce qu'il avait amené Louise avec lui et qu'elle suscitait la curiosité de son hôtesse. Hélas, la jeune fille avait été de si peu d'intérêt qu'il n'avait pas été réinvité depuis ! Ce qu'il confia à Léandrin, qui lui aurait bien mis son poing dans la figure, s'il n'avait pas conçu d'autres projets.

— Ainsi donc, vous me proposez de m'aider à retrouver la fortune, moyennant que je vous laisse tranquille, vous et cette Louise. C'est bien cela ? questionna le vicomte.

— Absolument !

— Et c'est tout ? s'enquit encore l'intéressé, un verre à la main, l'œil vitreux.

Léandrin entreprit alors de lui expliquer tous les détails de l'affaire et l'autre raison qui le motivait dans sa démarche. Pour être certain d'avoir toute son attention, et qu'il soit dans les meilleures dispositions, il commanda deux autres pintes de vin blanc.

Quand il eut terminé, le vicomte siffla.

— Eh bien ! C'est qu'il est plutôt doué en stratégie le petit !

Léandrin rétorqua qu'il avait été à bonne école avec lui.

— L'élève a semble-t-il dépassé le maître...

— Alors ? s'enquit Léandrin, qui escomptait une réponse rapide de son interlocuteur.

Le vicomte laissa cependant un peu traîner les choses. Il remua le vin dans son verre en observant la robe, le dépôt liquoreux qui se déposait sur les bords, trempa ses lèvres qu'il pourlécha ensuite...

Et comme Léandrin se levait pour partir, il lança :

— Voyons la fille, et je me déciderai ensuite...

— *Alea jacta est* ! souffla Léandrin.

Les dés en étaient en effet jetés, et c'est tout l'avenir de sa relation avec Louise qui allait se jouer sous peu.

Chapitre 28

Meudon, octobre 1784

Le lendemain après-midi, Léandrin et le vicomte, qui avait dessoûlé depuis et s'était fait raser de près, se rendirent dans une demeure raffinée à Meudon, sa propriétaire, Clothilde Lespinasse, les ayant conviés pour le thé.

Ils étaient confortablement installés dans un salon richement décoré, bien qu'ils soient tous deux assez tendus, assis sur des fauteuils de style Louis XV de couleur citron. Le vicomte observait avec attention le décor chargé en bibelots de toutes sortes, sans doute pour évaluer la richesse de ses biens.

Lorsque leur hôtesse eut terminé d'inspecter le travail des domestiques dans la mise en place du service, et une fois qu'il fut assuré d'avoir toute son attention, le vicomte toussota légèrement avant de s'exprimer avec emphase.

— C'est un plaisir de vous rencontrer, chère mademoiselle, j'ai beaucoup entendu parler de vous !

Léandrin somnolait dans sa tasse en songeant qu'il ne lui avait parlé d'elle que la veille au soir.

— En bien, j'espère ? interrogea son interlocutrice.

— On m'avait vanté vos charmes, mais je constate

que la représentation que je m'en étais faite est très en dessous de la réalité, ronronna le vicomte.

Là encore, Léandrin se dit que le vicomte plaçait fort judicieusement quelques compliments sans doute préparés très tôt. Ils firent leur effet en tout cas. Visiblement sensible à la flatterie, leur hôtesse s'empourpra légèrement avant de concéder :

— Il est vrai que vos yeux brillent d'un éclat étrange…

— C'est parce que je suis ébloui par votre beauté !

Par la magnificence des lieux serait plus juste ! songea Léandrin.

— Mais comment se fait-il qu'une aussi charmante créature que vous soit encore célibataire ? Si, du moins, vous me permettez de vous le demander, s'enquit-il.

— Je vous renvoie le compliment, très cher vicomte. Un homme dans votre position doit subir les assauts de nombreuses femmes à Versailles !

Sans pour autant savoir que le nanti assis en face d'elle était un débauché, la jeune femme devait toutefois bien sentir qu'il était volontiers séducteur.

— Il est vrai que je suis assez courtisé…, reconnut le vicomte, avec une fausse modestie. Cela tient peut-être aussi à mon titre, je suis en effet issu d'une haute lignée.

Son interlocutrice sembla tout particulièrement intéressée par cette information.

— Je suis cependant trop accaparé par mes affaires pour accorder à ces créatures toute l'attention qu'elles méritent, poursuivit-il.

— Ainsi donc, vous vous consacrez pleinement à votre travail ?

— Corps et âme !

Léandrin dut se retenir pour ne pas pouffer de rire. Mais cela sembla toutefois suffire à contenter la curiosité de la jeune femme au sujet du célibat du vicomte.

— Et vous-même alors, chère enfant ? J'ai peine à croire qu'une jeune fille possédant autant d'atouts n'ait toujours pas trouvé l'époux qui lui convienne ?

Là encore, ses joues rosirent légèrement et elle émit un petit rire cristallin. Mais il ne fallait pas se fier à sa fausse candeur. La jeune femme faisant des efforts désespérés pour dissimuler son âge. À vingt-neuf ans, elle serait en effet bientôt vieille fille. C'est pourquoi elle se fardait de poudre à l'excès, se tenait à contre-jour et loin des chandelles pour que son visage reste dans l'ombre. En outre, elle se donnait des airs de fausse ingénue, et utilisait parfois une petite voix de fausset comme celle d'une petite fille pour parler, comme lorsqu'elle avoua :

— Il est vrai que je suis peut-être un peu difficile…

— Ce qui est tout à votre honneur ! Vous êtes un joyau qui mérite d'être gagné, approuva le vicomte en mordant à pleines dents dans un des petits gâteaux présentés sur un plateau d'argent. Il n'avait en effet rien mangé depuis la veille et semblait en appétit.

Léandrin songea que la maîtresse des lieux minimisait les faits, plusieurs prétendants s'étant en effet épuisés à tenter de la séduire, avant qu'elle les repousse sans ménagement. Elle ne pouvait néanmoins plus se permettre de faire sa difficile à présent. C'est pourquoi Léandrin, qu'elle trouvait à son goût, mais qui lui était surtout promis par contrat, était sa dernière chance de faire un mariage avantageux. Il était toutefois hors de question pour lui de sacrifier sa liberté pour un stupide accord passé entre leurs pères. Et surtout, plus que tout, il désirait faire un mariage d'amour, d'autant plus depuis qu'il avait rencontré une certaine Louise… En lui présentant ce jour le vicomte, qui possédait un statut beaucoup plus intéressant que le sien, il espérait qu'il serait remplacé dans l'esprit de sa promise.

Après avoir gloussé, Clothilde Lespinasse joua un temps avec sa tasse, puis décida de la poser pour parler affaires.

— Dans le cas qui nous préoccupe, cher vicomte, et ainsi que me l'a présenté Léandrin, il s'agirait davantage de négociations que de gagner mes faveurs…

— Il faut davantage voir cela comme un échange de bons procédés, rectifia en douceur le vicomte. Chacun ayant en effet tout à y gagner.

— Vous jouez sur les mots ! le gourmanda la jeune femme.

— Mais de toute façon, cela, c'était avant…

— Avant quoi ? demanda-t-elle en battant des cils.

— Avant de vous connaître et de tomber amoureux de vous !

— Comme vous y allez, vicomte ! minauda Clothilde.

Léandrin s'amusait du spectacle. Il sentait bien que le titre du vicomte résonnait comme une formidable promesse aux oreilles de la jeune femme, tandis que le vicomte serait ravi de jouir de sa fortune, le père de cette dernière s'étant en effet considérablement enrichi dans l'industrie et le commerce. Ces deux-là avaient donc tout intérêt à nouer une alliance et ils le savaient. Léandrin était d'ailleurs devenu transparent aux yeux de la jeune femme depuis que le vicomte avait fait son entrée. En les présentant l'un à l'autre, il avait touché juste ! Le vicomte serait peut-être celui qui le délivrerait de ce mariage arrangé par leurs pères, deux négociants dans le tissu et associés en affaires, dont la fortune ne devait échoir à leur héritier qu'une fois leur mariage conclu.

Toutefois, si Léandrin ne possédait que peu de bien en dehors de ceux acquis par son travail, la jeune femme avait déjà hérité de sa mère une immense fortune et la demeure de ses ancêtres. L'unique raison pour laquelle elle désirait se marier aujourd'hui était de ne pas finir vieille fille.

En renonçant tous deux à se marier d'un commun accord, ils pourraient ainsi toucher l'héritage de leur père. Hélas, jusqu'ici Clothilde Lespinasse n'avait pas trouvé de prétendant à sa mesure, c'est pourquoi elle avait reporté tous ses espoirs sur Léandrin. Mais aujourd'hui, les choses étaient peut-être sur le point de basculer.

Au même moment, Léandrin constata qu'il y avait un flottement dans la conversation.

— Mais dites-moi, chère Clothilde, pourquoi ne feriez-vous donc pas visiter au vicomte votre magnifique domaine ?

— J'y pensais justement... Me feriez-vous le plaisir de faire le tour du parc avec moi, cher vicomte ?

— Ce serait un immense honneur, très chère !

Il se tourna néanmoins vers Léandrin d'un air inquiet, semblant peu désireux de rester seul avec elle. Ce dernier feignit de n'avoir rien vu.

— Allez-y, je vous en prie ! Je m'emploierai pour ma part à écrire une lettre...

Il avait en effet hâte d'écrire à Louise pour prendre de ses nouvelles compte tenu des derniers événements.

L'affaire étant entendue, les deux soupirants allèrent se promener dans la propriété. Du moins, une fois que la jeune femme se fut apprêtée pour la circonstance.

Et quand ils revinrent, plus d'une heure après, le vicomte semblait définitivement conquis... par l'étendue des terres de la jeune femme, il s'entend, et par la fortune qu'elle s'était sans nul doute employée à lui vanter.

— Hélas, je suis au regret de devoir vous quitter, ma tendre promise, le devoir m'appelle ailleurs...

— Oh ! déjà ? J'espère vous revoir au plus vite...

— Que diriez-vous de demain, avec nos avocats ?

Le vicomte et Clothilde Lespinasse prirent ainsi congé l'un de l'autre en s'échangeant quelques mots doux et la promesse de se revoir au plus tôt pour discuter des détails de leur union.

Lorsqu'ils sortirent, Léandrin s'enquit aussitôt de ses impressions auprès de son compagnon.

— Elle est totalement dépourvue de charme et d'une bêtise crasse, même s'il faut bien reconnaître qu'elle sait mettre ses quelques atouts en valeur.

Léandrin songea qu'elle usait en effet volontiers d'artifices, se remémorant le grand chapeau avec lequel elle était sortie lors de leur balade en plein air pour dissimuler les défauts de sa figure, sans compter son ombrelle pour rester à l'abri d'un soleil quasiment inexistant à cette époque de l'année, tandis qu'elle arborait une robe fortement corsetée à l'étouffer pour paraître plus mince et faire ressortir une poitrine menue, sans doute déjà rehaussée de chiffons pour sembler plus voluptueuse.

— Je dois cependant avouer que je me verrais bien à la tête de son domaine et de ses terres..., ajouta-t-il enfin.

— J'espère que vous la traiterez bien, dit Léandrin. Même si je ne veux pas l'épouser, je la connais depuis suffisamment longtemps pour lui vouloir le plus grand bien.

— Ne vous inquiétez donc pas ! Je ne fais que du bien aux femmes. En tout cas, aucune d'entre elles n'a jamais eu à se plaindre de moi !

Léandrin l'espéra du fond du cœur. Concernant Clothilde, il la connaissait de toute façon assez pour savoir que le vicomte n'aurait jamais le dessus sur elle et qu'une fois qu'elle s'appellerait Mme de Bresse, son mari ne présenterait guère plus d'intérêt que les bibelots qu'elle collectionnait dans son salon. Il y aurait alors fort à parier que le vicomte ne resterait pas longtemps dans cette cage dorée et s'empresserait de retourner butiner d'autres fleurs.

Oui, définitivement ces deux-là s'étaient bien trouvés ! Tout s'était déroulé comme il l'avait prévu, cette affaire avait été rondement menée et Léandrin était considérablement soulagé en songeant qu'il serait bientôt libre d'agir à sa guise.

Chez la tante de Louise à Valenciennes en revanche, l'heure était sombre. Les chances de retrouver Pépin vivant diminuaient avec le temps. L'atmosphère était pesante, uniquement ponctuée par le cri du coucou qui ne parvenait même plus à attirer du monde autour de lui. Louise et sa cousine, exténuées et déprimées, s'étaient assises, les pieds gonflés d'avoir tant piétiné pour servir tout le monde ces derniers jours. Et c'est dans ce contexte déjà pénible que Guillemette décida de questionner sa filleule.

— Alors, toi, raconte un peu ! Tu n'as encore rien dit sur Versailles… N'as-tu pas réussi à dégotter un bon parti là-bas ?

La cousine lui lança un regard réprobateur.

Était-ce là l'unique chose qui l'intéressait ?

— Je ne sais pas si c'est le bon moment pour parler de cela, ma tante, répondit Louise, désireuse d'abréger la séance de torture qui allait suivre.

Mais Guillemette, sans doute ragaillardie par la présence de son ancienne flamme, ne lâcha pas prise.

— Allons bon, tu ne vas pas me dire que *personne* ne s'est intéressé à toi là-bas ?

Fatiguée et découragée, Louise n'eut pas le cœur de lui mentir.

— Il y avait bien ce garçon, un négociant en tissu pour qui j'avais un faible, mais…

Contre toute attente, Guillemette la moucha aussitôt en disant qu'un homme qui travaillait dans les chiffons, ce n'était pas sérieux.

— Mieux vaut encore travailler dans le charbon, ça au

moins c'est concret ! Ça réchauffe l'hiver et ça permet de cuire ce qu'on met dans son ventre, ajouta-t-elle encore, avec tout le bon sens qui la caractérisait.

La cousine acquiesça, sans doute songeait-elle alors au mineur de son cœur, à savoir Pépin, car dans l'instant qui suivit elle tourna la tête et essuya une larme.

Louise se sentait au plus mal, pour elle et pour lui. Si elle avait su ce qui allait arriver, serait-elle partie ? Pépin lui manquait et son absence créait un vide immense et cruel.

Elle noua ses mains et se mit à reformuler mentalement une prière pour que Pépin, où qu'il soit, ne souffre pas et ait trouvé la paix. Elle ne put s'empêcher d'essuyer des larmes à son tour.

C'est alors qu'on entendit des éclats de voix au-dehors. Et plus ils se rapprochaient, plus on percevait des acclamations enthousiastes. Plusieurs personnes se ruèrent à la fenêtre, puis à l'extérieur. Il y eut des cris, et un brouhaha se forma rapidement, sans qu'on sache toujours de quoi il s'agissait.

Louise se leva au moment où ce grand gaillard de Mathurin faisait son entrée dans le salon, acclamé par la foule en portant le corps inerte mais vivant du jeune Pépin. Celui-ci était couvert de suie et présentait plusieurs blessures avec du sang séché sur la tête, les bras et les jambes, mais il respirait. On dégagea aussitôt le canapé pour l'y installer avec des couvertures. Sa mère se rua à son cou. On dut l'écarter pour permettre au jeune homme de respirer. Guillemette se jeta quant à elle au cou de son sauveur : Mathurin.

Bertille s'agenouilla auprès du blessé pour évaluer l'étendue des dégâts, ainsi qu'elle avait déjà pu le faire pour certains patients en l'absence du docteur dans le cabinet du médecin où elle travaillait. Quelqu'un fut d'ailleurs dépêché en urgence pour aller le chercher.

On devait toutefois apprendre qu'il était retenu pour un accouchement, celui de la femme du directeur de la mine, par une étrange ironie. La cousine demanda alors une bassine avec des compresses et de l'alcool pour désinfecter les plaies, mais aussi de l'eau qu'elle lui introduisit doucement dans le gosier après avoir soulevé délicatement sa tête pour le réhydrater.

La mère de Pépin ne cessait de demander s'il allait survivre, Bertille répondit qu'elle allait tout faire pour. Et la mère s'empressa de remercier le ciel de lui avoir rendu son fils. Louise adressa aussi au Tout-Puissant toute sa gratitude, des larmes de bonheur aux yeux. Tout le monde se congratulait et on ouvrit une bouteille pour l'occasion.

On demanda cependant aux gens de sortir pour lui laisser de l'air, tandis que tous proposaient encore leur aide… Mais la seule personne capable de faire quelque chose pour lui se tenait déjà à son chevet, et c'était Bertille, qui avait la vie de l'homme qu'elle aimait entre ses mains.

Louise l'assista de son mieux pour ses soins. Et quand sa cousine décida qu'il n'y avait plus rien d'autre à faire qu'à le laisser se reposer, alors Louise raccompagna Aglaé chez elle. Puis elle monta dans sa chambre, exténuée. Dans un ultime effort, elle se jeta sur de l'encre et du papier pour communiquer à l'être qui lui manquait le plus, à savoir Léandrin, la bonne nouvelle du retour de Pépin. Elle lui exprima toute sa joie, puis lui dit ô combien elle aimerait le revoir.

Une fois qu'elle eut refermé sa lettre, pourtant, elle n'était plus si sûre de l'envoyer. N'était-il pas fiancé ? Si du moins ce que lui avait dit ce serpent de vicomte était vrai. Elle prendrait sa décision demain. Cela dépendrait de l'état de Pépin. En attendant, elle s'écroula de fatigue, encore tout habillée, sur son lit.

Chapitre 29

Le lendemain, à peine réveillée, Louise se précipita en bas pour prendre connaissance de l'état de santé de Pépin. Il allait mieux ! Il ouvrait même péniblement les yeux par intermittence, un peu ahuri de se retrouver là, dans la maison de Louise, en sa présence qui plus est. Il tenta d'articuler quelques mots en la voyant, mais Bertille qui l'avait veillé toute la nuit lui demanda de rester calme et fit signe à Louise de ne pas trop le fatiguer.

Le médecin était là également. Il donnait ses instructions à Aglaé tout en rédigeant une prescription pour le malade.

— Il faut le laisser se reposer, il est encore très faible. Et comme il tousse beaucoup, je vous prescris le remède que l'on donne habituellement pour la poitrine.

La mère de Pépin parcourut son ordonnance et demanda plus de détails sur la façon de procéder. Le médecin la lui expliqua, à la manière d'une recette de cuisine :

— Vous prenez un mou de veau tout frais avec le sang, coupé en petits morceaux. Trois livres de sucre candi du plus brun qu'on puisse trouver. Vous mettez tout ceci ensemble dans une terrine que vous fermez bien. Vous mettez cette terrine dans un chaudron d'eau froide, attention cependant à ce que l'eau n'entre pas dans la terrine ! Et vous faites bouillir ceci pendant huit heures.

Après cela, vous pressez le contenu de la terrine dans un linge, ce qui va donner un sirop fort épais. Le patient devra en prendre trois ou quatre cuillères à café par jour.

La mère de Pierre, dubitative, mais prête à tout pour soigner son fils, s'éloigna avec sa prescription pour en discuter avec Guillemette.

— Il va s'en sortir ? s'enquit alors Louise auprès du médecin, incapable de se retenir plus longtemps.

— Selon moi, il devrait être tiré d'affaire. Il faudra toutefois veiller à ce que ses plaies ne s'infectent pas et à ce qu'il prenne bien son sirop pour réduire son mal de poitrine.

Le médecin regarda en direction de Bertille.

— Il est en de très bonnes mains et c'est un solide gaillard ! S'il a pu survivre dans la mine sans boire ni manger pendant des jours, il devrait s'en sortir !

— Oh ! merci, docteur ! le gratifia Louise.

Le médecin donna encore quelques instructions pour ses bandages à Bertille et la dispensa de venir travailler pendant deux jours. Au lieu de l'en remercier, sa cousine répondit sèchement qu'elle reviendrait quand elle serait certaine que Pépin n'aurait plus besoin d'elle. Le serviteur d'Hippocrate lui rétorqua alors que bon nombre de ses patients avaient également besoin de ses bons auspices et qu'il ne pourrait pas s'en sortir sans elle.

— Comment faisiez-vous donc avant que je sois là ? s'enquit Bertille, tout en couvant Pépin des yeux.

— Vous avez raison, je ne peux plus me passer de vous… s'exclama-t-il, d'une manière quelque peu ambiguë, avant de préciser : Vous êtes trop précieuse, que voulez-vous !

Au même moment, Pépin ouvrit ses grands yeux bleus et regarda Bertille avait une attention soutenue, comme s'il voyait un ange, avant de replonger dans le sommeil.

Le médecin parti, Louise rejoignit Aglaé qui s'affairait

en cuisine avec Guillemette pour préparer une purée de légumes à son fils. Elle avait sans doute l'intention de lui donner la becquée ensuite, comme au bon vieux temps. Louise proposa de les aider, mais les deux femmes, trop occupées à se crêper le chignon sur le mode de cuisson ou d'épluchure des légumes, ne lui prêtèrent aucune attention.

Voyant Pépin endormi et sa cousine qui somnolait à ses côtés, Louise décida de les laisser pour vaquer à ses occupations.

Le moment était venu pour elle, en effet, de se rendre à son atelier, pas dans le but de chercher du travail, n'ayant pas encore pris de décision à ce sujet, même si l'échéance de la vente de la maison l'y contraignait rapidement. Elle y allait pour retrouver ses amies dentellières qui lui avaient tant manqué.

Lorsqu'elle entra dans la salle principale de la maison Tribout, toutes ses collègues étaient affairées à leur ouvrage, s'activant avec diligence dans un silence quasi religieux. On n'entendait que le son des fuseaux de bois qui s'entrechoquaient sur les métiers. Quand Louise fit son entrée, personne ne la remarqua. Mais lorsque Pernette, qui levait le nez pour reluquer son sac où se trouvait probablement son casse-croûte, l'aperçut, elle poussa les hauts cris.

— Louise est revenue ! Louise est revenue ! s'écria-t-elle.

Aussitôt, toutes levèrent la tête de leur ouvrage et Claire Tribout sut qu'elle n'avait pas d'autre choix que de leur accorder une pause.

L'instant d'après, Séraphine, Gilonne, Euphraisine, Philomène, Pernette, Rolande et les autres, sans oublier Jeanne-Claire bien sûr, la submergèrent de questions.

— Tu es déjà rentrée ?

— Combien de temps restes-tu ?

— C'est beau Paris ?

— Est-ce qu'on y mange bien ?

— La reine est-elle aussi grande qu'on le prétend ?

— Met-elle beaucoup de dentelle ?

Louise s'efforça de répondre à toutes ces questions. Puis elle relata dans les grandes lignes son aventure à Versailles aux côtés de la ministre des Modes, Rose Bertin, et ce, même si Jeanne-Claire avait déjà dû s'en faire l'écho auprès d'elles. À l'évocation de toutes leurs créations, les filles gloussèrent de plaisir et d'admiration. Jeanne-Claire connaissait quant à elle de nombreux détails supplémentaires dont elle ne fit pas mention, se contentant d'échanger un regard complice avec Louise. Mais quand les filles la questionnèrent au sujet du vicomte de Bresse et du bal, Louise fut embarrassée. Elle finit par lâcher qu'il n'était pas exactement celui qu'il prétendait être. Elle expliqua qu'en fait, il représentait quelqu'un d'autre, dont il avait pris le nom et le titre pour l'occasion. Toutes furent très surprises de l'apprendre.

— Il était si beau et si élégant pourtant ! dit l'une d'entre elles.

— La prestance n'a rien à voir avec le titre. J'ai rencontré des hommes qui possédaient des titres ronflants et qui étaient d'une vulgarité sans nom ! finit-elle par concéder.

Comme ses amies semblaient terriblement déçues, elle ajouta :

— Léandrin, c'est son prénom, possède néanmoins la noblesse du cœur, à défaut d'en avoir le titre.

Toutes parurent rassurées.

— Es-tu fâchée contre lui ? s'enquit Euphraisine.

— Il m'a un peu déçue, je l'avoue, à m'avoir menti de la sorte…

— Parce que toi tu ne lui as pas menti peut-être ? répliqua Gilonne.

— C'est l'hôpital qui se fout de la charité, ironisa une autre.

— Vous savez comme moi que si j'ai agi ainsi, c'est parce que je n'avais pas le choix ! J'étais prise dans un engrenage…

— Lui aussi, sans doute !

— Sans doute ! admit-elle.

— Tu devrais lui pardonner, dit Séraphine, approuvée par toutes les autres.

Louise les embrassa du regard.

— Ce n'est pas aussi simple… Vous avez tellement bon cœur ! Ah, ce que vous m'avez manqué les filles !

— Tant que ça ? Tu n'étais pas bien à Versailles ?

— Ce n'était pas mon monde, non !

— Tu vas revenir parmi nous alors ? s'enquit Philomène avec enthousiasme.

— Peut-être… Je ne sais pas encore !

— Madame Tribout, reprenez-la, s'il vous plaît ! supplia Pernette, tout en mordant dans son pain.

Claire Tribout semblait toutefois contrariée.

— Cela signifie-t-il que vous ne comptez plus retourner à Versailles ?

— Je l'ignore…

— Mme Bertin ne s'est-elle pas montrée satisfaite de vos services ?

— Bien au contraire ! Elle m'a donné un congé de quelques jours et m'attend là-bas, mais…

— Mais quoi ? Vous seriez bien sotte de refuser une telle offre ! rétorqua la cheffe d'atelier. Vous savez, tout le monde est très fier de vous, ici. Ne les décevez pas ! ajouta-t-elle encore.

Louise rechigna cependant à lui donner satisfaction, arguant qu'elle se sentait mieux dans le Nord qu'à

Versailles. Son bien-être méritait-il d'être sacrifié sur l'autel de l'ambition ?

— Vous sentez-vous capable de redevenir simple ouvrière après ce que vous avez connu là-bas ?

Louise pinça les lèvres.

Elle songea en effet qu'elle aurait besoin d'un salaire pour subsister et faire vivre sa famille. D'un autre côté, serait-elle capable de vivre sans Léandrin qui occupait toutes ses pensées ?

Elle répondit en soupirant :

— Il le faudra bien. Si du moins vous acceptez de me reprendre…

Claire Tribout croisa les bras en ramenant son châle sur ses épaules.

— Vous serez toujours la bienvenue ici, Louise. Même si je pense que votre destin est ailleurs…

Toutes les filles se mirent à fêter son retour parmi elles, tandis que Louise, perturbée, ne savait plus à quoi s'en tenir ni quoi décider.

Au même moment, Léandrin embarquait dans une voiture pour le Nord avec pour mission d'aller chercher la fameuse commande de valenciennes pour Versailles. Il ne portait plus de perruque, arborant de magnifiques cheveux châtains, et il était vêtu d'un costume sobre, à l'image de ceux portés par la plupart des gens du Nord. Ainsi, il était davantage lui-même.

Assis près de la fenêtre, ses pensées se bousculaient dans sa tête. Et lorsqu'il vit défiler les paysages du Nord, son cœur se mit à palpiter. D'un côté, il était impatient de retrouver Louise, de l'autre, celle-ci allait devoir lui fournir quelques explications. Il tenait en effet un paquet de lettres entourées d'un ruban à la main, toutes adressées à la baronne de Nédonchel au château de l'Hermitage. Or, ces lettres lui étaient revenues accompagnées d'un message du duc Anne-Emmanuel de Croÿ. Il relut ce billet une fois encore, ne pouvant croire ce qu'il disait.

Cher Monsieur,

Vous trouverez ci-joint les lettres que vous avez adressées à ma fille, la baronne de Nédonchel que je ne pourrai hélas lui transmettre. Et ce pour plusieurs raisons :

La première étant qu'elle se trouve actuellement à Versailles avec sa mère.

Sur ce point Léandrin se dit qu'elle aurait pu ne pas mentionner que sa mère se trouvait aussi à Versailles. Encore qu'il lui semblât étrange dans ce cas qu'elle logeât chez Rose Bertin et passât tout son temps avec elle.

Quant aux autres raisons, vous apprendrez, cher Monsieur, que je ne peux que vous dissuader de chercher à entretenir une liaison avec ma fille, laquelle est non seulement mariée, mais également la mère de trois enfants.

En lisant cela la première fois, son cœur avait fait un bond dans sa poitrine. Elle ne lui avait en effet jamais parlé de ses enfants, et, de plus, il lui avait paru étrange qu'une créature aussi peu expérimentée dans les choses de l'amour et dont le corps soit si parfait ait pu enfanter par trois fois.

Arrivé à ce stade de la lettre, Léandrin s'était alors dit que la baronne qu'il connaissait n'avait, semble-t-il, que peu de rapport avec celle décrite par son père.

Cette impression fut confortée par la dernière allégation du duc :

Enfin, apprenez, cher Monsieur, que la baronne de Nédonchel ne se prénomme pas Louise comme vous l'écrivez, mais Bonne Aimée Victoire le François d'Orchival.

En espérant que vous trouverez celle que vous cherchez qui, de toute évidence, n'habite pas entre les murs de ce château.

Recevez, cher Monsieur, l'expression de ma considération distinguée.

Duc Anne-Emmanuel de Croÿ

Plus que jamais, Léandrin comptait élucider ce mystère et mener son enquête pour découvrir qui était la véritable Louise. La tâche promettait d'être ardue !

Chapitre 30

Valenciennes, novembre 1784

Dans la cuisine, Louise exposa à sa tante l'offre de Rose Bertin. Le temps pressait en effet et elle devait prendre une décision. Elle ne pouvait la prendre seule toutefois, sachant que sa tante était dans l'embarras.

— Tu devrais faire ton propre choix et le suivre, répondit cette dernière. De toute façon, tu ne tiendras pas compte de mon avis.

— Mais je ne peux pas te laisser seule ici !

— Oh ! je ne suis pas seule ! Ta cousine est là, même si elle est très occupée. D'ailleurs, de toi à moi, je trouve qu'elle devrait aller travailler au lieu de tourner autour de Pépin comme elle le fait !

Louise secoua la tête. Elle savait très bien ce que cela signifiait. Sa tante ne voyait pas d'un très bon œil une possible relation entre eux.

— Et pourquoi est-ce que Pépin ne serait pas aussi acceptable qu'un autre ? interrogea alors Louise, en croisant les bras.

Acculée par la question directe de sa filleule, Guillemette n'eut d'autre choix que de répondre :

— Ce n'est jamais bon d'épouser un mineur. C'est une source de souffrances…

Elle faisait encore référence à celles endurées par sa sœur lorsque son mari avait été tué dans la mine.

— Tu étais pourtant sur le point d'en épouser un, toi, n'est-ce pas ?

Sa tante lâcha la carotte qu'elle était en train d'éplucher.

— Qui t'a raconté ça ?

— Personne, je l'ai deviné toute seule. Il m'a suffi de voir comment tu dévorais Mathurin des yeux pour comprendre…

Contre toute attente, Guillemette ne tenta pas de nier. Elle s'appuya sur le rebord de l'évier et regarda par la fenêtre.

— Nous étions jeunes, et amoureux… Mais ses parents ne voulaient pas que je l'épouse. Je n'étais pas assez bien pour lui, soi-disant… Alors, on s'aimait en cachette. Et puis il y eut ce jour où ils sont rentrés plus tôt du travail. Je suis tombée de la fenêtre, et enceinte. On ne s'est jamais revus… J'ai appris que lui s'était remarié par la suite. Moi, je n'ai pas pu. Pas avec une fille sur les bras à élever en tout cas… Mais je ne sais pas pourquoi je te raconte tout ça, se reprit-elle tout à coup.

— Tu as bien fait ! J'ai appris qu'il était veuf. Peut-être n'est-il pas trop tard pour rattraper le temps perdu ?

Sa tante la dévisagea alors.

— Dis-moi, toi, j'ai l'impression que tu as mûri… Mais ne va pas trop vite en besogne, reste encore un peu une jeune fille, veux-tu ? Tu as encore le temps avant d'être lasse de la vie.

— Oh ! je n'en suis pas encore là ! s'exclama Louise en riant. Et tu vas le dire à Bertille ?

— On verra… Tout dépendra de Mathurin et comment lui aussi prendra la chose…

Il y eut un silence. Puis Guillemette dit :

— Tu as bien fait de partir à Paris. Moi, je n'ai pas eu

le courage de le faire quand je le pouvais encore. Tu sais, il faut faire ta propre vie, sans te préoccuper des autres.

Louise fut très touchée par ses paroles.

— Mais je ne peux pas partir en te sachant en si mauvaise posture…

— Oh !

Elle fit un geste de la main pour lui signifier de laisser tomber. Louise surenchérit alors.

— Pourquoi ne retournerais-tu pas voir tes anciens employeurs pour leur demander de te reprendre ?

— Ça ne s'est pas très bien terminé entre nous, tu sais…

— Ce n'est pas grave ! Tu prends un peu sur toi et tu leur présentes tes excuses. En plus, la femme du directeur vient d'avoir un bébé. C'est le médecin qui me l'a dit. Ils vont avoir besoin d'une nourrice. Et tu connais la maison…

Le regard de Guillemette s'illumina soudain.

— Tu sais que ce n'est pas faux ce que tu dis ?

— Mais il faudrait faire vite avant que le bruit se répande dans toute la ville et que les candidates affluent.

Ragaillardie, la tante saisit le torchon pour s'essuyer les mains.

— Je cours m'habiller.

— Je t'accompagne !

— Pourquoi donc ? Je n'ai pas besoin d'un chaperon.

— Je t'accompagne ! insista encore Louise.

Et devant son air résolu, Guillemette n'osa pas la contredire.

Le temps qu'elle se prépare, Louise rejoignit Pépin. Sa cousine étant partie chercher ce qui restait du charbon pour qu'il n'ait pas froid, elle se retrouva seule avec lui. Elle fut surprise de le voir éveillé, ses grands yeux bleus contemplant l'horloge à coucou sur le mur.

— Comment te sens-tu ? demanda doucement Louise, en s'asseyant près de lui.

— T'es revenue, alors ?

— On parle de toi, là, Pépin ! lui rappela gentiment Louise.

— Pardon. J'en ai pas trop l'habitude, baragouina-t-il avec son accent patois prononcé. Ça va. Je l'ai échappé belle à ce qu'on dit !

— Que s'est-il passé ?

— J'étais dans la mine quand ça s'est écroulé… Bon, j'étais un peu énervé faut dire, alors j'ai peut-être tapé dans un pilier un peu fort, concéda-t-il en rougissant.

— Ce n'était pas très malin…

— J'étais énervé, j'te dis !

Louise regarda ses mains qui tremblaient un peu, puis planta ses yeux dans les siens.

— C'était à cause de ce que t'a dit ma tante ?

Pépin croisa les bras et tourna la tête.

— J'ai pas envie d'en parler !

— Pierre, tu as failli y rester ! Est-ce que ça en valait la peine ?

Il haussa les épaules. Il n'aimait pas quand elle l'appelait par son prénom, mais Louise le plaçait ainsi en position d'adulte responsable.

— Bon, je crois que le moment est venu de parler franchement. Tu sais ce que tu es pour moi ? s'enquit-elle encore.

Pépin secoua la tête, surpris qu'elle lui pose la question aussi directement.

— Un bon camarade. Très bon même, mon meilleur ami.

Il serra les dents, visiblement peu satisfait de la réponse.

— Et tu sais ce que je suis pour toi ?

— Non, mais tu vas me l'apprendre peut-être ? demanda-t-il, énervé.

— Je suis devenue ton obsession. Et c'est malsain !

Il voulut se lever, mais ses forces n'étaient pas suffisantes ni ses jambes assez solides. De fait, il se rassit encore plus énervé.

— Tu devrais passer à autre chose, Pépin. Tu as ta vie à mener. Tu devrais plutôt ouvrir les yeux, et regarder autour de toi. Il y a quelqu'un qui t'aime depuis toujours et qui n'attend que ça, que tu la regardes…

Cette fois, Pépin écarquilla ses grands yeux. Son front se détendit. Au même moment, la cousine revenait avec du charbon, dont elle remplit le feu.

— Tu vas avoir bien chaud, mon Pépin ! Regarde-moi ça !

Pépin la regarda, puis Louise et comprit. Il sourit, pour la première fois depuis son accident.

Louise et Guillemette, qui s'était remise à boiter fortement (pour attirer la compassion sans doute), parvinrent devant une riche maison bourgeoise de Valenciennes. Elle appartenait à Léonard Mathieu, le directeur de la Compagnie des mines d'Anzin, tout comme son père Pierre avant lui, qui exerçait la fonction de directeur général des exploitations. Il était le petit-fils de Jacques, à qui on devait la découverte de la houille dans le Hainaut français. Jacques Mathieu, bailli de Lodelinsart, dirigeait une exploitation minière à Charleroi quand il fut engagé par le vicomte Desandrouin, gentilhomme des Pays-Bas, et son associé Pierre Taffin pour exploiter la première mine de charbon du Nord. Ses trois fils, ingénieurs, devaient ensuite étudier les techniques d'extraction, en Angleterre notamment, et fonder une véritable dynastie de techniciens de la mine.

Si, comme tout bourgeois enrichi, Léonard Mathieu pouvait se targuer de ses compétences et de sa réussite, c'était aussi un homme juste qui avait conscience de la valeur du travail, comme allait bientôt le constater Louise.

En patientant dans le hall d'entrée de sa belle demeure, Guillemette, commère comme à son habitude, ne pouvait s'empêcher de commenter la richesse du mobilier et la domesticité.

— Il y a toujours eu un personnel nombreux ici : cuisinière, jardinier, femme de chambre et domestiques. Je peux te dire qu'on consommait beaucoup de pain ! Sans compter l'abondance de plats livrés par des pâtissiers-rôtisseurs. J'en ai encore l'eau à la bouche rien que d'y repenser ! Et puis tu verrais son argenterie ! Un jour, je me rappelle, Saint-Quentin le bijoutier lui avait vendu une petite cafetière qui n'avait rien de spécial, si ce n'est qu'elle valait une fortune. Et je ne te parle même pas des grands chandeliers et des paires de flambeaux en argent !

Guillemette fit encore l'étalage de la vaisselle rare, puis des tapisseries, peintures et ornements de la maison.

— Regarde cette tête de dragon sculptée sur la rampe du grand escalier. Elle est magnifique, hein ? Elle n'y était pas de mon temps… Ça ferait bien sur le nôtre, tu ne trouves pas ?

— N'y pense même pas ! On a trop besoin de cet argent pour le dépenser bêtement.

— Mais ça fait impression, regarde-moi ça !

Au même moment, le maître des lieux arriva, soulageant ainsi Louise de l'inventaire de sa maison. La tante s'inclina avec difficulté, tandis que Louise lui fit une révérence élégante apprise à Versailles. Léonard Mathieu, un homme d'une quarantaine d'années plutôt bien de sa personne, l'apprécia en connaisseur et s'exclama :

— Oh ! mais n'est-ce pas la petite Louise Desmoulins que je vois là ? Je suis ravie de vous revoir. J'ai appris tout le chemin que vous avez parcouru, jusqu'à devenir la conseillère personnelle de Rose Bertin à Versailles. Je vous en félicite ! Vous faites la fierté du Nord et de ses dentellières, mademoiselle.

Louise rougit, mais ne se laissa pas impressionner pour autant, même si le compliment venait d'un homme qui pouvait lui-même se flatter d'une réussite familiale qui faisait la fierté de ses comparses.

— Je me suis efforcée de faire de mon mieux, mais n'importe quelle dentellière dans ma position en aurait fait autant, répliqua Louise, modeste.

— Votre humilité vous honore, mademoiselle ! J'ai cependant entendu dire que sous votre impulsion, la reine aurait passé plusieurs commandes de valenciennes à la ville, ce qui a fourni du travail pour bon nombre de nos dentellières.

— Tu as fait ça, toi ? s'étonna Guillemette en se tournant vers sa filleule.

— Elle a grandement contribué au rayonnement de sa ville. Vous pouvez être fière d'elle ! dit-il avant d'ajouter, contrit : Et cela alors même que le secteur est en perte de vitesse, et la concurrence des campagnes de plus en plus rude. C'est un peu le chant du cygne de l'âge d'or de la dentelle telle que nous la connaissions.

— La valenciennes ne s'éteindra jamais tout à fait cependant, car elle est éternelle, reprit Louise.

— Absolument !

S'ensuivit une discussion sur l'état de l'industrie du textile, et la situation des manufactures du Valenciennois et du Cambrésis, dans lequel la mulquinerie occupait une place essentielle. Puis Léonard Mathieu évoqua avec enthousiasme celle du charbon, qui connaissait une situation des plus florissantes selon lui. Ce n'est qu'ensuite qu'il demanda :

— Mais au fait, qu'est-ce qui vous amène ?

En dépit de tous ses compliments, Louise nota qu'il

n'avait pas daigné les recevoir dans son bureau. Il faut dire qu'elles se présentaient sans prévenir et sans y avoir été invitées.

— Nous avons appris par notre médecin la naissance de votre fille Sophie-Éléonore, et nous vous présentons nos plus sincères félicitations !

— Je vous remercie. Ayant déjà eu le bonheur d'avoir un fils, Léopold, je dois dire que je suis un homme comblé !

— Vous féliciterez Magdeleine pour nous ! ajouta Guillemette d'une petite voix aigre qu'elle espérait chaleureuse, mais qui en disait long sur l'animosité entre les deux femmes.

L'homme lui répondit d'une manière un peu crispée qu'il lui transmettrait ses compliments. Autant il se montrait charmant avec Louise, autant l'accueil réservé à sa tante était glacial.

La jeune femme crut alors bon d'ajouter :

— C'est en apprenant cette bonne nouvelle que Guillemette a eu l'idée de venir vous voir, d'ailleurs... N'est-ce pas, ma tante ?

Guillemette rêvassait en regardant la tête de dragon sur la rampe. Louise dut insister pour la tirer de ses songes.

— Ma tante ?

— Quoi ? Oh ! oui, pardon ! Je me disais que vous auriez peut-être besoin d'une nourrice expérimentée. Pour ma part, vous connaissez mes états de service ; je peux me flatter d'avoir élevé seule ma fille, laquelle travaille chez un médecin à présent ! déclara-t-elle avec fierté, tandis que Louise se mordait la lèvre pour ne pas sourire. Et j'ai également eu plusieurs enfants à charge récemment...

Louise lui donna un discret coup de coude pour qu'elle évite de mentionner ses petits travaux rémunérés et ses coups fourrés avec l'hospice. Gauche de nature, Guillemette en aurait bien été capable !

— Hélas, vous arrivez trop tard ! Le poste a déjà été pourvu, mentit leur hôte, visiblement mal à l'aise.

C'est pourquoi Louise crut bon de surenchérir :

— Pour parler franchement, nous comprenons que vous puissiez lui tenir rigueur de certaines maladresses. Ma tante regrette sincèrement de s'être emportée en quittant votre maison. N'est-ce pas, ma tante ? Vous la connaissez, cela fait partie de son caractère entier, mais c'est une bonne nature.

Pendant son discours, la tante hochait imperceptiblement la tête, toujours tournée vers la rampe.

— Nous avions, hélas, des différends irréconciliables sur l'éducation des enfants. Et nous n'apprécions pas beaucoup que nos employés se permettent de donner des conseils sur la façon dont nous devrions élever ces derniers, rétorqua sèchement leur hôte.

Louise sentit que la partie allait être difficile à remporter, l'homme semblant très remonté.

— Je vous assure qu'elle se repent de ses paroles inconsidérées. Peut-être pourriez-vous lui redonner une chance ? tenta-t-elle encore.

Il prit une inspiration et finit par dire :

— Écoutez, par égard pour votre père, je pourrais revoir notre position. Je ne vous promets rien, mais je vais en discuter avec ma femme.

Louise fut soulagée par ces paroles.

— Nous vous en sommes très reconnaissantes ! le gratifia alors Louise.

— C'est bien naturel, mon père Pierre appréciait beaucoup le vôtre, Rémy Desmoulins. C'était le meilleur contremaître que nous ayons jamais eu à la mine. Un homme juste, bienveillant et travailleur, doublé d'un individu brillant et d'un esprit éclairé qui plus est. Je me rappelle qu'il avait fait des études et désirait devenir géologue, mais un problème familial l'avait détourné de cette voie et il avait dû travailler fort jeune. Ses connaissances, de la faune notamment, furent précieuses dans la mine pour l'extraction houillère.

Louise écoutait parler de son père avec ravissement, émue aux larmes. Elle songea également que son père, fils de médecin, avait hérité de ce dernier une somme et un savoir-vivre qui l'avaient incité à dispenser à sa fille une éducation bourgeoise. Et elle n'avait jamais manqué de rien.

— Pardonnez-moi cependant si je me montre indiscret, mais je m'étonne de votre demande. Vous semblez un peu juste financièrement, si je saisis bien le sens de votre démarche...

— Nous sommes cernées par les dettes et nous risquons de perdre la maison de mes parents, répondit Louise avec franchise, Guillemette honteuse regardant ses pieds.

Leur interlocuteur fut stupéfait.

— Mais cela ne se peut ! Car enfin, vous devriez vivre confortablement aujourd'hui grâce aux actions de la mine judicieusement acquises par votre père. Il vous suffirait pour cela d'en vendre quelques-unes pour rembourser vos dettes et satisfaire vos besoins.

Louise tomba des nues et se retourna vers Guillemette.

— Des actions ? Tu étais au courant ?

Celle-ci prit un air innocent.

— J'en avais pourtant déjà parlé à votre tante, ajouta le directeur.

Indisposée par les regards inquisiteurs sur elle, la tante étourdie tenta vainement de se justifier.

— Oh ! des actions, des actions ! J'en fais tous les jours des bonnes, moi ! Et je n'en suis pas plus riche pour autant. Par contre, permettez-moi de vous dire que j'adore votre rampe !

Chapitre 31

Très remontée contre sa tante, Louise l'entraîna ensuite jusqu'au cabinet du notaire pour obtenir des explications sur l'existence de ces actions et la raison pour laquelle il n'y avait jamais été fait mention dans son héritage.

Les deux femmes frappèrent à la porte de son étude et patientèrent dans l'entrée. Sa secrétaire leur signifia que Me Facon était en rendez-vous. Elles attendirent plus d'une demi-heure pour le rencontrer, et lorsqu'il sortit, il les reçut fraîchement.

— Que faites-vous donc ici ? Êtes-vous venue pour vous acquitter de vos dettes ou solliciter une faveur ?

Ce disant, l'homme aux yeux noirs comme le charbon reluqua Louise. Cette dernière l'affronta du regard et exposa avec détermination l'objet de leur visite :

— Nous voudrions nous entretenir avec vous au sujet de l'héritage de mon père. Nous avons en effet été informées des actions de la mine qu'il avait acquises…

L'homme se rembrunit.

— Des actions ? Cela ne me dit rien…

— Nous tenons cette information de source sûre pourtant ! maintint fermement Louise. Du directeur de la mine lui-même !

— Écoutez, je ne remets pas en cause ses paroles,

mais il faudrait que je fasse des recherches. Or, je n'ai pas de temps à perdre et je ne reçois pas sans rendez-vous. Repassez plus tard.

— Mais, maître, cela pourrait nous sauver ! insista Guillemette.

Pour toute réponse, l'homme étouffa un soupir.

— Voyez mon agenda avec ma secrétaire et nous en discuterons. Je crains toutefois de ne pas avoir de disponibilité avant le mois prochain…

Il fit demi-tour et retourna dans son bureau, les laissant abasourdies dans le couloir.

Au dernier instant cependant, il fit volte-face.

— Si ma mémoire est bonne, il vous reste une semaine pour vous acquitter de vos dettes. Autrement la maison sera vendue. Et cette fois, vous n'obtiendrez plus de délai, je n'ai été que trop patient. Alors, ne traînez pas !

Sur ce, il claqua de nouveau la porte.

En sortant, Louise fulminait.

— Il ment ! Il nous cache des choses ! Il nous faudrait le soutien d'un homme de loi. Mais nous sommes sans le sou, comment faire ?

Contre toute attente, Guillemette s'emporta contre sa filleule.

— En tout cas, bravo ! Par ta faute, nous serons mises à la rue la semaine prochaine ! Si seulement tu avais su tenir ta langue au lieu de te donner des grands airs ! D'ailleurs, c'est bien simple, depuis que tu es revenue de Versailles, je ne te reconnais plus !

Louise était stupéfaite et décontenancée par autant de mauvaise foi. Elle avait changé, certes, mais en bien. Elle n'était plus la jeune fille naïve et timide d'avant, à présent elle prenait les choses en main. Même si, hélas, elle n'avait pas de pouvoir.

— Tu sais quoi ? Tu devrais retourner là-bas, chez cette

Rose Baldaquin, poursuivit Guillemette. Au moins, tu toucheras un salaire décent et tu pourras nous envoyer de l'argent. Ce qui nous aidera ta cousine et moi à nous financer un nouveau logement. Oh ! ce sera certainement beaucoup moins confortable que la maison, mais on fera avec !

En dépit de la nausée que l'idée de retourner à Versailles pouvait lui procurer, une consolation suffisait à apaiser la rancœur de Louise, celle de revoir Léandrin. Elle ne parvenait décidément pas à le chasser de sa tête et de son cœur.

Elle était toutefois loin de se douter qu'il se trouvait si près d'elle au même moment. Léandrin était en effet en train de sillonner les différents quartiers de Valenciennes pour tenter de la retrouver. Des plus huppés aux plus sordides, sans compter quelques censes des environs. Il retourna également questionner le propriétaire de l'auberge où il était descendu la première fois pour savoir s'il connaissait une certaine Louise, dentellière de son état. Il la décrivit physiquement et par différents traits de son caractère en des termes élogieux, mais hélas, sans succès.

Il songea alors qu'il glanerait peut-être plus d'informations à l'atelier de dentelle de la maison Tribout. Il devait d'ailleurs s'y rendre pour passer la fameuse commande de valenciennes pour Versailles. En entrant, un peu sans invitation, il fut cependant reçu d'une étrange manière par Claire Tribout, tandis que toutes les ouvrières somnolaient sur leurs ouvrages.

— Ravie de vous revoir, cher… euh… vicomte ? Est-ce bien cela ? Comment dois-je vous appeler ? s'enquit-elle.

Léandrin comprit aussitôt que l'affaire avait été éventée. C'était donc que Louise était passée par là. Elle était la seule qui aurait pu le leur rapporter, et ce, même si l'affaire avait fait grand bruit à Versailles et que la maison Tribout avait des connexions avec plusieurs notables à la cour.

— J'ai changé de nom, en effet. On m'appelle monsieur de la Dentellière, à présent, mais je suis mandaté par la ministre des Modes.

Toutes les filles pouffèrent. Claire Tribout fut quelque peu embarrassée, mais se contenta d'arquer un sourcil en murmurant pour elle-même :

— M. de la Dentellière… Voyez-vous cela !

Puis elle reprit :

— Eh bien, cher monsieur, que puis-je faire pour vous ?

— Je désirerais vous passer une nouvelle commande de valenciennes.

— Formidable ! Et ce serait pour Versailles ou… ailleurs ?

Toutes les dentellières gloussèrent de plus belle.

Léandrin déplia alors un ordre signé de la cour pour une commande substantielle de dentelle.

— Le délai est assez serré, pensez-vous être en mesure de l'honorer ?

Claire Tribout fut, sembla-t-il, rassurée par ce papier officiel de Versailles.

— Ce devrait être possible. Par contre, n'y a-t-il pas erreur sur le chiffre ? C'est assez conséquent…

— Non, il n'y a aucune erreur.

Cette fois les yeux de Claire Tribout s'écarquillèrent de surprise et de contentement.

— Bon, mesdemoiselles, il va falloir vous presser un peu plus, dit-elle en frappant dans ses mains à leur intention. Nous allons avoir du travail, beaucoup de travail à fournir en très peu de temps ! ajouta-t-elle en leur lançant un regard injonctif.

Cette fois, les dentellières ne riaient plus. Elles regardèrent alors toutes Léandrin comme leur sauveur.

Au sortir de l'atelier, le jeune homme poursuivit ses recherches et interrogatoires dans le centre de Valenciennes, notamment à l'auberge L'Oie Blanche où il avait dîné avec Louise, mais sans guère plus de succès. À la nuit tombée, il revint toutefois rôder au pied de la maison Tribout, en essayant de ne pas se faire remarquer cette fois. Et ce n'est que lorsqu'il reconnut Jeanne-Claire Cheval qu'il alla au-devant d'elle. Elle était en effet celle qui lui avait apporté la lettre de Louise – au nom de la baronne de Nédonchel – à l'auberge, elle encore qu'il avait aperçue dans le parc du château de l'Hermitage au retour de leur périple dans le Nord. Il était convaincu qu'elle devait donc connaître Louise personnellement ou en tout cas en savoir plus sur l'affaire qui le préoccupait.

— Pardonnez-moi de vous importuner, lui dit-il avec courtoisie et fermeté néanmoins, j'aurais quelques questions à vous poser.

Si elle sursauta dans un premier temps en voyant cette silhouette surgir dans la nuit, lorsqu'elle le reconnut, elle sembla comprendre instantanément ce qu'il attendait d'elle.

— Venez, ne restons pas là ! lui souffla-t-elle.

Peu désireuse sans doute que leur conversation soit surprise par ses collègues ou qu'on les voie ensemble, elle l'entraîna dans une petite ruelle adjacente, peu fréquentée.

— Je vous écoute, dit-elle.

— Où est-elle ? s'enquit-il sans détour.

— Écoutez, je ne suis pas sûre que ce soit une très bonne idée de chercher à la revoir…

— Et pourquoi donc ?

Jeanne-Claire mordit ses lèvres et lui dit :

— Louise n'est pas faite pour ce monde. Elle est un peu comme moi d'ailleurs, on m'a proposé une très belle situation à Versailles, mais j'ai refusé. Je ne lâcherai pas ma famille et mes amis du Nord pour tout l'or du monde.

— Je comprends…

— Vous devriez peut-être la laisser tranquille, conclut la jeune femme.

— Elle vous l'a dit ? demanda Léandrin, anxieux.

— Non. Mais c'est ce que je pense.

— Alors, laissez-moi au moins la possibilité de l'entendre dire de sa bouche. Surtout après que je lui aurai fait part de l'ardeur de mes sentiments.

Léandrin abattait toutes ses cartes, en particulier ses atouts pour conquérir sa dame de cœur.

Jeanne-Claire fut décontenancée par cet aveu.

— Vous l'aimez donc ?

— Éperdument ! Sans elle, je me sens perdu. Avec elle, je sens que je pourrais tout ! Et je suis prêt à tous les sacrifices pour la revoir.

La jeune femme le scruta pour sans doute discerner toute la sincérité de sa démarche. Lorsqu'elle vit qu'il ne mentait pas, elle répondit :

— Jurez-moi seulement que si elle ne répond pas à vos attentes, vous cesserez de l'importuner.

— Je vous le promets.

— Et que vous ne la tenterez plus ?

— Je vous le jure.

Quand le regard que Jeanne-Claire plongea dans le sien, il sentit qu'elle aussi tenait beaucoup à elle. C'est sans doute ce qui détermina la décision qu'elle prit alors.

Chapitre 32

À peine entrée dans le salon, la tante se plaignit à Bertille du comportement de Louise, lui faisant le récit circonstancié et totalement subjectif des événements qui venaient de se dérouler. Sa fille était alors en train d'échanger des paroles douces avec Pépin, dans une tendre et nouvelle complicité, encore fragile cependant. Louise fut embarrassée pour eux par l'attitude de son envahissante tante, mais pas Guillemette qui cherchait un moyen d'expulser sa colère et la frustration endurée chez son ancien employeur. Bertille, stoïque, l'écouta se plaindre un moment. Puis elle finit par dire :

— Bon, ça y est ? Tu as terminé ?

— Je crois bien que oui !

— Alors pour ton information, nous n'avons plus rien à manger.

— Je vais aller cueillir des légumes du jardin. On va faire une soupe.

Puis baissant d'un ton, et désignant Pépin :

— Il compte rester encore longtemps celui-là ?

— Le temps qu'il faudra pour être tout à fait rétabli. Et si tu n'es pas contente, c'est le même prix ! Une autre question ?

— Non, ça ira.

Guillemette partit dans son jardin à l'arrière de la maison en maugréant qu'elle ne savait pas quelle mouche avait piqué ses filles, décidément elle ne les reconnaissait plus !

Bertille en profita pour se lever et descendre dans la cave chercher du charbon.

Louise se rapprocha de Pépin.

— Alors, comment te sens-tu ?

— Mieux, beaucoup mieux ! Je reprends des forces. Mais Bertille m'a dit qu'il allait me falloir encore un peu de temps avant de pouvoir tenir sur mes guiboles.

— Je ne suis pas médecin, mais ça me semble normal après ce que tu as subi. Et puis Bertille est bien placée pour savoir de quoi elle parle… Elle a dû en voir passer des comme toi !

Pépin eut un petit rire amusé.

— J'espère qu'elle n'en verra pas trop quand même… Je voudrais bien la garder un peu pour moi !

Cet aveu eut le don d'émouvoir Louise.

— Tu as enfin ouvert les yeux…

— J'ai vraiment été bête tout ce temps ! Dire qu'elle était juste là, à côté de moi, et que je ne la voyais même pas…

— Tu l'aimes bien, alors ?

— C'est vraiment une chouette fille…

— Très chouette !

— Elle est gentille…

— Adorable !

— Et puis, elle a des mains douces…

— Oh ! toi mon Pépin, tu ne serais pas un peu amoureux par hasard ?

Le garçon rougit.

— Mais non, tu sais bien que je n'aime que toi !

Louise sourit.

— Je suis contente que l'on puisse en rire à présent. Alors, on est amis ?

— Il me semble qu'on l'a toujours été, non ? Faudra juste que ma mère se fasse à l'idée…

— Ne t'inquiète pas, elle s'y fera vite !

Louise songea en effet que s'il remplaçait une fille de la maison par une autre, elle n'y verrait sans doute aucun inconvénient. L'important pour elle étant qu'elle puisse avoir des petits-enfants.

— Dis donc, elle en met du temps, Bertille ! Je me demande bien ce qu'elle traficote dans la cave.

Ce disant, Louise descendit la rejoindre.

Elle trouva sa cousine assise sur un sceau de métal, contemplant désespérément le minuscule tas de charbon restant, la tête dans les mains. Quand Louise entra, elle leva ses yeux humectés de larmes vers elle.

— Mon Dieu, que va-t-on faire, Louise ?

— Il ne reste plus de charbon ?

— Comme tu vois… On n'a pas pu le faire livrer en septembre, faute d'en avoir les moyens. On ne passera pas l'hiver.

Louise songea que de toute façon, la maison devrait être vendue sous peu.

Elle rejoignit sa cousine et lui posa une main sur l'épaule.

— L'important c'est que ton cœur, lui, soit au chaud, va.

Bertille pinça alors les lèvres et la regarda avec ses grands yeux clairs.

— J'avoue que ça, c'est plutôt pas mal !

— Je suis vraiment contente pour toi et Pépin. Ça a l'air de bien se passer entre vous.

— Oh ! attends qu'il se remette ! J'espère que quand il pourra marcher, il n'ira pas voir ailleurs. Il a l'air de changer d'avis aussi vite que de chemise celui-là !

— Tu es bête ! Je le crois, moi, sincèrement épris.

La cousine rosit légèrement.

— Je le crois également. Et je t'avoue que je suis pleinement heureuse !

— Eh bien, tu vois ! Tout s'arrange. D'ici peu, il te demandera de t'épouser et tu auras de nouveau un toit au-dessus de la tête. Bon, ce ne sera pas très loin d'ici, mais au fond ça ne te changera pas beaucoup !

— Tu es bête !

Les filles se taquinèrent encore un peu. Puis Bertille essuya définitivement ses larmes et se décida à retrouver Pépin pour se réchauffer à sa flamme, à défaut d'avoir suffisamment de charbon pour alimenter le poêle.

Au moment où les deux filles remontaient de la cave, elles firent face à Mathurin, escorté d'Aglaé et de Guillemette. Cette dernière avait probablement été quérir les deux autres.

Le solide gaillard prit Pépin dans ses bras.

— Allez, mon gars ! Tu rentres chez toi.

Bertille poussa les hauts cris :

— Quoi ? Mais c'est impossible ! Il est encore faible, il faut que je le soigne !

— Tu pourras aussi bien venir à la maison, dit Aglaé qui se languissait de récupérer son fils.

— C'est toi qui as fait ça ? s'emporta Bertille contre sa tante.

Louise posa une main sur son bras en lui signifiant de ne rien dire, que cela ne servirait à rien.

Pépin ajouta cependant :

— Oh ! oh ! ne vous battez pas pour moi ! Je n'en mérite pas tant !

Il était en effet déchiré entre les deux femmes de sa vie.

Il murmura quelques mots à l'oreille de Mathurin et ce dernier l'approcha de Bertille. Pépin lui caressa alors la joue en lui disant :

— Merci pour tout, Bertille. Tu viendras à la maison tous les jours pour remplacer mes bandages…

Et ce disant, il lui fit un clin d'œil.

— N'est-ce pas, mère ?

Cette dernière les regarda tous les deux avec colère, prête à tempérer l'ardeur de cette invitation, mais elle fut surprise en voyant le sourire tendre adressé par son fils à Bertille, puis confuse en cherchant le regard de Louise lointaine, puis intriguée en remarquant que Bertille rosissait et enfin satisfaite. Elle venait de comprendre ce qui s'était joué entre eux. Un large sourire illumina son visage.

— Mais avec plaisir, Bertille ! Tu viens quand tu veux !

Guillemette au même moment marmonnait entre ses dents.

Elle changea toutefois bien vite d'attitude, une fois le cortège composé de Mathurin, Pépin et Aglaé parti. Elle afficha alors un sourire vainqueur aux deux filles et lança fièrement :

— Vous ne devinerez jamais ce qu'on aura pour le dîner avec la soupe…

Ce disant, elle brandit un plat couvert d'un torchon qui dégageait une odeur pestilentielle.

— Une tarte au maroilles ! C'est Aglaé qui me l'a donnée !

Louise comprit qu'elle venait de troquer le retour de Pépin contre une tarte, l'éloignant par là même de Bertille, et faisant ainsi d'une pierre deux coups.

Au même moment, Léandrin arrivait dans le quartier de Louise. La première personne qu'il rencontra fut une charmante petite fille blonde qui traînait derrière elle une poupée de chiffons toute sale.

— Excusez-moi, mademoiselle…

— Je m'appelle Célestine.

— Quel joli prénom ! Dis-moi, Célestine, je cherche la maison de Louise. Pourrais-tu me dire où elle se trouve ? Est-ce celle-ci ? s'enquit-il en désignant celle d'Aglaé Bigotte.

La fillette toujours disposée à raconter des horreurs sur les voisins se fit un plaisir de lui venir en aide. Elle secoua cependant la tête.

— Non ! Ça, c'est celle du monsieur qui s'est noyé dans le canal. Il faut dire qu'il buvait tellement qu'il ne marchait plus droit ! Ils l'ont repêché des jours plus tard. Il était tout gonflé et tout vert, et même qu'il tenait encore sa bouteille à la main, une eau-de-vie de trente ans d'âge. Même qu'elle a disparu depuis et qu'on ne l'a jamais retrouvée !

— C'est une bien terrible histoire pour une fillette comme toi !

La petite blonde haussa les épaules.

— Oh ! j'ai l'habitude !

— Si ce n'est pas cette maison-là, c'est peut-être cette jolie maison de brique rouge dans ce cas, non ?

— Ah, ça, c'est celle de la dame qui lave les culottes des messieurs dans son jardin et même qu'après les culottes s'envolent et qu'on en retrouve partout !

— Ah bon ? s'exclama Léandrin, contrarié.

— Elle brûle les repas et le linge aussi ! Même que l'autre jour elle a tout jeté de nuit dans le canal et que ça a fait une grosse boulette qui a bouché le conduit.

Léandrin pinça les lèvres, désireux de passer outre, mais la petite fille enchaîna :

— Et pis, je me méfie d'elle ! Parce que des fois, elle garde des enfants chez elle, et même qu'après ils disparaissent. Je suis sûre qu'elle va les perdre dans la forêt !

— Tu en es certaine, Célestine ? C'est une accusation très grave.

— Absolument ! répondit la blonde angélique en croisant résolument les bras.

Bien qu'il soit un peu dégoûté, Léandrin poursuivit tout de même :

— Tout ça ne me dit pas où habite Louise… C'est une jeune femme blonde tout comme toi et aussi très gentille.

La petite la dévisagea d'un œil suspicieux.

— Et qu'est-ce que tu lui veux à Louise ? Si tu veux l'épouser, je te préviens, y a Pépin qui est fou amoureux d'elle…

— Mince ! J'arrive trop tard, alors.

— Oh ! non ! C'est pas fait encore ! D'autant qu'il est blessé. Mais bon, il est dans sa maison et elle le soigne jour et nuit !

Léandrin se décomposa, mais il voulut tout de même en avoir le cœur net. Il prit sur lui pour lui redemander avec douceur :

— Alors, où habite-t-elle ?

La petite fille lui désigna du doigt la maison où vivait la dame qui lavait les culottes des messieurs dans son jardin, brûlait les repas, le linge, et perdait les enfants dans la forêt. Puis elle s'en fut en sautillant, son devoir accompli, laissant un Léandrin quelque peu désemparé.

L'heure était au souper dans la famille Desmoulins-Joly.

Les trois femmes mangeaient dans un silence pesant. Bertille était contrariée parce qu'on lui avait enlevé son Pépin, Louise en voulait à sa tante pour cela, mais aussi pour l'histoire des actions de son père. Seule Guillemette se réjouissait de savoir que son estomac serait bientôt apaisé par la tarte au maroilles de sa voisine. Mais sa joie se trouvait quelque peu gâchée par l'humeur massacrante de ses deux filles.

— Eh ben, c'est la soupe à la grimace ce soir ! commenta-t-elle.

Elle n'obtint cependant aucune réponse, les deux autres étant plongées dans le mutisme le plus total et leur potage.

Le silence reprit de plus belle, uniquement ponctué par les bruits peu ragoûtants de succion et de déglutition de la tante et de la cousine de Louise. Ayant appris à Versailles à manger sans faire de vagues, elle s'en irrita quelque peu, mais elle prit sur elle de ne rien dire.

Guillemette nota toutefois son agacement.

— Bon, Louise, si c'est pour faire cette tête-là, je préfère que tu montes dans ta chambre ! Tu redescendras quand tu seras devenue plus aimable.

— Mais je n'ai plus dix ans, ma tante !

— Je n'aime pas qu'on me réponde. Alors, puisque c'est comme ça, tu seras privée de tarte ! Zou ! File dans ta chambre !

Louise déposa sa serviette, ravie de s'échapper de cette ambiance morose et délétère.

Bertille la vit partir avec un soupçon d'envie. N'y tenant plus, elle se leva à son tour pour monter, mais sa tante la retint.

— Toi, tu t'assieds, et tu manges ta soupe ! Ça t'aidera peut-être à grandir un peu.

Bertille maugréa un charabia incompréhensible, mais obtempéra néanmoins. Il faut dire qu'elle avait faim.

Louise, quant à elle, s'en accommoda. Elle avait été habituée à Versailles à jeûner pour répondre aux attentes de la clientèle de Rose Bertin ou pour être moins serrée dans son corset.

Une fois dans sa chambre, elle essaya de chasser la colère de son esprit, avant de tenter d'y voir clair. La situation était devenue invivable. Elle ne pouvait plus supporter d'être rabaissée au rang de petite fille après avoir connu l'indépendance à Versailles. Claire Tribout avait bien raison sur ce point, elle ne pouvait plus revenir en arrière. D'une certaine manière aussi, elle s'était forgé une carapace dans la solitude. Le cygne avait grandi, il n'était plus le vilain petit canard. Il devait suivre son destin et voler avec les autres, passionnés tout comme elle par leur art, et s'y investir pleinement.

Même sa chambre lui paraissait étriquée à présent. Elle savait qu'elle n'avait plus le choix. Elle devait aller de l'avant et partir, même si cela devait l'arracher à ses amis et à son cher Nord. Elle avisa alors une boîte près de son lit et l'ouvrit. Elle contenait plusieurs dessins qu'elle avait faits étant plus jeune, des modèles de robes, dont certaines au style audacieux, voire avant-gardiste. Elle caressa le rêve de créer sa propre ligne de vêtements et d'accessoires agrémentés de dentelle. Qui sait, un jour ? Ils ne déplairaient peut-être pas à la reine non plus… Elle se demanda bien ce qu'en penserait Rose Bertin. Mais pour cela, il lui faudrait retourner dans la fosse aux lions, à Versailles, avec toutes ces harpies et ces hypocrites imbus d'eux-mêmes qu'elle exécrait. Seule consolation : celle de revoir Léandrin. Le jeune homme lui manquait tellement. Chacune des pensées à son égard était un véritable déchirement.

Soudain, sa tante lui hurla de descendre. Elle rechigna un instant, avant de l'entendre réitérer sa demande avec beaucoup plus de hargne. Louise prit une profonde inspiration et entreprit de la rejoindre, bien décidée cependant à lui dire ses quatre vérités. Mais alors les paroles de Guillemette s'adressant à une tierce personne lui parvinrent :

— Je ne sais pas ce qu'elle fait dans sa chambre…

Louise se dit qu'elle ne manquait pas de culot puisque c'était elle qui l'y avait consignée !

Une fois en bas, elle entra dans la salle à manger où sa tante, avec une politesse exagérée, proposait de l'eau-de-vie de trente ans d'âge à un homme de dos. Lequel inspecta avec suspicion la bouteille avant de décliner son offre.

En entendant les accents graves et veloutés de sa voix, Louise tressaillit et se figea. Se pouvait-il que ce soit lui ?

Il ne portait pas de perruque, d'où sa confusion, mais il était encore plus beau avec sa chevelure naturelle : Léandrin !

Elle croisa le regard de sa cousine qui lui lança un regard interrogateur en le désignant, l'air de lui demander ce que ce garçon magnifique faisait là.

Au même moment, Guillemette expliquait au jeune homme qu'il fallait absolument qu'il assiste au Tour du Saint-Cordon, un pèlerinage vieux de sept cents ans qui faisait la fierté de la ville, ou à la grande kermesse de Valenciennes. Et d'ajouter que ces événements étaient tout aussi dignes d'intérêt que les divertissements de Versailles.

— Nous aussi on sait s'amuser dans le Nord, faut pas croire ! Et on sait recevoir également…

Ce disant, elle brandit un plat encore fumant qui dégageait une forte odeur de pied.

— Vous prendrez bien un morceau de tarte au maroilles ?

Léandrin déclina poliment son offre, argumentant qu'il avait déjà mangé.

À ce moment-là, Louise serait bien rentrée dans un trou de souris. Elle faillit faire demi-tour quand Guillemette l'aperçut.

— Ah, la voilà ! Tu en as mis du temps ! Qu'est-ce que tu fichais ?

Le jeune homme se retourna vers elle. Il avait le visage le plus doux et le plus charmant qu'il lui ait été donné de voir. Son cœur chavira. Elle se serait bien jetée à son cou pour l'embrasser ou tout au moins se blottir dans ses bras, étant trop heureuse de le revoir, avant qu'elle réalise qu'il se trouvait chez elle, dans le Nord. Par quel miracle ou quelle malédiction était-il arrivé là ? Ainsi donc, il savait qui elle était ? Qui avait bien pu le lui dire ? Lui en voulait-il ?

Les questions se précipitaient dans sa tête.

— Bonsoir ! prononçaa-t-elle avec difficulté. Que nous vaut l'honneur de votre visite ?

Rouge et un peu honteuse, elle avait lancé cette phrase sans réfléchir, l'ayant entendu dire à plusieurs reprises à Versailles, notamment par la reine elle-même en préambule à ses visites.

Léandrin se leva de sa chaise et s'inclina en une profonde révérence, bien qu'un peu raide, signe de sa nervosité.

— Je suis heureux de vous revoir. J'ai maintes fois cherché à vous contacter. Je vous ai écrit, mais mes lettres me sont revenues…

— Ah, je savais bien que le postier volait du courrier ! Comme par hasard je reçois toujours mes factures, mais jamais l'argent que l'on me doit ! s'exclama Guillemette, à la grande consternation de sa filleule.

Bertille quant à elle semblait hésiter entre éprouver de l'embarras par empathie pour Louise et partir d'un rire nerveux proche du désespoir.

Le jeune homme toussota un peu, puis s'enquit auprès de Louise :

— Me feriez-vous l'honneur d'aller discuter dehors avec moi ?

— Excellente idée ! Vous n'avez qu'à aller vous promener dans le jardin derrière la maison ! repartit Guillemette. J'en suis très fière, comme d'ailleurs la plupart de mes voisins le sont du leur, qui n'a pas l'abondance du mien, cela dit. Il est bien garni vous verrez, et il présente toutes sortes de fruits et légumes : des salades, carottes, navets, betteraves, de la rhubarbe et même des fraises parfois ! Même si là ce n'est pas la saison… et puis aussi…

Cette fois, Bertille intervint pour lui signifier de se taire.

— Si nous allions plutôt au bord du canal ? proposa Léandrin.

— Prenez une lanterne dans ce cas, il doit faire nuit à présent et…

Mais Louise était déjà partie, entraînant Léandrin dans son sillage.

Ultime humiliation avant de sortir de la maison, elle entendit sa tante tout excitée s'enquérir auprès de Bertille :

— Il va lui demander de l'épouser, tu crois ?

— Franchement, avec tout ce que tu lui as débité comme âneries, ça m'étonnerait ! répliqua celle-ci.

— Moi ? Mais je n'ai rien dit !

Chapitre 33

Louise et Léandrin cheminaient le long du canal, dans une atmosphère crépusculaire. Ils se retrouvèrent enveloppés dans une obscurité complice, propice aux confidences, uniquement ponctuée par les flaques de lumière en provenance des habitations.

En l'espace de quelques mois, tous deux avaient changé et mûri par la force des choses. Louise était bien décidée à vaincre sa timidité, véritable faille intérieure, pour enfin savoir à quoi s'en tenir avec celui qui faisait battre son cœur. C'était maintenant ou jamais, et elle était déterminée à ne pas laisser passer cette opportunité qui ne se représenterait sans doute plus. Comme il demeurait muet, ce fut elle qui, n'y tenant plus, brisa le silence.

— Ainsi donc vous m'avez retrouvée ?

— Disons qu'entre autres obstacles et surprises, j'ai fini par croiser la route d'une exquise petite fille prénommée Célestine, qui m'a orienté vers vous.

— Oh ! mon Dieu ! Elle a dû vous raconter des horreurs…

— Plein ! Mais pas suffisamment pour me détourner de vous…

Louise était fortement embarrassée.

— Je suis désolée.

— C'est vraiment une vilaine fille !

— Oh ! non ! C'est la fille des Vilain. Des gens adorables… quoiqu'un peu trop absents. La gamine est souvent livrée à elle-même. Et comme elle s'ennuie, elle joue les commères. Elle trouve ainsi toujours une oreille compatissante et curieuse de s'enquérir de ses voisins, ce qui lui permet de parler et de meubler sa solitude.

— C'est futé et… abominable !

Ils rirent tous deux. Cela détendit l'atmosphère. Cette fois ce fut Léandrin qui, dépassant sa réserve naturelle, fit preuve d'une aisance toute nouvelle pour lui demander :

— J'espère que ma visite ne vous embarrasse pas trop.

— Pas le moins du monde, même si j'avoue avoir été surprise. En vérité, je l'espérais…

— Je suis fort aise de l'apprendre. Vous ne m'aviez pourtant pas donné de signe suffisant pour m'encourager à vous revoir. Quand, pour ma part, il me semblait avoir été clair sur mes sentiments.

Louise ravala le trouble qu'elle éprouvait et qui aurait pu la paralyser pour lui dire :

— Mais n'aviez-vous point établi que nous resterions bons amis, pour le bien de tous et la paix de Rose Bertin notamment ?

Léandrin pinça les lèvres et regarda au sol.

— En effet. Il le fallait. Mais ce n'était assurément pas mon ressenti.

Le cœur battant, Louise osa alors lui poser la seule question qui vaille :

— M'aimez-vous donc toujours ?

Il plongea son regard lumineux et velouté dans le sien.

— En doutez-vous ?

Louise ne put réprimer un intense soupir de soulagement, tout son être se trouvait envahi par une vague euphorique de bonheur.

Léandrin poursuivit en regardant droit devant lui cette fois :

— Je vous aime depuis notre première rencontre et ce sentiment n'a fait que grandir à mesure que je vous fréquentais et que j'apprenais à vous connaître. J'avais alors envie de creuser davantage, un peu comme dans vos mines où l'on extrait le charbon, sauf que pour ma part j'avais l'impression de toujours découvrir davantage de trésors et de félicité auprès de vous.

Louise sentit son visage s'empourprer sous l'effet de ces aveux, heureusement l'obscurité devait le dissimuler aux yeux de son compagnon, car autrement, il aurait vu tout de suite l'effet qu'il lui produisait et ne se serait sans doute pas embarrassé de lui fournir autant de détails sur ses sentiments. Chacun de ses mots était un baume apaisant sur ses maux à elle, elle en raffolait.

— Mais c'est surtout le manque qui m'a fait réaliser à quel point j'étais épris de vous. Si l'absence après notre rencontre dans le Nord a été difficile, elle n'était rien comparée à votre départ précipité de Versailles. Cette fuite a eu des effets dévastateurs sur moi. Fort heureusement, Rose m'a fourni le moyen de vous rejoindre, en réclamant une nouvelle commande de valenciennes...

— Cela ne m'étonne pas d'elle ! commenta Louise en songeant qu'elle avait intercédé une fois de plus en sa faveur.

Il devait pourtant lui en coûter de voir partir simultanément ses deux plus proches collaborateurs.

— Je vous ai ensuite cherchée partout dans la ville et j'ai fini par retrouver votre trace grâce à l'atelier Tribout et l'une de vos collègues qui vous affectionne tout particulièrement, je crois.

Louise baissa les yeux. Elle devinait de qui il s'agissait : son amie Jeanne-Claire ! L'avait-elle cependant trahie ?

— Elle m'a fait toutefois promettre de ne point vous

importuner si mes sentiments n'étaient pas réciproques, reprit Léandrin.

Cette chère Jeanne-Claire ! songea Louise.

— Ce qui m'amène à vous demander s'ils le sont…

Léandrin avait, semble-t-il, tourné un moment autour du pot avant d'oser lui poser la question qui lui importait le plus.

La jeune femme écarta une mèche de cheveux qui lui était tombée sur les yeux, puis, remarquant qu'elle tremblait trop, elle joua nerveusement avec ses doigts.

— Je ne vous cacherai pas que la première fois que je vous ai vu à l'atelier, j'ai éprouvé une irrésistible attirance, confessa-t-elle, rougissant davantage encore de la hardiesse de ses propos. Cette attirance s'est bientôt muée en des sentiments beaucoup plus profonds et tourmentés. Ainsi, je ressentais un réel et grand bonheur d'être en votre compagnie, avec un sentiment chaleureux de bien-être, et aussitôt après un manque terrible lorsque vous étiez loin de moi.

Il sembla touché par ses paroles, mais un doute l'assaillit.

— Mais pourquoi être partie comme vous l'avez fait dans ce cas ?

— Je n'avais pas le choix ! Mon ami d'enfance était porté disparu, ma famille avait besoin de moi. Il faut aussi que vous compreniez que tout nous séparait. Une relation entre nous me paraissait impossible et je ne voulais pas me bercer d'illusions ou entretenir de faux espoirs avec vous. D'autant que vous ignoriez ma véritable condition.

Léandrin serra son poing dans lequel il toussa, avant de se redresser, signe s'il en était de son énervement.

— Vous devez m'en vouloir de vous l'avoir dissimulée, n'est-ce pas ? s'enquit-elle.

— Tout aurait été beaucoup plus simple si vous m'aviez

dit qui vous étiez vraiment… Mais je ne vous en veux pas, non. Et ce d'autant plus que c'est ce que j'ai fait également.

Il prit un temps et ajouta :

— Je n'ai aucune excuse. Mais vous connaissez suffisamment Versailles à présent pour savoir que sans titre ni fortune vous n'êtes rien. En revanche à la cour, vous êtes finalement ce que l'on veut que vous soyez…

— Ça, je l'ai bien compris, monsieur de la Dentellière !

— N'est-il pas, madame la baronne de Nédonchel ?

Il avait dit cela avec une pointe d'ironie piquante. Louise sentit que le moment était venu de s'expliquer sur cette mystification.

— C'était un malentendu…, commença-t-elle.

Elle lui raconta alors le quiproquo survenu lors de sa visite à l'atelier où elle officiait comme dentellière et où on lui avait demandé de présenter la robe de la baronne de Nédonchel. Et comment ensuite elle avait entretenu la supercherie grâce à la complicité de ses collègues. Elle passa cependant sous silence la recommandation de Rose qui lui avait conseillé de poursuivre cette comédie pour connaître la véritable nature de ses sentiments. Elle ajouta enfin qu'avec le temps, elle avait eu de plus en plus de mal à lui avouer la vérité.

— Je comprends, finit-il par dire.

Il confessa qu'au fond, il avait toujours su qu'elle était différente.

— À défaut d'une baronne, je vous ai toujours vue comme une princesse.

— Étais-je si mauvaise comédienne ?

— Au contraire ! Vous avez été vous-même. Une jeune femme authentique, la passion chevillée au corps, avec un cœur d'or. Ce qui est pour moi d'une valeur inestimable.

Sensible à ses compliments, elle évoqua tout de même ce qui constituait un solide obstacle entre eux.

— Hélas, comme vous le voyez, je suis née dans le charbon, et vous dans la dentelle. Nous ne sommes pas du même monde et nous ne le serons jamais.

— Mais vous êtes capable de fabriquer de la dentelle, alors que moi je ne sais que l'acheter pour satisfaire ma clientèle.

Ils discutèrent longuement sur ce point.

Après, un temps, elle surenchérit alors en évoquant un autre obstacle s'opposant à leur relation :

— De toute façon, à quoi bon rêver de vous ? Puisque vous étiez déjà promis à une autre !

Cette fois Léandrin s'emporta :

— Qui vous l'a dit ? Le vicomte de Bresse, bien sûr ! maugréa-t-il entre ses dents. Eh bien, le voici pris à son propre jeu à présent et il ne nous importunera plus !

Comme elle était dubitative, Léandrin lui expliqua alors que son père avait décidé de lui léguer sa fortune par contrat de mariage et non par testament lorsque celui-ci épouserait la fille de son associé. C'était un accord passé entre les deux hommes dans le cadre de leurs affaires. Et pour illustrer son propos, il établit une comparaison avec la baronne de Nédonchel, née Bonne Aimée Victoire de Croÿ, dont il avait appris auprès de l'aubergiste qu'elle s'était mariée à quatorze ans, parce que son oncle M. d'Artois, possesseur du château de Jolimetz et d'une jolie fortune, voulait les lui laisser par contrat de mariage et non par testament. Louise s'en amusa, bien qu'un peu mal à l'aise sur ce chapitre.

Léandrin raconta ensuite qu'il était allé voir la jeune femme qu'il devait épouser, Mlle Clothilde Lespinasse, pour lui demander de renoncer à cet accord et diviser leurs biens équitablement en deux. Hélas, celle-ci se sachant bientôt vieille fille avait refusé.

— Je pense aussi qu'elle ne devait pas être insensible à

vos charmes, surenchérit Louise, car enfin quelle femme ne le serait pas ?

Cette fois, ce fut Léandrin qui sembla gêné par ce compliment. Il poursuivit néanmoins son récit.

— Malheureusement Clothilde refusa ma proposition en l'état, à moins que je ne lui fournisse un autre soupirant de condition équivalente et qui lui plaise, ce qui était loin d'être gagné vu son niveau d'exigence ! Cela me redonna toutefois espoir !

C'est pourquoi il avait accouru chez Rose Bertin ce jour-là pour trouver Louise et lui raconter toute l'histoire. Hélas, il devait apprendre de la bouche de la modiste qu'elle était partie.

— Que s'est-il passé ensuite avec cette Mlle Lespinasse ? l'interrogea Louise, l'incitant ainsi à poursuivre sans s'appesantir sur la douleur causée par son départ.

— Je lui ai présenté le vicomte de Bresse, dont elle s'est, semble-t-il, aussitôt amourachée. À moins bien sûr que ce ne soit plutôt de son titre !

— Tout le monde ne cherche pas à faire des mariages d'amour, observa Louise. Je ne peux les en blâmer toutefois, c'est beaucoup moins difficile et douloureux…

Ils échangèrent un sourire complice, un peu triste cependant.

— Chacun y trouvera son compte. Car loin d'être une mésalliance, en épousant le vicomte Clothilde héritera d'un titre et de la part de fortune de nos pères qui lui revient, quant à de Bresse, il bénéficiera d'une fortune qu'il avait perdue et rentrera en possession de terres et d'un domaine. Quant à moi, je pourrai toucher l'héritage qui me revient et offrir à ma future épouse une vie confortable et agréable.

— Vous lui avez mis le vicomte dans les pattes ? s'enquit Louise. Mais c'est machiavélique !

— Pas plus que de tisser de la dentelle pour prendre un jeune homme innocent dans vos filets ! répliqua-t-il.

Cela les fit rire tous deux.

— Bon, tout ceci ne me dit pas quel est votre vrai nom en définitive…, demanda-t-elle alors.

— Je m'appelle Léandrin Delcourt. Un patronyme qui n'est autre que l'abréviation de De la Cour.

— Tiens donc ! Auriez-vous quelques origines nobles ?

— J'ai bien un arrière-grand-père, marchand et grand voyageur, qui a été anobli par le roi…

Louise n'en revenait pas. Ainsi donc, Léandrin se trouvait en réalité pourvu d'une fortune et d'une certaine noblesse. Ce qu'au fond elle avait cru depuis le départ. Elle s'était définitivement bien fourvoyée à son sujet.

— Eh bien, puisque tous les obstacles semblent enfin levés entre nous, j'ai quelque chose à vous demander…

Louise s'arrêta, interdite.

Il mit un genou à terre, formulant la requête qu'ils espéraient tous deux.

— Accepteriez-vous, très chère Louise, de m'épouser ? Vous feriez de moi le plus heureux des hommes.

Au moment où Louise, ivre de joie, s'apprêtait à répondre par l'affirmative, elle se souvint alors qu'il restait un dernier obstacle à leur union. Et celui-ci semblait réellement insurmontable.

— Oh ! Léandrin ! J'aimerais tant vous dire oui, mais ce ne serait pas honnête envers vous.

Il se releva et, toujours aussi soigneux, frotta son pantalon.

— Allons bon, que se passe-t-il encore ?

Elle l'invita à prendre le chemin du retour, et s'employa à lui raconter la déchéance financière de sa famille et la mésaventure de sa tante avec le notaire, qui les menaçait de vendre sa maison si elle ne payait pas ses dettes. Celui-ci était très certainement véreux, comme pouvait le laisser à penser l'histoire des actions.

— Comment se nomme votre notaire ?

— Me Facon.

Il réfléchit et secoua la tête, ce qui signifiait probablement qu'il ne le connaissait pas, ni même de réputation.

Il se rembrunit et se mit à penser à haute voix :

— Avec la fortune dont je vais hériter, je pourrais aisément racheter cette maison, mais le temps de recevoir mon héritage il sera trop tard. À moins de solliciter un prêt ou une créance…

— Je n'ai pas dit cela pour quémander votre aide. Ce serait faire preuve de pitié. Et je refuse de faire vivre ma famille à votre crochet ! rétorqua Louise avec un mélange de fermeté et d'indignation. Mais je ne veux plus vous mentir, et je me devais de vous dire à quel point nous étions en mauvaise posture. En m'épousant, vous ne feriez pas une bonne affaire… Oh ! Léandrin, je suis tellement désolée !

Il réfléchit, hésita et pour toute réponse, il demanda la permission de se retirer.

Un peu déçue, mais non réellement surprise, elle la lui accorda. Et lorsqu'il partit d'un pas décidé, elle se dit que ce dernier obstacle était le coup de grâce qui était venu à bout de sa patience. Cette fois, elle l'avait définitivement perdu. Elle remit son châle sur ses épaules, car le froid se faisait plus mordant, et retourna seule dans le jardinet de sa maison, en se disant que le plus dur restait encore à venir : affronter la curiosité de sa tante et de sa cousine.

Chapitre 34

Louise avait vu juste. À peine était-elle entrée dans la maison que sa tante l'assaillit de questions.

— C'était qui ce charmant jeune homme, Louise ? Il vient de Versailles, n'est-ce pas ? Je savais bien qu'il devait y avoir là-bas un ou deux gentilshommes qui avaient dû s'intéresser à toi ! Tu nous avais caché ça, espèce de friponne ! Est-il riche au moins ?

Louise expliqua alors en s'efforçant de garder son calme :

— Il s'appelle Léandrin Delcourt, il est négociant en tissus et travaille effectivement à Versailles pour le compte de la ministre des Modes. Et il va prochainement hériter de son père.

— Formidable ! Eh bien, pourquoi ne l'épouses-tu pas ?

— Parce qu'il travaille dans les chiffons sans doute..., répliqua Louise, ironique.

— Eh ben ! C'est très bien ça ! C'est un travailleur, un beau jeune homme et il est riche ! Que demander de plus ?

Louise raconta qu'il s'était enfui, hélas. La précarité de leur situation étant sans doute en cause.

La tante sembla sonnée par cette annonce. Elle balbutia :

— On est pauvres, et alors ? Quand on possède un minois comme le tien, ça n'a que peu d'importance, finalement ! Ce qui n'est pas le cas de tout le monde. Regarde Bertille, elle aura plus de mal à se caser, elle !

Bertille parut outrée.

— Je vous remercie, mère ! Cela fait toujours plaisir à entendre.

— Mais c'est vrai ! Il faut dire les choses comme elles sont. Tu as d'autres qualités, heureusement, c'est ce qui te sauve !

— Et quelles sont-elles, ces qualités ? interrogea Bertille, revancharde.

— Eh bien, euh… Tu sais bien faire les bandages ! C'est vrai ça, tout le monde le dit ! À commencer par le docteur. Sans compter Pépin ! Et même Aglaé a l'air d'apprécier la manière dont tu les fais…

Louise et sa cousine échangèrent un regard de connivence devant l'aveuglement de leur tante.

— Pour en revenir à toi, Louise. Tu es bien sotte de l'avoir laissé partir ! Et puis les dettes, ça se rembourse ! L'argent, ça va, ça vient… Tu n'aurais même pas dû lui en parler !

— Cela n'aurait pas été honnête, ma tante.

— Oh ! l'honnêteté quand il est question de mariage, qu'est-ce donc ? La plupart sont arrangés ou précipités parce que la fille est enceinte, ou le vieux mari sur le point de casser sa pipe. Alors… Qu'on ne vienne pas me parler d'honnêteté !

La tante avait une bien piètre opinion du mariage. Louise et Bertille voulaient cependant y croire, souhaitant que Guillemette ne parvienne pas à leur ôter tous leurs espoirs avant d'arriver devant monsieur le curé !

— Je vais monter dans ma chambre me reposer, déclara Louise.

— Tu as bien raison. File ! Et que cela te serve de leçon, la prochaine fois tu tourneras plusieurs fois ta langue dans ta bouche avant de dire des âneries devant un monsieur comme celui-là !

— C'est l'hôpital qui se fout de la charité, marmonna sa cousine.

— Que dis-tu ?

— Oh ! rien !

— Si, j'ai entendu que tu disais : « C'est l'hôpital qui se fout de la charité »...

— Alors, si tu l'as entendu ? Pourquoi me le demandes-tu ?

Louise s'empressa de sortir, laissant les deux autres continuer à se crêper le chignon comme à leur habitude. Ce qui était somme toute leur façon de fonctionner.

Une fois à l'étage, elle se laissa tomber sur son lit.

Un faible rayon de lumière blanche en provenance de la lune entra par la fenêtre et se répandit dans la pièce nimbée de couleur bleu encre. Louise n'avait pas envie d'allumer une bougie, et ce même si elle aurait bien aimé écrire à Léandrin pour lui exprimer tout ce qu'elle ressentait. À quoi bon ? Il fallait se résigner à accepter les choses comme elles étaient... Au fond, elle n'obtenait que ce qu'elle avait mérité.

Elle aimait tellement Léandrin pourtant, et lui aussi l'aimait. C'était si injuste ! Elle songea à tout ce qu'ils s'étaient dit, à l'aveu de ses sentiments qu'il avait formulé. Et tout cela, pour rien en définitive ! À l'évocation de sa déchéance financière, il avait fui. C'était l'obstacle de trop, il en avait tant franchi pourtant pour la rejoindre. Peut-être avait-il besoin de temps pour assimiler la nouvelle avant de revenir vers elle ? Ou au contraire, ne le reverrait-elle plus jamais. Après tout, quel homme sensé voudrait d'une fille comme elle ? Mignonne, peut-être, mais assortie d'un paquet de dettes ?

Elle savait cependant qu'elle avait bien agi en lui révélant leur infortune. C'en était assez des mensonges et de la dissimulation. Et s'il préférait une image d'elle plus idéalisée, et ne supportait pas d'être confronté à sa dure réalité, alors c'était qu'il n'était pas fait pour elle. En même temps, c'est vrai qu'elle lui en demandait beaucoup. Un peu trop, même ! Au fond, Louise ne devrait rien attendre de lui ni des autres. La maison était perdue, et avec elle tous ses souvenirs, son passé avec ses parents, son enfance heureuse, sa vie d'avant… Mais la vie n'était pas terminée pour autant ! Louise se devait d'aller de l'avant et de continuer à vivre, de suivre aussi sa passion, qu'elle avait chevillée au corps, et ce en dépit des circonstances et d'un destin contraire. Elle continuerait à avancer, seule dans la tourmente. Un peu comme Rose Bertin, finalement. Peut-être qu'au bout du chemin il serait là à l'attendre ?

Soudain, une silhouette menaçante se répandit dans la pièce. En levant les yeux vers la fenêtre, Louise constata qu'il s'agissait de l'ombre de Flocon, le petit chat qui venait parfois leur rendre visite. Et justement, des flocons de neige commençaient à virevolter dans le ciel derrière lui. Le pauvre devait avoir froid !

Elle se précipita à la fenêtre pour le faire entrer. Même s'il n'y avait plus de charbon, il faisait toujours plus chaud dedans que dehors. Elle le caressa doucement et il se mit à ronronner. Une fois rassasié de câlins, il releva son postérieur dans une attitude dédaigneuse et s'en fut rejoindre la chambre de Bertille.

Tous les mêmes, finalement ! songea Louise.

Deux jours s'écoulèrent, durant lesquels Louise passa par différents états concernant Léandrin, de l'espoir au désespoir, désirant le voir revenir porté par ses sentiments davantage que par la froide raison. Il l'épouserait envers et contre tout, car il l'aimait éperdument. Et l'instant d'après, elle s'enjoignait à ne pas se bercer d'illusions, il ne reviendrait plus. Au soir du deuxième jour, elle avait définitivement perdu tout espoir de le revoir.

Durant ces deux jours, elle n'était pas restée inactive, pourtant. Elle n'en avait ni le temps ni la possibilité. Elle s'était employée à faire un tri dans les affaires de sa chambre et à les empaqueter en vue d'un déménagement imminent. Elle avait écrit à Rose Bertin pour lui annoncer qu'elle serait bientôt de retour, en espérant que la modiste consente à la reprendre, ainsi qu'elle le lui avait proposé. Elle attendait sa réponse.

Louise était également passée à l'atelier Tribout pour faire part à sa cheffe de sa décision de retourner à Versailles. Laquelle avait pleinement approuvé son choix, disant qu'elle connaîtrait une réussite exemplaire, elle en était persuadée. Elle l'engagea à continuer à honorer le savoir-faire de ses pairs. En revanche, ses collègues dentellières furent très tristes de son départ. Parmi elles, Gilonne demanda cependant à ce qu'elle se renseigne s'il pourrait y avoir une place pour elle à Versailles. Louise lui promit de voir ce qu'elle pouvait faire, demandant aux autres filles s'il y avait d'autres postulantes, mais aucune d'entre elles ne désirait partir, se contentant de leur position, souvent par peur d'affronter l'inconnu. Il leur aurait en effet fallu faire preuve d'un courage qu'elles n'avaient sans doute pas, engluées qu'elles étaient dans leurs habitudes.

Dans la soirée, les trois femmes mangèrent leur soupe de légumes du jardin accompagné d'un œuf de la seule poule restante. Le tout dans un silence lourd de reproches de la tante, tandis que Louise broyait du noir. Seule Bertille, toute joyeuse, n'arrêtait pas de parler pour ne rien dire, de s'extasier sur le potage, sur la neige qui continuait de tomber au-dehors. Il faut dire qu'Aglaé la choyait, comme elle l'avait confié à Louise un peu plus tôt, la voyant de plus en plus comme sa future bru, sans s'en cacher le moins du monde. Avec Pépin, qui se rétablissait progressivement, ils étaient de plus en plus proches et se trouvaient nombre de points communs. Ils avaient aussi des conversations passionnantes sur le charbon, les maladies qu'elle voyait au cabinet du médecin et sur la qualité de la bière du Nord entre autres... Alors bien sûr Louise était contente pour elle de la voir si rayonnante, détachée de l'attitude parfois toxique et possessive de sa mère, tout en trouvant que ça pouvait aussi être agaçant, les gens heureux !

C'est alors qu'on entendit frapper à la porte. Bertille se leva aussitôt, volant vers celle-ci en croyant sans doute que c'était Aglaé qui venait lui demander quelque chose pour Pépin. Mais elle se retrouva devant quelqu'un qu'elle ne s'attendait certainement pas à voir. Ni elle ni Louise d'ailleurs. Elle tomba des nues en découvrant Léandrin qui pénétra dans la pièce, bottes et manteau couverts de neige.

— Pardonnez mon intrusion tardive, mesdames, mais je vous apporte des nouvelles qui ne pouvaient attendre !

Sans que personne eût le temps ni suffisamment de présence d'esprit pour répondre, il enchaîna :

— Je sors à l'instant de chez votre notaire, et avec l'aide de mon homme de loi, j'ai obtenu gain de cause pour vous. Vous gardez la maison !

Si Bertille mit ses mains devant sa bouche en étouffant un cri, la tante se leva, alla tranquillement dans la cuisine, sortit la bouteille d'eau-de-vie de trente ans d'âge du placard du haut, s'en servit un verre qu'elle but cul sec avant de revenir s'asseoir, stoïque mais sonnée. Quant à Louise, elle s'exclama :

— Mon Dieu, c'est merveilleux !

— Me Facon est passé aux aveux, même s'il a longtemps feint l'ignorance des faits qui lui étaient reprochés, poursuivit Léandrin, le souffle court. Votre père vous a en effet légué suffisamment d'actions de la mine pour bien vivre aujourd'hui. Et ce d'autant plus qu'elles ont bien fructifié depuis ! En en vendant une partie, cela vous permettrait de rembourser vos dettes et de garder la maison, mais aussi de vivre à l'abri du besoin pendant des années. Si du moins vous avez la sagesse d'investir une partie de ces bénéfices. Mais mon homme de loi pourra vous éclairer davantage sur ce point. En attendant, il a pris les choses en main pour faire valoir vos droits et encourir une action en justice contre votre notaire. Et bien entendu, la maison n'est plus à vendre.

Il y eut un silence, les trois femmes étant sous le choc. Puis vint une explosion de joie.

Louise se précipita aussitôt au-devant de Léandrin tandis que les deux autres exultaient, la tante répétant en boucle qu'elle en était sûre qu'elle l'avait toujours su et toujours dit ! Louise interrogea alors leur sauveur pour savoir comment elle pourrait jamais le remercier. Puis elle avoua en riant presque qu'il était parti si vite l'autre jour qu'elle pensait qu'elle l'avait fait fuir.

— Veuillez me pardonner si je vous ai donné cette impression. En vérité, j'étais très ennuyé pour vous et préoccupé. Je réfléchissais aux différentes options qui s'offraient à moi afin de vous tirer de ce mauvais pas.

— Comme quoi, il ne faut jamais se fier aux apparences ! dit-elle, résumant par là même toute leur histoire.

— Accepteriez-vous d'aller discuter avec moi dehors ? Votre tante n'a-t-elle pas vanté votre beau jardin ?

— Oh ! que oui ! Vous verrez, il est bien garni. Mieux que la plupart de mes voisins d'ailleurs, répliqua celle-ci pour qui le compliment n'était pas tombé dans l'oreille d'une sourde.

— Bien entendu ! rétorqua Louise, coupant court à

sa tante qui s'apprêtait à énumérer de nouveau tout son contenu.

Elle s'enveloppa dans un châle épais et ils sortirent tous deux dans le jardin à l'arrière de la maison.

La neige virevoltait au-dessus d'eux, ils marchaient sur un tapis blanc cotonneux qui s'enfonçait dans un bruit feutré à chacun de leurs pas. Le spectacle était splendide et féerique.

Léandrin n'attendit pas longtemps avant de lui demander :

— Ce dernier obstacle entre nous étant enfin levé, consentiriez-vous à m'épouser, très chère Louise ?

La jeune femme contempla son preux chevalier, enveloppé dans un grand manteau noir. Il avait ôté son tricorne pour l'occasion, et avait des flocons blancs sur ses beaux cheveux châtains. Avec ses grands yeux turquoise et ses fossettes, il était le plus bel homme qu'elle ait jamais vu et au-delà de toute espérance.

— Oh ! oui ! Je le veux ! s'exclama Louise dans une volute de fumée, tandis que des larmes de joie commençaient à consteller ses joues, probablement bientôt gelées comme des petits diamants brillant dans la nuit étoilée. Je serais la plus heureuse des femmes de vous avoir comme époux !

Sa déclaration fut accueillie par une salve d'applaudissements nourris en provenance de la maison de Louise, sa tante et sa cousine à la fenêtre guettant l'issue de leur rencontre, mais aussi d'une façon plus surprenante de la maison d'Aglaé Bigotte, qui ne perdait pas une miette des événements avec son fils en arrière-plan. Tous semblaient sincèrement heureux pour elle !

Louise et Léandrin, surpris, se mirent alors à les saluer, comme font les acteurs à l'issue d'une représentation. Après tout, n'avaient-ils pas tous deux tenu un rôle de composition à la perfection ces derniers temps ?

Une fois dans la maison, Léandrin renouvela sa demande

auprès de la tante. Celle-ci accepta avec plaisir, l'embrassant chaleureusement et sans ménagement sur les deux joues. Tant et si bien que dans l'euphorie du moment, la cousine en profita pour dire qu'il se pourrait bien aussi qu'ils célèbrent bientôt un autre mariage.

— Comment ça ? Quel autre mariage ? Louise est fiancée à présent, qu'est-ce que tu racontes ? demanda la tante.

— Je parle du mien… avec Pépin…

— Oh ! mais c'est formidable ! s'écria la tante. Deux filles mariées !

Avant de réaliser la teneur de ses propos, et de se raviser quelque peu :

— Attends… Avec Pépin ? C'est quoi cette histoire ?

— Eh oh, c'est ma vie, c'est mon choix !

En dépit de cet argument imparable, elles recommencèrent à se quereller.

— Moi vivante, il faudra me passer sur le corps ! s'exclama Guillemette.

— Pas de problème ! J'appellerai Mathurin, il s'en chargera…

— Qu'insinues-tu ? demanda la tante qui avait viré à l'écarlate. Et qui te l'a dit d'abord ?

— Oh ! c'est un secret de Polichinelle. Tout le monde le sait dans le quartier !

Sentant qu'elles s'embarquaient là sur un terrain glissant, Léandrin dit alors :

— Bon, eh bien, je crois que je vais vous laisser !

Mais les trois femmes répondirent alors en chœur :

— Non, restez !

La tante s'en fut alors chercher le reste de tarte au maroilles. Malgré ses réticences, il accepta d'y goûter et finalement se régala de ce plat délicieux et particulièrement bienvenu en hiver où il faisait si froid !

Chapitre 35

Valenciennes, décembre 1784

Quelques semaines plus tard, un double mariage fut célébré en grande pompe à l'église Saint-Géry de Valenciennes : celui de Louise Desmoulins et Léandrin Delcourt, et de sa cousine Bertille Joly et Pierre Bigotte dit Pépin.

Et pour l'événement, tout Valenciennes avait, semblait-il, fait le déplacement ! La plus vieille église de la ville, édifiée au Moyen Âge, était bondée. De son origine, elle avait d'ailleurs conservé ses douze piliers de pierre avec leurs chapiteaux symbolisant les douze apôtres.

Tandis que Louise remontait le long de l'allée centrale dans sa magnifique robe blanche dotée d'une longue traîne conçue par Rose Bertin, elle observait avec ravissement l'écrin abritant cette précieuse journée. L'espace d'un instant, elle se souvint qu'elle était venue là avec Léandrin, le cœur plein d'espérance, et que tous ses vœux d'union sacrée avec lui se trouvaient aujourd'hui réalisés.

Partout où ses yeux se posaient, elle croisait des regards bienveillants et émus. À commencer par ceux de ses amies dentellières bien sûr, Jeanne-Claire étant par ailleurs son témoin. Un rôle qu'elle avait amplement mérité en intercédant à plusieurs reprises à la manière d'un Cupidon entre elle et Léandrin. Louise pouvait également s'enorgueillir de la présence de personnages de l'aristocratie locale. À présent qu'elle officiait à Versailles aux côtés de la ministre des Modes, elle était considérée par des gens de la classe au-dessus de la sienne qui n'auraient jamais fréquenté l'ancienne petite ouvrière. Ce fut le cas par exemple de la baronne de Nédonchel, qui avait fait le déplacement pour assister à ses noces. Bien entendu, cette dernière ignorait tout du rôle qu'elle avait pu jouer dans l'histoire d'amour entre Léandrin et elle. Les deux femmes avaient eu l'occasion de se croiser depuis à Versailles et de discuter de leur cher Nord, ce qui n'avait pas manqué de les rapprocher. Louise s'était même vue invitée au château de l'Hermitage pour assister à l'une des représentations de leur théâtre de société.

À son crédit, il fallait aussi ajouter que, collaborant avec Rose Bertin, Louise était dans le secret des dernières tendances en matière de mode. Ce qui la rendait tout particulièrement appréciée des gens de l'aristocratie ou fréquentant la cour.

Parmi les autres personnes qu'elle reconnut dans l'assistance, il y avait Claire Tribout et son époux. Il faut dire que son atelier avait œuvré pour la réalisation de sa robe de mariée, même si le mérite de sa conception en revenait à la ministre des Modes. Cette dernière, hélas, ne faisait pas partie de la fête, la reine ne pouvant se passer de ses services, même l'espace de quelques jours ! Louise ne s'en offusqua guère, car elle lui avait fait le plus beau des cadeaux en lui offrant cette robe. La plupart de ses éléments en dentelle existaient déjà, il aurait été en effet impossible dans le temps imparti de réaliser une telle œuvre d'art. Elle avait toutefois été grandement remaniée par la modiste pour devenir cette somptueuse création qui suscitait tant l'admiration des spectateurs présents ce jour-là.

Dans l'assistance, on comptait encore plusieurs officiels de la ville, dont ceux rencontrés à l'auberge par Léandrin, sans oublier l'aubergiste lui-même qu'il avait convié, mais également Léonard Mathieu, le directeur de la mine et sa famille, le docteur de Bertille et sa femme, et quasiment tous les voisins habitant le quartier de Louise étaient venus, ainsi que nombre de mineurs, amis et collègues de Pépin.

Ce double mariage présentait ainsi la particularité de réunir sous un même édifice plusieurs classes sociales pour partager le même bonheur.

Bien que sentant ses joues échauffées d'être ainsi le centre d'attraction et de bénéficier d'autant de regards posés sur elle, Louise se trouvait au comble de la félicité. En particulier quand elle aperçut son futur époux, qui patientait de dos face à l'autel en attendant son arrivée. Par superstition et comme le voulait la tradition, il ne l'avait pas encore vue dans sa robe de mariée. Ce n'est que lorsqu'il entendit les nombreux murmures enthousiastes dans l'église au moment où elle allait le rejoindre qu'il se retourna. Son visage s'éclaira alors d'une joie indicible. Quant à Louise, elle fondit en voyant l'homme qu'elle aimait, rayonnant de bonheur, d'élégance et de charme dans son habit bleu turquoise assorti à ses yeux. C'était presque trop beau, elle ne réalisait pas la chance qu'elle avait d'avoir trouvé un tel prince !

Fort heureusement pour elle, d'autres se chargeaient de le réaliser à sa place. Ainsi sa tante toute vêtue de noir, parce que disait-elle « ça faisait classe » et « ça amincissait », était fière comme Artaban au premier rang. Elle était placée à côté d'Aglaé Bigotte qui n'arrêtait pas de pleurer (de joie sans doute, à moins que sa voisine ne lui ait lancé quelques remarques acerbes dont elles avaient le secret). Louise nota en outre que Mathurin n'était pas loin, juste derrière elle. Elle se réjouit que sa tante ne soit plus seule, surtout avec le départ de ses deux protégées. Au fond, son amour de jeunesse avait réapparu dans sa vie au bon moment.

Les choses n'étaient pas suffisamment officielles toutefois pour que l'homme soit reconnu en tant que père de Bertille, car autrement, il se serait fait une joie de l'accompagner dans la travée. Louise se retourna alors pour voir sa cousine. Elle aussi était vêtue de dentelle et fortement corsetée, ce dont elle souffrait visiblement au point de friser l'évanouissement, mais elle tenait bon, voulant faire l'effort d'être le plus en beauté possible pour son homme ce jour-là.

Ce dernier attendait anxieusement son arrivée aux côtés de Léandrin. Pépin semblait toujours aussi gauche et maladroit, ne sachant pas quoi faire de son grand corps dégingandé. Il faut cependant reconnaître que sa tenue lui donnait beaucoup d'allure et de prestance, l'obligeant même à se tenir droit. Quand il vit arriver Bertille, il crut tout d'abord s'être trompé de fille, ne reconnaissant pas sa fiancée. Mais lorsque ensuite il l'identifia sous son chignon, derrière son voile, son maquillage et sa belle toilette, il exulta. On ne pouvait pas paraître plus fier que lui et il glana auprès de ses collègues de la mine plusieurs encouragements et félicitations, qui le firent se rengorger de son choix. Pépin était sincèrement épris de Bertille, elle resterait en effet toujours pour lui l'ange qui avait soigné ses blessures au retour de son accident à la mine, mais aussi celle qui avait pansé son cœur. Aimer et être aimé en retour n'était-il définitivement pas la chose la plus merveilleuse au monde ?

De par le courage et les ressources dont il avait fait preuve pour survivre dans la mine, il avait été promu chef d'équipe. On estimait qu'il serait en effet en mesure de guider au mieux ses troupes dans les nombreux pièges de ce labyrinthe. Les responsabilités lui allaient bien et l'avaient fait mûrir. Il ne buvait quasiment plus, ou raisonnablement. Il aimait trop sa future femme pour risquer de la perdre de nouveau ! Léandrin lui avait bien proposé de quitter la mine en le recrutant pour l'aider dans ses affaires à Paris, mais le jeune homme avait décliné son offre, préférant rester comme il était et vivre à Valenciennes, sa terre natale où il avait ses racines, sa famille et ses amis. Nul doute aussi qu'Aglaé ne l'aurait de toute façon pas laissé partir, impatiente qu'elle était de voir ses petits-enfants grandir autour d'elle…

Au sortir de la cérémonie, qui fut hautement émouvante, et particulièrement ardente pour Louise, et tandis qu'elle était acclamée par la foule, la jeune femme se sentit pleinement heureuse. Elle était mariée à un homme qu'elle aimait et exerçait un travail qui la passionnait. Que pouvait-elle désirer de plus ?

Elle était également devenue un exemple de réussite professionnelle et personnelle pour toutes ses amies, ayant réussi à se marier par amour et non par intérêt, et à s'élever au-dessus de sa condition grâce à sa passion et à la seule force de son travail. À Versailles, elle avait certes perdu sa naïveté, mais ne s'était jamais départie de ses valeurs de courage, d'authenticité et de bonne travailleuse. Autant de qualités propres aux filles du Nord, et autant dire une arme redoutable pour affronter la cour et ses pièges. Elle possédait ainsi toutes les cartes en main, et en particulier, dans sa manche, un atout de cœur nommé Léandrin !

Si les festivités se tinrent à Valenciennes, le jeune couple prit aussitôt la route une fois le repas terminé pour le lieu où ils passeraient leur nuit de noces. Léandrin avait réservé une suite au château de la Clairette, où ils avaient déjà séjourné lors de leur périple vers Calais. Il était d'ailleurs prévu qu'ils retournent voir la mer le lendemain, au plus grand plaisir de Louise, avant de rentrer tambour battant à Versailles et de reprendre le travail. Ils étaient en effet attendus avec impatience par la ministre des Modes et la reine. Leur séjour ne pouvait donc qu'être bref et intense !

Ce soir-là, et alors que leur vie à deux s'annonçait pleine de promesses et que l'avenir leur tendait enfin les bras, ils purent s'aimer pour la première fois.

Si Louise était un peu nerveuse et avait froid, Léandrin se chargea bien vite de la réchauffer dans ses bras tendres et d'alimenter le feu dans l'âtre qui rougeoyait, à l'image du désir brûlant qui couvait entre eux.

Après l'église où ils avaient lié leurs âmes, le jeune homme allait à présent pouvait s'unir physiquement à celle qui était devenue sa femme, et explorer son temple sacré.

Le passionné de couture qu'il était s'employa personnellement à déshabiller sa femme. Cela se déroula dans une semi-pénombre, uniquement éclairée par une bougie et le feu de la cheminée au loin, ce qui rendait la vision de ce corps aux tons chauds aussi sensuelle qu'auréolée de mystère. Léandrin apprécia également en connaisseur la satisfaction de résoudre l'énigme de la tenue de Louise : celle-ci lui avait fait forte impression aujourd'hui, tout comme à l'ensemble de leurs invités.

La robe de Louise était composée d'un corset sur une chemise transparente relativement simple, à son image, mais agrémentée de dentelle au niveau du décolleté et des manches, qui affleuraient par-dessus le corsage, suggérant des dessous intimes à la fois luxueux et tentateurs. Le corset, fabriqué dans une étoffe précieuse et couvert de dentelle lui aussi, était suffisamment serré pour mettre en valeur sa poitrine tout en affinant sa taille. Il contribuait en effet à donner au buste une forme conique très appréciée de l'aristocratie, là où d'ordinaire la dentellière qu'était Louise se serait aisément contentée d'un corselet plus souple sur sa jupe et sur sa chemise. Son corset était noué à l'arrière, et Léandrin dut redoubler de dextérité, sans l'aide d'une domestique, pour en dénouer les lanières. Heureusement, il avait les doigts fins et agiles.

Une fois qu'elle fut libérée de ce carcan et en simple chemise, il s'activa pour la débarrasser de ses jupons. Et ce n'est pas moins de douze pièces qu'il lui fallut ôter, révélant au passage le *modeste*, le *fripon* et le *secret* par-dessus le panier qui lui enserrait les hanches. Le tout étant conçu de manière à créer du volume, et gonfler les hanches pour mieux creuser sa taille. Certains jupons, en particulier sous le panier composé de cerceaux d'osier, très large sur les côtés et plat sur le devant et l'arrière, étaient faits d'une manière précieuse comme de la soie, et de satin bordé de dentelle. Il prit un soin tout particulier à les ôter avec d'infinies précautions, prenant ainsi son temps pour attiser le désir entre eux.

Enfin, il s'employa à la débarrasser de ses bas, lesquels étaient tenus par des jarretières. En les faisant délicatement rouler sous ses doigts, il découvrit ses jambes de nymphe. C'était la première fois qu'il la voyait presque nue et son trouble était grand, même s'il l'avait déjà maintes fois imaginée ou devinée, notamment dans sa robe de dentelle blanche la première fois qu'il l'avait vue à l'atelier.

Louise était étendue face à lui, ses cheveux blonds étalés sur l'oreiller, une jambe pliée et un bras en arrière, ce qui mettait encore davantage en valeur le galbe de sa poitrine. Sa respiration était haletante, à l'image de la nervosité qui semblait l'agiter. Elle s'offrait entièrement à lui. Et lui ne pouvait croire en sa chance, il l'avait tellement désirée. Elle était là, devant lui et elle était *sa femme*.

Ils échangèrent un regard brûlant de désir. Tout cet

effeuillage l'avait mis en appétit, il avait hâte de la goûter et de la faire sienne.

Il ôta son habit et son gilet de satin, puis s'approcha d'elle… encore plus près.

Ses doigts effleurèrent son visage, partant doucement de son front bombé, suivant l'arête de son nez fin, s'attardant sur ses lèvres pulpeuses. Il se pencha alors pour cueillir avec avidité le fruit mûr sur ses lèvres rosies et elle se montra en retour gourmande de ses baisers. Bientôt, leurs langues s'aventurèrent l'une vers l'autre et s'unirent dans un ballet sensuel et gracieux.

Puis il l'embrassa dans son cou tendre et nacré et descendit jusqu'à son buste. Il se releva alors pour mieux contempler sa poitrine, sertie dans l'écrin de fine dentelle blanche de sa chemise. Le textile ajouré laissait deviner la peau nacrée et veloutée de sa charmante gorge et le bout de ses seins. Léandrin en suivit le motif du bout des doigts, effleurant au passage la texture de pêche de sa peau nue, ce qui la fit frissonner. La dentelle de sa chemise au niveau de l'échancrure de son décolleté soulignait encore davantage la courbe de ses seins et le galbe de sa poitrine. À la fois ange et démon, la dentelle se révélait blanche et pure, mais aussi terriblement sensuelle et érotique. Quel homme pourrait résister à l'exploration d'un territoire vallonné si sacré dans un tel écrin artistique ? Certainement pas lui !

Ses lèvres descendirent en suivant le contour de sa peau, il ferma les yeux pour mieux la sentir. En les rouvrant, il vit des motifs de broderie tournoyer à la lueur de la flamme, comme une mosaïque de vitraux aux prises avec un jeu de lumière divin. Il s'attarda à contempler toute cette beauté, tout autant charmé, voire envoûté par l'intense féminité de la jeune femme. Il ne se lassa pas de humer l'odeur douce et sucrée de sa peau, de s'en imprégner, avant de plonger sur elle pour mieux en goûter les délices. Elle l'enlaça tout contre lui, ses doigts jouant dans ses cheveux et sur sa nuque. Ce qui lui procura mille frissons.

Bientôt il ôta sa chemise, et s'employa de ses mains avides à redessiner son corps, comme s'il voulait la recouvrir de ses plus beaux atours, invisibles à l'œil nu, mais qui étaient ceux de l'amour. Il apprécia la pureté de ses formes, le velouté tendre de sa peau, son adorable gorge, il se perdit entre ses seins.

Louise l'encouragea alors d'un sourire à s'aventurer plus avant, et il se fit plus audacieux, ses mains glissant à présent sur son ventre, son dos et sur ses reins. Elle l'attrapa par la taille, lorsqu'il descendit encore. Elle tressaillit, sans doute à la fois inquiète et impatiente. Il la rassura de plusieurs baisers, tandis que ses gestes délicats se faisaient attentionnés, précis et tendres. Ses caresses eurent bientôt raison de ses réticences.

Et il put alors approfondir son sujet de ses doigts curieux, puis de ses mains expertes et cependant novices en la matière. Avec elle toutefois tout devenait évident, elles étaient comme guidées intuitivement et devinaient ce qui lui procurerait le plus de plaisir. Ils étaient en totale harmonie. Elle se cambra, et se pressa contre lui.

Bientôt, se sentant suffisamment sûr et son amante prête à l'accueillir, il se fondit en elle. Elle réprima un cri de surprise, puis un soupir. Ils ne firent plus qu'un, fusionnant leurs chairs, s'apprêtant à partager un corps à corps des plus passionnés et exaltant.

Il souffla la bougie et leurs corps s'embrasèrent au contact l'un de l'autre, prélude à une nuit placée sous le signe de l'ivresse, en un accord parfait majeur.

Épilogue

Après trois années de bons et loyaux services à Versailles, Louise et Léandrin acquirent suffisamment d'argent, d'expérience et d'assurance pour voler de leurs propres ailes et retourner dans leur cher Nord. C'est ainsi qu'ils firent part à la modiste, un beau matin, de leur volonté de partir. Elle n'en fut pas si surprise, et à vrai dire, s'y attendait même. Elle devinait en effet qu'il était préférable pour eux de quitter la folie de la cour et ses pièges s'ils désiraient fonder une famille. De plus, le climat devenait de plus en plus lourd à supporter, la reine faisant l'objet de divers scandales et sa modiste se voyant accusée de tous les maux de la France, du fait des dépenses excessives que les toilettes de la reine occasionnaient. Cette dernière était pourtant de plus en plus adepte du naturel et de la simplicité, mais par un étrange paradoxe, cela lui était aussi souvent reproché. La révolte couvait et Paris grondait d'une agitation malsaine.

C'est ainsi que Louise et son mari quittèrent à regret Rose Bertin, tout en demeurant en très bons termes avec elle, pour aller s'installer à Calais, près de la mer. Ils y fondèrent leur magasin de mode, dans lequel Louise proposait ses propres créations, et y établirent également leur atelier. Le rêve de Louise se réalisa ainsi. Ils restèrent durant un temps les fournisseurs privilégiés de la ministre des Modes, qui n'hésitait pas à leur déléguer certains travaux ou commandes de ses clientes. Ils proposèrent également des confections variées pour tous types de budgets aux habitants. C'est ainsi qu'ils acquirent une clientèle diversifiée parmi tous les rangs de la société.

Les gens du Nord étaient fiers de leur petite Louise qui avait parcouru du chemin à Versailles. De son côté, Louise était ravie d'être revenue dans sa région, après avoir enduré les vicissitudes de la cour, terre de faux-semblants par excellence. Et ce même si elle avait beaucoup appris auprès de Rose Bertin et que la fortune de ses clientes, encouragée par les désirs de la reine, lui avait permis de faire preuve d'une audace et d'une créativité rares dans ce métier. Louise et son époux entendaient bien continuer à œuvrer dans cette direction alliant travail acharné et créativité, ce qui contribuait à leur réputation.

Leur vie personnelle fut tout autant couronnée de succès puisqu'ils eurent le bonheur d'accueillir deux charmantes têtes blondes dans leur famille, un garçon et une fille.

Seule la tante de Louise vivait mal d'être éloignée de sa filleule, ce qui était cependant une volonté du couple. En effet, et fidèle à elle-même, Guillemette avait une fâcheuse tendance à les abreuver de conseils inutiles en matière d'éducation. Conseils qu'ils se devaient impérativement de suivre, sous peine de la laisser les poursuivre jusqu'à obtenir satisfaction. Si Louise s'était montrée conciliante dans un premier temps, ce fut Léandrin qui, pour le bien de son épouse, devint de moins en moins désireux d'accueillir sa tante pour des séjours prolongés.

Ce fut donc Bertille qui hérita des bons conseils maternels, puisqu'elle habitait la maison d'à côté, chez les Bigotte, avec Pépin et sa mère Aglaé. Celle-ci était par ailleurs comblée de pouvoir s'occuper de leurs trois enfants (d'autant plus que le couple étant adepte de familles nombreuses, il ne comptait pas s'arrêter là !) quand ils partaient tous deux travailler. Bien que dépassée parfois, elle rechignait pourtant à demander l'aide de sa voisine. Elle formait d'ailleurs un rempart bien appréciable contre les recommandations de Guillemette.

Cette dernière habitait seule la grande maison de Louise à présent, vivant de ses rentes sur des placements effectués grâce aux actions du mari de sa sœur, dont sa filleule lui avait légué une partie. Elle vivait toutefois une histoire d'amour avec Mathurin, interrompue plusieurs années auparavant, ces deux-là habitant séparément, chacun chez soi pour mieux se retrouver. C'était sans doute mieux ainsi !

Si Bertille travaillait toujours chez son docteur, en revanche Pépin avait eu un autre accident à la mine. S'en étant sorti miraculeusement indemne, bien que blessé au pied au point de marcher avec une canne, il œuvrait à présent comme assistant du directeur. Il avait en effet obtenu une promotion qu'il devait, sans le savoir, à sa belle-sœur qui avait intercédé pour lui à la demande de sa femme. Ainsi, dans les bureaux, il risquait moins sa vie ! S'il avait toujours su compter, en revanche il lui avait fallu toute la patience et le dévouement de Bertille pour lui apprendre à lire et à écrire. Il n'était pas rare d'ailleurs qu'au retour de son travail, il lui rapportât quelques lettres qu'elle devait rédiger pour lui. Ce dont elle s'acquittait volontiers pendant que son mari s'occupait des enfants.

Lorsque la Révolution éclata en 1789, le Nord en subit également les conséquences. Louise et Léandrin ne furent cependant pas inquiétés, même s'ils avaient travaillé un temps à Versailles, car leur bonne réputation, leur clientèle diversifiée et leur honnêteté les protégèrent des ires révolutionnaires. Ils connurent toutefois une crise dans le textile semblable à celle qui touchait tout le pays. Les habitudes vestimentaires devaient également se modifier en profondeur, les classes supérieures de la société recherchant davantage le côté pratique et confortable dans leur tenue que les matières précieuses plébiscitées jusqu'alors. Ils assistèrent également à l'émergence d'une classe sociale, celle des nouveaux bourgeois et des révolutionnaires qu'il fallait vêtir conformément à leurs désirs tout en suivant une mode venue de Paris. Quoi qu'il en soit, la tendance était à l'économie et à la récession, ce qui n'était guère fameux pour le commerce.

Étant toutefois capables de se diversifier, et avec le soutien de leur région, Louise et Léandrin travaillèrent également sur les voiles de bateaux, tout en participant à la création des tenues du monde d'après. Ils agirent cette fois de manière autonome, leur guide étant partie. Rose Bertin avait en effet et fort heureusement réussi à fuir Paris sous les feux de la Révolution et s'était exilée à l'étranger. Elle ne devait revenir que quelques années plus tard et s'établir définitivement dans sa maison d'Épinay-sur-Seine.

Si Louise et Léandrin étaient dans l'ensemble heureux et épanouis dans l'exercice de leur art, ils avaient cependant toujours un projet d'avance. Ils avaient en effet appris que les Anglais avaient inventé des machines, qu'on appelait métiers à tisser, et qui pourraient révolutionner l'industrie de la mode, produisant notamment une dentelle de qualité à moindre coût. C'est pourquoi, étant tous deux passionnés de confection et de mécanique pour lui, ils entrevirent ce que serait leur futur. Nul doute en effet que les Delcourt seraient parmi les premiers à utiliser ces fameuses machines à Calais, pour fabriquer une dentelle de qualité, moins onéreuse que la dentelle artisanale[1], tissant ainsi l'aube d'une ère nouvelle…

1. Conséquence de la révolution industrielle, la dentelle artisanale devait disparaître progressivement au cours du XIXe siècle, après avoir cependant résisté vaillamment, et ce en dépit de la mécanisation, de la chute des salaires et de la concurrence rurale. Elle se perpétue aujourd'hui encore.

REMERCIEMENTS

Je dédie ce roman à ma famille et à mes amis de Valenciennes et du Nord,

au Conservatoire de musique et des beaux-arts de Valenciennes, avec ses dentellières qui m'ont inspiré cette histoire,

j'adresse un remerciement tout particulier à Me Monique Desmoulin-Coupez, qui fut mon institutrice à l'école Froissart de Valenciennes,

je suis également reconnaissante à la bibliothèque de Valenciennes pour son aide précieuse dans mes recherches,

toute ma gratitude va à Meri Milos pour son soutien enthousiaste,

et enfin, un immense merci à mon éditrice Emma Sesillo, pour son accompagnement éditorial et artistique, et avec qui c'est toujours un véritable bonheur de travailler, ainsi qu'à toute l'équipe des éditions Harper Collins France ayant œuvré sur ce roman.

POUR ALLER PLUS LOIN

— Le fonds de la bibliothèque de la ville de Valenciennes et le catalogue numérique de la médiathèque Simone-Veil.

— DHOTE Samuel, TANCHE Jacques, *Le Valenciennois*, Bordeaux, Punch, 2000.

— GUIGNET Philippe, *Nouvelle histoire de Valenciennes*, Toulouse, Privat, 2006.

— LEGROS Adrien, « Les Dépenses d'un bourgeois de Valenciennes à la veille de la Révolution », *Revue du Nord*, N° 31, 1922.

— *Mémoires de Mlle Bertin sur la reine Marie-Antoinette*, Paris, Bossange frères, 1824.

— *NORD, terre de création : chefs-d'œuvre des musées du Nord-Pas-de-Calais*, cat. expo. (Valenciennes, 7 avril-1er juillet 2007), Musée des Beaux-Arts de Valenciennes, 2007.

— PLATEL Virginie, *Les Derniers Feux de la royauté*, Harlequin, coll. « Aliénor », 2020.

— PLATEL Virginie, *Disparitions à Versailles*, Bookmark, 2018.

— PLATEL Virginie, *D'Éon*, Edilivre, 2012.

— *Valentiana*, N° 45-46, 2010.

—VIGÉE-LEBRUN Louise-Élisabeth, *Souvenirs*, Mercure de France 2020.